准单婚
80后
刘 伊◎著
北方文艺出版社

**图书在版编目（CIP）数据**

准单婚 / 刘伊著. -- 哈尔滨 ：北方文艺出版社，2013.4

ISBN 978-7-5317-3086-6

Ⅰ. ①准… Ⅱ. ①刘… Ⅲ. ①言情小说—中国—当代 Ⅳ. ①I247.5

中国版本图书馆CIP数据核字(2013)第067503号

准单婚

作　　者 / 刘　伊
责任编辑 / 李庭军　王　爽
装帧设计 / 畅岐书装
出版发行 / 北方文艺出版社
地　　址 / 哈尔滨市道里区经纬街28号
网　　址 / http://www.bfwy.com
邮　　编 / 150010
电子信箱 / bfwy@bfwy.com
经　　销 / 新华书店
印　　刷 / 北京佳顺印务有限公司
开　　本 / 710×1000　1/16
印　　张 / 19
字　　数 / 281千字
版　　次 / 2013年6月第1版
印　　次 / 2013年6月第1次印刷
定　　价 / 32.00元
书　　号 / ISBN 978-7-5317-3086-6

# 目录

# 目录

# 第一章●三个女人的戏

## 1

那天下午，三个女人一起去看泰国人妖表演。整个现场让观众尖叫不已。三个女人也是置身其中，就算是戏演完出场了，手里的荧光棒和那专门用来鼓掌的塑料小手依然在莉娜的手里呱嗒呱嗒地拍着。

她们决定，晚上去绿野酒吧继续挥霍。

“你说那女的真是人妖吗？我看不像，没准就是原装女人。最开始听她说话还没有内地口音，估计那阵儿她还装着，等节目演得多了，可能自己都忘了最初应该表演的身份了。我看她和我们大陆人说话没啥区别。还好意思说是来自泰国。”汪莹莹说。

“这还真说不好。她自己明明是人，还偏说自己是妖，我们也拿她没办法。不过，她个子可真高，一米九还多，借我十厘米也成啊。”汝小曼禁不住感慨。

“什么，借十厘米？借了十厘米好和你的一米八五约会去？”张莉娜拍了一下汝小曼，把她吓了一跳。小曼禁不住心里怪张莉娜大嗓门，一点没有淑女的样子，还把她的事吵得路人皆知。

莉娜的粗枝大叶，总让小曼禁不住想着她的过去和将来。如果这女人再细腻些，她老公是不是就不会离开她了？只是，谁也给不了她一个正确的答案。包括汝小曼自己，离了有三年多的时间了，如今还不是孤家寡人一个。

尽管冯伟业曾经说过会不考虑父母的感受选择和汝小曼在一起，可是他终究是在过了年还没回北京之前就告诉汝小曼一个坏消息：他选择了他的小学同学。他们同龄。他说他没办法，他得给父母一个交代。

汝小曼一直不解，一个小学同学，他怎么还能和她联系上呢？一个在京城混了几年了，一个在老家打着小工。就算他和她联系上了，又怎么可以随随便便就和她好呢？他们分隔了这么多年，脾气秉性都十万八千里地不再相合。他们怎么就可以好上呢？

“那我呢？他原来把我放在哪里呢？”汝小曼和冯伟业好了有一年的光景。这说分就分了，让她心里难以接受。

那几天，汝小曼天天都在流眼泪。年的滋味，就是泪水的咸涩滋味。那些煎炒烹炸于汝小曼来说皆是难以下咽的食物。从春节开始，汝小曼一天只吃两餐，早餐对付一口，晚餐只吃水果和蔬菜，主食一口也不吃。先前少吃是因为没有食欲，后来却是刻意少吃，可这刻意绝对是有着积极向上的想法的。因为，她重新恋爱了。对象是一米八五的律师，他们认识有几年了，只是现在才真正谈起感情。

她也惊讶自己，冯伟业刚一离去，她怎么可以这么快就又和别人好上？也许自己太想有一个家了。

律师杨一士是汝小曼在法律法规群里认识的，已有几年光景了。平时偶尔打声招呼。杨一士是河南人，业余喜欢写作，如今在郑州某律师事务所供职。由于距离的原因，两个人相恋的最便捷工具就是通过电话和网络了。而汝小曼差不多每天都在网上隐身泡着。只要一登陆QQ，哗啦啦会闪出一大批群来。当然，有些被屏蔽了，多数时候她是隐身不说话的。

自她恋上以后，除了菁菁就是莉娜和莹莹知道。萌萌尽管还在北京，可她们如今很少联系。何况，萌萌的性取向还……她不支持，也要试着去理解。

而菁菁离她又远，她有事也就只能和莉娜、莹莹唠叨唠叨。可谓好事大家分享。她们把这个小组织称为三人帮，很多时间一块儿出去逛街一起做很多事情。如今，她的刻意少吃东西，让儿子明明格外心疼："只吃苹果，人会贫血的。书上说的。"

晚上吃得少，夜里胃就会莫名其妙地跟她捣乱，人也就加倍地孤独起来。漫漫长夜，一张大双人床，她在上面任意扑腾。她发现，她如今格外适应双人床，翻过来掉过去怎么睡都行。她已经不允许自己的大床上再多一个人了，因为那样会显得有些拥挤。只有明明除外，明明选择周末睡在她的身边。孩子小，有的时候还会和她撒撒娇。有一天，明明说要吃旺仔小馒头，汝小曼心底笑话他，嘴上却说哪天妈给你买。单亲家庭的孩子，她想在各方面能多爱就多爱他一些。

眼下，汝小曼听张莉娜提到一米八五以后，跟少女恋爱被人窥到一样，脸不禁一红。刚才人妖还没出场的时候，电话就不停地响。场内人多，接听也不方便，本想挂断，谁想到挂断的同时按的却是接听键，她禁不住一声尖叫，话没来得及和对方说就下意识就把电话给挂了。

对方不知道她尖叫什么，很担心很固执地又再拨过来。电话继续响，汝小曼就有点不知所措，仿佛手心里的电话烫手一样。另两个女人就不怀好意地看她。把汝小曼看得脸红到了脖子上。好在场内灯光暗，她拿着电话就往场外跑。外面除了偶尔有路过的汽车鸣笛声以外，显得很静，把剧场里的喧闹隔在了墙内。

电话接通，对方急着问她叫什么，发生什么事了。汝小曼就告诉他说自己不小心接听了电话。对方说接通了就讲啊，怎么还给挂了，以为发生什么大事了，吓得不得了。两个人不免在电话里又缠绵一会儿。男人在电话里说，丫头，我想你。汝小曼一颗心就在这一刻又醉了，如同刚刚喝过红酒，有些晕眩。

她其实一直不明白，也不想明白，一个比自己还小的男人，为什么就喜欢叫自己丫头呢。她不想管，她只觉得很受用。自己的男人无论多大，她都想在他面前做小女人。

如今，天还是那个天，太阳也是照常从东边升起、西边落下。偏张莉娜走在两个女人身边，忽然就对着西边的太阳发起呆来："月亮升得这么高了？"

汝小曼笑得直擦眼泪："快说，是谁让你发呆？你现在脑子里装的都是谁啊，如今痴到连太阳和月亮都分不清楚，真服了你。那明明是太阳，咋就成了月亮了呢。"

"可它真像是月亮。太阳哪有这么小，再说这个时间了，太阳不会还这么高啊。今天阴历多少？估计是十六了。不是说十五的月亮十六圆吗。这个绝对就是十六的月亮。以前我见过太阳没落山，月牙爬上天的日子。"莉娜依然坚持自己的说法。

汪莹莹也忍不住抿着嘴笑："莉娜真是过糊涂了，这本来就是太阳。"

莉娜表示不解。一副懵懵懂懂的样子。

汝小曼因为接了杨一士的电话，那个甜蜜幸福劲，一时半会还过不去。

"申家奇今天不回来了，我和你们去酒吧疯。你们都去过酒吧，我还没去过呢。"莹莹坐进车里说。

"姐姐，我也只去过一次而已。"汝小曼扬了扬手里的塑料小手。

## 2

"今天周末，申家奇不回来，不然我也不能出来玩。他回来，就得给他做饭、洗衣服。"汪莹莹一边说一边喝了一小口啤酒，"真难喝，还是喝红酒吧，我从来没喝过啤酒。"

"大姐，红酒贼贵。我们今天就啤的吧。就这啤酒一瓶也好几十呢。"汝小曼压低声音对莹莹说，"莹莹，申家奇不回来？周末也这么忙吗？你可得把他看紧了，嘿嘿。"

"老大，今天我请客，你还计较这个啊。我不喝啤的，味道太差了。这么苦，我真喝不好。他呀，我还真是不怕他出轨。我们家的小火车道上跑的这辆车只拉我们娘俩，司机只许是他不许是别人。我们离得这么近，每周末又能回家，还怕他跑别人家去啊。再说了，我还可以随时查岗。”汪莹莹非常自信。

“莹莹，不是我说你，啤酒咋了？啤酒就不是酒了？红的不行，红的那也叫酒？难道，你想喝白的？试试，这个你真能喝好。你多喝几口适应下这种味道就好了。我跟你讲，我有一个同学，就我以前跟你们说过的菁菁，人家一次能喝七八两白酒，都不带醉的。要是让她喝啤的，你想啊，一个能喝七八两白酒的人，她还不得喝个一箱两箱的？你连啤的都嫌，还能喝啥酒啊！”汝小曼说完喝了一口啤酒。

汪莹莹摇了摇头，强迫自己又喝了一口。

汝小曼喝啤酒之前，拿着小巧的啤酒瓶和张莉娜碰了一下。平时大大咧咧，人没到声先到的张莉娜今夜格外安静起来。

“白酒和啤酒两股辣劲儿。白酒我还真喝过，可我就是闻不了啤酒的味，也真怪了。”汪莹莹接上说。

“萝卜土豆，各有所爱。”张莉娜来了一句。

“是萝卜白菜，各有所爱。”汪莹莹笑话张莉娜。

“都差不多，反正都是青菜。我最近戒了荤，不吃肉了，我什么都能戒，唯独戒不了青菜。如今只吃青菜和豆制品。莹莹，你也买台豆浆机，我和小曼如今每天早晨都自己磨豆浆，做米糊。”

“申家奇不爱喝。女儿也不在家，她在家陪我一块儿喝还行。”

“晕倒，他不爱喝，他大男人不爱喝很正常。补充雌激素是女人的事。你还想把申家奇也补成女人啊。你是女人，女人要对自己好点，明白吗？”张莉娜的大嗓门引得邻桌男子望向这边。莹莹赶紧用胳膊肘碰了一下莉娜。

“别碰我。碰我我也得告诉你，不要只为大男人活着，明白吗？活了这么多年，我算是明白了，要为自己活着。”莉娜又喝了一大口啤酒。

“你总说为自己活、为自己活，我差不多天天都能听到你这句话。你除了一大早给自己磨豆浆增加点雌激素外，你还哪里为自己活过？要我说啊，你不找爱人，也该有个情人吧？那个他呢？找到了也不给我和小曼介绍介绍。好事也不能一个人独享吧。还藏起来，难道怕别人抢？”

“还没有，有了肯定告诉你们，我说的为自己活不是非要找个他。一个人一样活得精彩。”莉娜又喝了一大口，在喝之前，拿着瓶子向莹莹和小曼的瓶上撞去。

三个女人都有洁癖。不习惯用外面的杯子，何况绿野酒吧里的啤酒除了罐装的就是小瓶装的，小巧的瓶子握在女士手里，直接对着瓶子饮，也没有什么丢人的。来酒吧就是喝酒的，谁不知道谁是酒鬼呢。就算是装，也得佯装成酒鬼的样子。

绿野酒吧坐落在美术馆东边，一进宋庄的大门口你要寻寻觅觅好一会儿才可以找得到它。甭指着一进宋庄大门就能看到它，它不招摇不显摆。它有些隐蔽，但绝对是正儿八经有真人秀演出的正规酒吧。

台上那几个人一边疯狂地弹着吉他、敲着架子鼓，一边歇斯底里地嘶哑了嗓子唱着。莹莹低头对她们说："酒吧也没什么好玩的啊，可怎么有那么多人爱往这儿跑呢。”

“还不是到这里寻找气氛。呶。”莉娜用嘴巴示意莹莹看向角落。那一桌两男两女，早有一对在胶着地吻着了，很缠绵很投入，真正地旁若无人，仿佛这世界上只剩下他们两个人了。

莹莹和小曼看向那张桌子，眼光立刻被吸引了过去，却又不好意思多停留，硬是生生地把自己的双眼拽了回来，各自的心开始怦怦地跳着。

莉娜不停地喝着酒，两百多块钱一提十二瓶，让她一会儿工夫就喝去七八瓶。莹莹不喜欢啤酒，小曼不胜酒力，一瓶不到就有些晕眩。当服务生把红酒启开以后，莹莹端着高脚杯品了一口以后说："这味道还可以。小曼、莉娜，我们还是改喝红的吧。”

“莹莹，今天宰你没商量。但我喝醉了你得送我回家。”莉娜有了醉意。

“送你回去没问题，大不了我让司机多跑一段路。你和小曼住得近，先送你们，我最后回去就成。我嫂子在店里给我看店，我也不用太着急。再晚一点就打电话让她关门，也让她休息休息。”

“说得是，你不能太剥削人家，也不能你一个人贪玩，让别人给你当劳工吧，劳工这一辈子也就只能有一个。你啊，一定把你的劳工看紧，别看丢了。”莉娜一边喝一边就要上台和那几个演艺人员一块儿唱歌表演，被酒吧工作人员强制劝回来。

“小曼，莉娜喝多了，我们回去吧。”莹莹有点害怕，看着莉娜一边唱一边绕回来坐在身边。

“急什么，我还没玩够呢。”莉娜拎着酒瓶，在桌边慢晃了起来。边晃边唱：“回忆像个说书的人，用充满乡音的口吻，跳过水坑绕过小村，等相遇的缘分，你用泥巴捏一座城，说将来要娶我进门，转多少身过几次门，虚掷青春……”

“莉娜，我们走吧，别让莹莹回去太晚了，人家嫂子还给看着店呢。”小曼看莉娜真的喝多了，也有些着急。

“急什么！我还没玩够。我有个新闻还没跟你们说。”莉娜还在那手舞足蹈的，恨自己不能上台同唱。

“不用说了，明天再说，咱们还是先回去吧。”汪莹莹有点着急。

“明天哪行？明天就不是新闻了，明天就成旧闻了。还是新鲜的好，这可是新鲜出炉的。你们得给我报料费才行。听好了啊：今天上午，我看到陈秋冰回来了。你说他回就回吧，还领个小媳妇。领就领吧，还手拉着手，还都穿着颜色相同的衣服。搞什么情侣衫啊，都这么大岁数了，恶心！”

莉娜把酒瓶狠狠地往桌子上一蹾：“好了，我说完了。从此新闻成旧闻。旧人我要变新人，走新路。”把小曼和莹莹以及周边的人都吓了一跳。那瓶里的啤酒从瓶口冲了出来。瓶底碎掉了，扎痛了莉娜的手。

她却没有感觉到。

## 3

小曼没有醉，却有些眩晕，她头脑清晰，接听杨一士的电话仍让她很兴奋。此时，明明已经熟睡。明明的姥姥在听到小曼回来以后，爬起来上了趟卫生间，嘴里嘀咕女儿晚归，说这么大了还不省心。

“都多大了，一天跟孩子一样东跑西颠的，就知道玩。”

“妈，我哪里天天出去玩了？不就这几天和莹莹她们在一起吗。我有我的社交圈子，您也该有您自己的圈子，您有了自己的圈子、自己的生活，也就不会老盯着我了。我也不能成天待在家里跟个傻子似的吧。”

“照你的意思，我成傻子了！”

“我可没说，反正我不能成天待在家里。淘宝店现在生意又不好，我也不能天天写字吧，写得都成呆子了。人活着要学会放松才行。整天绷紧了弦，哪天说不定就断了。等断了，你想接都接不上。”

“晚上闻菁菁打电话过来。我听了半天也没听出她声音。你说你不出去，不就接着她电话了。”

“她的电话接不接怎么了？她又不是不会再打过来。她有事想打她再打啊，我又不是没有手机。少接她一次电话都不行？还非得在家等着她电话打过来啊。她又不是什么重要人物。再说，她能有什么急事，您又不是不知道，隔个三两天就打个骚扰电话。她在单位打电话又不花钱。就您事多，少接个电话都不成。”

“你说说你，我就一句话，说闻菁菁打电话过来，你看你有几句话对付我。”

“我也是跟您学的。您要是不管我的事，我也没有这么多话。”

“好，你的事我不管，爱和谁玩和谁玩去。三十好几的人了，整天跟个孩子一样，也不想想自己的孩子都多大了，你还以为你小孩呢。”

“您不是说我在您面前永远是孩子吗？”

“得得，我睡觉了，你也早点睡。一股酒气，喝酒了？一个女人家家的，喝什么酒，整得跟酒鬼似的，看到时候谁还敢娶你。”

“她们都喝了，又不是我一个人喝，莉娜还喝多了，她喝了好几瓶，我才喝几口。”

“莉娜也真是，都快四十的人了，也不赶紧再把自己嫁出去。她是不是还在等陈秋冰？”

"她刚才说陈秋冰把媳妇都带回来了，还穿了情侣衫招摇过市。我看她挺受刺激。得了，快睡去吧，别人家的事我们就不要操心了。"

汝小曼心里就有了一点烦，嫌老太太管得太多。还好，睡前接听了杨一士的电话以后，她情绪稍稍好转了些。如今自己老妈没有老伴，差不多是独自过着暮年的生活，尽管是和小曼以及明明生活在一起，可却没有自己的圈子。在小曼眼里，尽管老妈的身边有女儿和外孙，可纵使有更多的孙子孙女，老年人也该有自己的生活，不然，太孤独了。没有自己的生活，就会窥看女儿更多一点，就想着插手女儿的事情。

多数时候，老太太懒得下楼，她嫌楼层太高。她平时不怎么和其他老年人交流，她喜欢自己一个人遛弯，或者一个人弄点土到花盆里种点花草。小曼就会说她，说她不和同年龄的人沟通，没事猫在家里老掺和女儿的事情，这太不应该了。

她觉得自己早已成年，而且都当妈了，还有必要凡事都听自己老妈的吗？没必要，她想。所以，她发现她最近几年特别爱顶嘴。尤其自洪大周走了以后，她顶嘴顶得更厉害。有时候她也想，是不是有自己把自己当妈妈家小女孩的嫌疑，甚或提早更年期了。

"你啊，我能理解，单身女人有几个好脾气的？"闻菁菁也只能在电话里理解她一次。就算理解万万岁，这理解一次半次的，于小曼来说也不能解决什么实质性的问题。她最渴望的事情就是老妈多出去和别人交流，别一天老盯着她这点事。

话说回来，一次晚归又怎么了？她又不是天天出去。她出去玩，每次都是白天，也就这一次晚归。她觉得单身女人有约会很正常，何况，她是和另两个女人约会，又不是出去胡混乱混。一个单身女人身边如果没有个异性朋友，再没有同性朋友，别说她沈小曼了，谁都得疯掉。

此时，杨一士的电话如雨露一样滋润着她。刚刚洗过澡，她把自己轻轻放倒在床上。她喜欢在睡前接听杨一士的电话，这个时候，她感受着电话那边那个男人，就仿佛他正在自己的身边一样。那每一个字每一句话，轻轻地敲在她的心上，柔柔的、软软的，如同优美和弦，让她醉倒。本来先前喝了点啤酒外加红酒就已经有点晕眩了，现在更多了另一种醉的感觉。

杨一士会在电话里说想她，然后每次撂电话前都要发出声音吻她一下，她每次都笑出声来。杨一士就说，不许笑，笑得他紧张。她就说他，你紧张你还敢亲人家，你既然亲了人家，其实你一点都不紧张。说，你是不是经常这样亲别人。

对方一听，就直喊冤枉。说他已经有两三年没有这样亲女人了。

小曼就较真，说到底是两年还是三年？你这时间概念太模糊，你一定在这两三年当中不知道亲过多少人了。杨一士就说她是坏丫头。然后她就笑。她觉得她一接到他的电话，无论说什么，她都觉得特别开心。就算有的时候，她因为偶尔打电话过去他有事没办法接，待他电话过来解释完，直到把小曼逗乐了，他才开玩笑说刚才以为打到炸药库去了。

她听了就开始笑，她感觉自己像个小孩，有点没心没肺的样子。

其实，她觉得自己太孤独了，能有个人偶尔打电话跟她说说话，无论说什么，她都觉得很开心。

外面不知何时下起了小雨，滴滴答答敲在车库上面的塑料雨搭上，睡不着，汝小曼发现自己有个毛病，早睡倒能睡踏实，越晚睡越睡不着。索性睁大了双眼，却不知看向哪里。夜深了，飘着雨的夜里，看不到一丝霓虹。

整个世界都沉睡了，只有小曼独醒。

“豆腐（读肺音）儿。”明明忽然说起了梦话。汝小曼却差点跳起来跑到明明房间去。

宋庄市场拐角处，每天都有一个男人在那卖五香干豆腐，他喊出来的豆腐不是豆腐，是豆腐（肺）儿，还拖着很长的儿话音，明明就学了来。以前明明很调皮，每天晚上一个人睡觉，钻进被窝不关灯，每次都盼着汝小曼或者洪大周过去关灯。

他不直接喊爸妈给关灯，一声豆腐（肺）儿，这边早乐颠颠地跑过去看个究竟了。明明则躲在被窝里嬉皮笑脸地看着爸或者妈。也不知道从哪天开始，这“豆腐（肺）儿了”就成了明明喊他们关灯的暗号。

想到这儿，小曼一阵苦笑，明明已经很久不这么喊了。洪大周刚走的时候，他还调皮地喊过，日子一久，明明少了很多小孩子的调皮，更多了一丝与年龄不符的成熟。就这一点，让汝小曼格外自责。如果不离婚，儿子怎么也是生活在父母的身边，和别的孩子一样有着相同的幸福，也会和别的孩子一样，经常撒撒娇。

一声猫的叫春声从窗口划过，汝小曼禁不住心里一阵感叹，这下雨天，也挡不住小猫的谈情说爱啊。

看来，猫也怕孤独。哪怕顶了小雨也要过足爱的瘾。

汝小曼占领了整个大床，她想即使再有一个人，也难以容得下去。想想以前，她也是睡在这张床上，怎么和洪大周挤下的呢？那个时候，一点也不觉得拥挤，倒觉得两个人的两侧都有很富余的一大块儿地方。

如今，洪大周再婚以后，尽管小丫头回了老家，可听说最近被洪大周接了回来。小丫头两年之内不能怀孕，洪大周就有要回明明监护权的打算。

汝小曼一直没理他。燕郊的房子太小，尽管离明明上学的地方近，可是她还是把家又搬回了宋庄。想想自己真是折腾，害得明明没办法还要去挤930公交车。汝小曼安慰明明，她说她把手里的长篇小说写完，马上就去学个本，买车接送明明。

明明说你有钱买车吗？汝小曼说我们把红庙的房子卖了吧。自从洪大周从红庙搬走，汝小曼把那房子租出去以后，就再也没进过那个房间，每次讨房租都是在楼下和租房者碰面，或者人家给打到账上。

她不想踏进那个房子半步，她自己也不知道为什么。

“卖了好，卖了清静。”她这样告诉自己。只可惜，金融危机了，那房子如今比头一年要少卖好几万。

想想还是那样放着吧，无论如何还能生些房租出来。

## 第二章●药店里的尴尬事

### 1

妈妈过生日，家里姐姐姐夫、哥哥嫂子全都拖家带口地回去了。电话里，大姐就催过她，让她没事早点回去。

老妈家住一层，两室一厅的房子，厅不是很大，莉娜想也能想得出来，现在家里一定又支上了两台麻将桌。

别看老妈过生日，她依然扎了围裙屋里屋外地忙，大姐夫也一定下厨帮忙。想到这里，有人喊她网有些卡，她赶紧跑过去。忙完再坐下就又会想象到另一个场景。

此时，父辈坐一桌，自己的姐姐哥哥们又支了一桌。如果是暑假，孩子们会在老妈卧室里玩扑克。现在有两个在外面读大学的孩子，其中就有莉娜的女儿陈陈。

所有的人都拖家带口，只有莉娜孤家寡人一个。正月初二那天，女儿陈陈会拖着小箱子从学校赶回来。其实，学校早放假了，她只是想去父亲的城市看看父亲。陈陈在父亲那里也只小住了几天，就跑回来见自己的妈了。

听说父亲又找了女人，莉娜想象不到陈陈会是什么想法。看样子她是接受的，回来还跟她讲自己的那身衣服是那个女人给买的，包括她拖着的带轱辘的小箱子。

也许陈陈还不知道，她的父亲刚刚和那个女人回老家登记。他们竟然还穿了情侣衫。一想到这里，莉娜的心都痉挛在一块儿了。

她在网吧里里外外磨磨蹭蹭着不想离开。网管早按规定的时间来接班了，喊了她几次，她恍恍惚惚不为所动。早到妈家也没什么事，不想玩麻将不想进厨房，她如今好像什么心思都没有了。

她已经习惯了独处。早晨睡到被闹铃强行吵醒，按倒闹铃继续睡，睡到不得不爬起来。没办法，不起来不行，要去网吧，那么一个摊子她要去现场管理，只把它交给网管还是不放心。现在不允许包夜，她可以回来睡个安稳觉。只是，早晨她要赶到网吧接替网管，还要在网吧磨豆浆。

网吧不大，不需要网管一天二十四小时管理。只要她没事，她就守在网吧。家就是网吧，网吧即是家。

看看时间还早，就回到自己的住处想休息一会儿。窗外怎么看都是个不错的晴天。掉过头，又把自己撂倒在大双人床上。这张大双人床是她当年和陈秋冰一块儿选的，想不到，人去床空，只剩下自己守着这么大的一张双人床。想着想着竟然很快睡着了。

醒来以后没有立刻起床，她喜欢睡醒以后这段时间赖在床上，可以重温自己的一些梦境。好歹这是在自己的窝里。这要是在自己妈家，妈不说啥，爸也早不愿意了："都多大的人了，还要睡到太阳晒屁股。"就是白天在妈家午睡一下，爸也总像带着情绪。

没办法，自己无论有多老，这爹和妈都太不把她当外人，还以为她才三两岁，想说就说。有的时候当着外人的面，老爸也要给自己脸色看，跟她欠了他多少吊钱一样，不就是自己耍单儿耍了这么多年，为自己愁吗！

有什么可愁的啊，真是的，一个人过才开心呢。

还是大姐会做人，不然爹妈怎么那么喜欢她呢。

想当初莉娜说离就离了，婆家人估计都知道了，这娘家人还一点不知道呢。大姐一边在公司任职，一边开着饭店，在这个家庭里，算是一个很能干的女人。

要说莉娜离婚的事，离完了，也只敢跟大姐莉莉说了。那两天，自从婆婆住进家里来，陈秋冰就没给过她好脸子看。一边婆婆使唤她，一边陈秋冰的大男子主义压得她喘不过气来，她觉得自己已经没有活路了。

大姐莉莉劝过她，说婆婆不可能待多久，就算一直待着，她做小辈的也应该伺候她，能忍就忍忍。

“我伺候她，我凭什么伺候她。就算我伺候她，那陈秋冰也不至于整天给我脸色看吧。我欠他了，凭什么啊。”

“你真是没长脑子。就算他给你脸子看，就算婆婆指使你，也不能说离就离啊，谁家过日子不磕磕碰碰的。”

“我说离就离？我不就刚说了个离字吗，他陈秋冰怎么样？他还不是说，离就离谁怕谁。他妈更是一点都不在乎，恨不得一脚把我这媳妇踢出家门才解恨。”

大姐莉莉听到这里，啥话也说不出来了，简直就像吃了什么东西被噎住了一样。莉娜想怎样把这话说给父母听。这事，也只有让大姐转告他们了，要是自己说给他们，不把他们气疯才怪。

莉莉看到老爸心情好的时候，才把这事说了出来。老爸当时就愣了，也蒙了。莉莉赶紧说，莉娜也可怜，在婆家处处被排挤，我们再逼迫她，让她继续回婆家受气，那她真没有活路了。

好说歹说，老爸那边没有引发战争。听了大女儿的话，觉得有点道理，可他从此眼里就是容不下莉娜。

在莉娜眼里，老爸就是偏心，他就是喜欢大姐喜欢哥哥，根本就觉得她是捡来的一样。当初老妈也说了，本来一儿一女正合适，偏她又来了，来了也就捡来了。

老爸一看自己眼神就充满了恨铁不成钢的情绪，看她的姐姐和哥哥，那眼神可老大不一样，充满了柔情。真服了，老男人的眼里也能充满柔情。莉娜也想好了，这辈子就算是必须要找，也要等到老掉牙的时候再找那个伴，到时候搭伙过日子就了此残生了。现在，一个人才叫潇洒呢。

不用喊别人起床，也不用被别人催起床。不用给别人做饭洗衣服，也不用看谁脸色。一个人想看电视就看电视，想吃饭就吃饭，想睡觉就睡觉。想干吗就干吗，谁管得着呢。

看看时间不早，骑上摩托车就直奔家的方向驰去。路上经过物美超市，发现一对穿红艳上衣的男女闯入她的视线。他们手拉着手，很快乐地在前面走着。就在她看向他们双手，甚至想看清他们指尖的时候，差点把路人给撞了，惹来一阵谩骂。

事后她想，她怎么可以隔这么远还能够看得到他们的指尖呢。就算陈秋冰的指尖还是当年的指尖，可如今这指尖碰触的是另一个女人的指尖，与她也是相隔十万八千里，再拉也是难以拉得到了。

心情于是坏到极点，恨不得追上那两个人骂他们一通。无奈在她向路人道歉的时候，那两个人跟鬼魅一样早已消失于视线之外。她甚至有一刹那怀疑自己，也许先前出现的那一幕只是幻觉，怎么会这么巧就又看到陈秋冰呢。他早已消失于她的大脑记忆库，于她来说，他只能是过去时。

“还有小姨没来，每次他们来得最晚，小姨一天总那么忙。我来晚了，不用我了吧。”家里人果真来得差不多了。莉娜跑厨房转了一圈，拿了块喜欢吃的鸡柳边说边撤到客厅去。

“莉娜，你怎么才来，让你没事早点来，帮妈干点活。”莉莉一边砌长城，一边对妹妹说。

“好意思！你玩行，凭什么你可以玩，我就不可以晚点来，厨房不是有人帮忙吗！”

莉莉狠狠地白了莉娜一眼。

“我们来了。姐，这是李之恒，我们的远房亲戚，他今天也来给你庆生了。”说完，莉娜小姨附在莉娜妈耳朵旁耳语了几句。莉娜妈显然很高兴，忙着招呼门口站着的李之恒。

莉娜一听李之恒，脑子一炸，这名字怎么如此耳熟。看过去，果真是自己初中时的同学。尽管在一个城市，隔了若干年不见，那粗粗的轮廓仍然能够看出一点当年的模样。

想当年，他是班上最调皮的男生，就坐在她的旁边。他调皮到老师在前面讲课，他会拿红领巾把自己拴到自己的凳子上，老师看到他在搞小动作，喊他起立，他竟然连人带凳子一起站了起来。为此被狠狠地罚了站。

那一次，他给她留下极深的印象。

不过，他倒不讨厌，就是不大喜欢学习，家人给他订了不少杂志。只要莉娜没订的，他每次都先给她看……

“你不是不愿意出去相亲吗，今天你小姨给你带到家里了，送上门的，好好看看，合适就给我定下来。”老妈趴在她耳边说了这么一句，莉娜听完就不愿意了。

## 2

莉娜不得不对着李之恒像挤牙膏一样挤点笑出来。尽管是多年不见，可因眼下的身份，带有相亲色彩，莉娜就生硬起来。

随后，莉娜跟老妈进了厨房：“妈，你们这不是乱点鸳鸯谱吗！我说我现在要找了吗？连我的意见都不征求就把人领回家，这叫什么事呢。”

“领回家怎么了？又没领你家去。你趁早看好了给我定下来。你一个人住，我还不放心呢。年龄一天比一天大，你要挑到什么时候是个头。以后不是你挑人家，该人家挑你了。”

“我哪里在挑？我现在根本不想找，你知不知道。啊，我知道了，你看陈秋冰找了，人家要结了，你们急了？他找他的，他结他的，跟我有什么关系。我偏不急。我还不找了呢，这一辈子离了男人过不了了？我还真不信这个邪，我就一个人过。”

“祖宗，你给我小点儿声，谁还不知道你是个大嗓门；谁还不知道你离过婚了。这种事让别人听了好听一样！不管你愿不愿意，今天李之恒来家里，你给我老实点，人家说啥也是客，别一点礼貌不懂。”老妈显然真的生气了，“没事就闭上嘴，一天就听你的大嗓门了，没个女人样。”

酒桌摆好，两室一厅的房子竟然摆出三桌酒席来。孩子们就占了差不多一桌，只是他们那桌不太挤。孩子那桌被安排在卧室里。成人两桌全放在客厅，可以互相交流，敬酒也方便。

“要是赶上春节，陈陈和佳琪一块儿回来，小孩这桌就满了。”莉娜像是对屋里所有的人说。大姐莉莉白了她一眼，显然好像她不该提陈陈，只怕是担心她一提了陈陈，就又提到陈秋冰。

想当年，只要娘家这边有饭局，而陈秋冰有事又来不了，每次莉娜都要找一个大盘子在大家就餐前给陈秋冰夹好些菜留着。

多年过去，显然女人特有的细心并未让陈秋冰领情。相反，像莉莉这样从来没特殊照顾过自己男人的女人，家里反而过得红红火火，就是吵架想赶男人走都赶不走。

大姐夫满脸红彤彤地从厨房钻出来，大围裙把他包裹得格外像居家“主夫”。

小姨的儿媳宁小平抱着才刚刚一岁的女儿坐在小孩子那一桌。人少，她夹菜照顾女儿也方便。老公穆凡则在客厅里和亲戚喝酒，她离很远都能听到老公的声音，女儿听到爸爸的声音，更是常拍了小手比比画画，谁也不知道她在说些什么。

她和小孩子们躲在大姨的卧室里，那一样的大桌子前，围坐的只是亲戚家里的几个孩子，她觉得自己心稍微安静了些。一边哄着女儿一边吃些东西，她要尽早赶回去打扫房间，第二天还要去上班。银行的工作，看着似乎轻闲，其实是很累的，一整天把身子锁在柜台里面，跟笼子一样，手里每天机械地数着别人的钞票。

莉娜忽然出现在宁小平身边。

“姐，你怎么也到这屋来了，这屋都是孩子。”

“你是孩子啊？你不也在这屋吗。”莉娜说话总是很呛人。

“呵，那倒是，可我怀里这不是抱着孩子吗。我得照顾她。你不是会喝酒吗，应该在大人那桌哦。”其实宁小平差点说，我不照顾她，谁管她呢。如今，她的眼睛里面是红的，外人看不到，心底是伤的，外人也看不到。她其实是想生儿子的，可她生不出来儿子，当然，她觉得她现在和家里的那些斗争，其实不单单是因为生女儿的缘故，但她懒得和这个家里的任何成员说。

宁小平觉得坐在这屋子里，分明有些热，孩子在怀里又不老实，老想挣扎着下地。孩子才刚刚学会走路，不敢轻易放到地上，磕磕绊绊，不定会把什么东西碰倒。弄不好还会伤到自已。

“妈，我吃饱了，我先回去了。”宁小平抱着孩子来到婆婆面前。

“让穆凡送你吧。”遂回转身对着儿子喊，“穆凡，你把小平送回去。”

穆凡放下酒杯，站起来，接过女儿。两个人一前一后，一边和屋里人打招呼一边走出单元楼。打开车门，穆凡驾着他的别克君威驶离小区。车的外形看上去还算很新，其实买的是二手车，买到手也不过才几万块。穆凡原来在部队学会了开车，如今经常跑长途运输，偶尔闲赋在家，也习惯有车开着。车内很安静，除了孩子的呀呀学语，此外，静得如同只有一个人一样。

房间里却热闹异常。

“少喝点，一会还骑摩托车。”莉莉在自己男人身后，用手背轻轻碰了一下他后背轻声说。

莉娜看在眼里，当没看见一样。想想自己，当年很难这样轻声细气地和陈秋冰说话。想不到大姐一个很厉害的女人，跟自己的男人竟然也会这样温柔，禁不住撇了一下嘴，恰巧被莉莉捕捉到，莉莉也权当没看见。

莉娜从客厅的桌子转移到孩子那张桌上，见到宁小平走了以后，又杀了回来。

“你能不能稳稳当当可着一张桌子坐，这么大的人了，还跟个孩子似的到处乱窜。”

“谁跟个孩子似的？我喜欢坐哪就坐哪，这个你也要管？”

“不是我管不管，你说你都多大了，还一会儿窜这一会儿窜那的，能不能消停会儿。人家在那都看着呢。”莉莉最后一句就格外地轻，然后嘴巴努向另一张桌子，示意看向李之恒。

"别人关我什么事？我还要看别人脸子过啊。我喜欢坐哪就坐哪。这是我妈家，又不是你家。"莉娜显然觉得丢了脸面，就顶起了嘴。

"这里确实不是我家，你以为你在我家，我由着你这么乱窜啊。挺大的人了，可真是。"莉莉也不高兴了，嗓门就也大了起来。

"什么人呢，没事就管我，今天还管到我妈家来了。你别以为我什么都听你的。"

"是，你是不听我的，你要听我的，你也不会离了。"莉莉的嘴也不饶人。

"我离不离关你屁事。"莉娜说到这，眼泪就冲了出来。然后不管不顾就走出房间，门关得很响，摸到摩托车就想立刻骑走。

## 3

"莉娜，别急啊。让之恒送你。别一个人走夜路。"小姨追了出来。

"又不远，我就住我妈家前面，您又不是不知道。用得着送吗。"小姨被她抢白一顿，张口结舌无话可说，尴尬地看了眼刚走出来的姐姐。

而莉娜说了这么急的一番话以后，显然才看到小姨身后的李之恒，略感不妥："哦，真抱歉，我就住在我妈家前面，不用送我，很快就回去了。谢谢你。以后有机会让小姨带你来家里玩。"说完直在心里砸自己，这什么话嘛，显然给人家留下话柄，邀请人家来家里啊，这还了得。她看到李之恒在谦虚地笑着。

"死丫头，跟你姨说话也这么没大没小，真没治了。浑身带刺摸不得、碰不得、说不得了？不用管她，老大不小的人了，整天还像个小孩，也不想想自己当妈当了都多少年了，还这么任性。"

莉娜推了摩托车骑上就走，骑到家门口，摩托车没有入车库，直接停在了单元门口。犹豫了好半天，看着楼洞里时亮时灭的感应灯发了会儿呆，实在不想上去。网吧那边交给网管，今晚堂妹又在那值班，虽说不用她去管理，但是她觉得自己就这样这么早回家待着，仿佛少做了不少事情一样。

这个时候就又想到了莹莹，莹莹的药店是她差不多每天必去的地方。现在不如去那里坐会儿。于是莉娜发动摩托车直奔莹莹的药房方向而去。她有一种倾诉的渴望，有好多话要说给莹莹听。或者说，她有好多话想说出去，就算不说给莹莹听，哪怕说给大树，说给花草，说给头顶的蓝天白云，只要对方愿意倾听，她就要说。

实际上，她和莹莹在一起真就有着说不完的话。

“老公没在家吧？”

“没在，他这周又不回来了。他在也没事啊，你来你的呗，真是。你又不是男的，还怕他多想啊。”莹莹就笑，边笑边绕出柜台。

“那倒是，他在我来也没事，可他要是在，我和你说话可就不能想哪说哪了。”

“小曼这两天也没过来，也不知道忙啥去了。听她上次跟我说，她要在家里设一个情感倾诉热线。有谁没事去跟她倾诉啊，当时我就打击她。可她还偏说一定能成。说那些天在网上看了她文章然后找她倾诉的人特别多。她可真是想一出是一出。要是换成我，有些话宁可憋死也不会说。”

“什么话？你有事？你有憋在心底的话？快交代，都有什么。趁申家奇不在家，赶紧说，不然会把你憋坏的，哈哈。”莉娜一扫先前的阴霾，又变得阳光且快言快语的。

“你得了，我哪有什么不可告人的故事。我只是说，谁就算真有隐私，那也不能随便说出去啊。别说她将来想办收费的了，就是让她免费听，我觉得还不如搁到自己肚子里。当然，那些找她倾诉的隔了电话线，相互都不认识，可能意义不一样。”

“看不出啊，莹莹，你心里还有秘密哇。”

“真没有。这话不是说到这儿了吗，我就这么一说，我只是替小曼担心。你说她要真弄一个情感热线，我看顶多满足她写写小说的欲望。要像某知名人士那样办成收费的，我看难。如果不收费，免费听，听多了我觉得都烂耳朵。人要是听那些乱七八糟的东西听多了，就跟垃圾桶一样，自己都被腐蚀了。”

“你说得有道理。不过，按小曼现在来讲，能经常收听到故事，对她写作也会有帮助。”

“她上午还来我店里坐了，买了钙片和维生素，她现在也注重这方面的保养了。不过比起你来，还差得太远。”

“还提我，我都补过油了，哪有四十不到就停经的，我都愁了几年了。现在这年龄，看样子，想再来也来不了了。想当年量多一到那几天就心烦，夜里也睡不好，现在倒是想要要不来了。”

“没有月经，跟没有男友有极大的关系。谁知道你咋想的，你就不能找个伴？人生有几个十年？陈秋冰离开你这么多年了，你看人家又结婚了，你凭什么还不结呢。我有个同学就是，两口子两地生活，才35岁她就停经了。”

“啊，这么年轻就停经了？也没去看看吗？”

“不知道，反正现在看她特显老。女人没有男人滋润不行，没有月经也跟男人有挺大关系，你抓紧吧。”

“得得得，又掉过来说我，我可没惹你。我就不信没男人过不了，我这几年过得挺滋润的。不过话说回来，没月经倒是干净省心，就是卵巢一老化，人就老的更快了。”

“不过你还行，你看你皮肤一直挺好，人也长得年轻，要是生理上再正常些，你就更了不得了。”

“也不行，最近有黑眼圈了。前几天，偷着包夜，后半夜才睡。现在也好，管得严，不让包夜，我也省心，能睡个安稳觉。”

“你先坐着，来人了。”莹莹看到有人推开玻璃门进来，边说边走进柜台。

“我要钙片。对，给猪吃的。先要二十袋吧。多少钱？哦，行，再便宜点吧。没少在这买，上两次是我弟弟来拿的。”来者一边说一边掏钱。

“猪也要吃钙片啊？”莉娜觉得这事真是无比新鲜。

“当然，它们也要补钙啊，不然怎么会长得更结实呢。尤其公猪，它要给母猪配种，不壮实点谁家也不愿意把母猪送过来。”来者接过话。

莉娜听了直想翻白眼，可是在莹莹的店铺里，又不敢多言，生怕搅了莹莹的生意。

莹莹倒不在意：“现在人都有钱，家里给猪羊补钙的多了，一点不稀奇。”

莹莹帮他把钙片装好，来者却并不急着走，从兜里掏出一包中华，点燃烟以后，他的眼睛从柜台上装了钙片的袋子慢慢转到性用品柜台，看了那柜台几眼，遂走过去：“这个，多少钱？”

莹莹一看是在问避孕套，赶紧拿出来告诉他价格。显然，有几种避孕套，价格不一。“要那最贵的。”莹莹拿出来，他抖开套盒，从盒里面跳出一沓封了口的TT。有一只独立包装的TT被来者拿在手里：“这个怎么回事？怎么还和那一串不一样。”

“是不一样，这个最贵的里面有一个特别包装的，你拿回去自己研究。”

“我是拿回去研究，可这上面怎么这么多刺啊？这女人能受得了吗？”

他这一句话，不仅莉娜反感，莹莹脸上也挂不住了：“买吗？不买把它装盒里。”

“买啊，谁说不买了。就是没见过还有带刺的，可真奇怪。我拿回去试试，就怕媳妇受不了，就要这盒了。”来者一边说一边回头看了一眼莉娜，“你这身衣服不错，挺有眼光。”

莉娜狠狠地剜了他一眼。要不是在莹莹店里，她早拿话噎他了。心想，噎不死他。

他前脚还没走出去，后边莉娜就差点把手里装着开水的杯子掷向他。“怎么啥人都有。神经病。”

“喝酒了，满嘴酒气。”莹莹也不准备就这话题讲下去了。“你别看我这店小，在这也是啥人都能遇上。前几天有两个装修工，浑身沾满了大白，在药房待好半天，说要买膏药，还说我这里的膏药牌子他没听过，偏又赖着不走。后来又抽烟又聊天，把我烦的，我说了几遍这屋里不许抽烟，要抽出去抽，偏就熄了火也不走。后来买了我这里的膏药，你猜不着他们要我干吗。”

“干吗？”莉娜不明所以。

“要我给他贴。你也知道，申家奇平时在外面上班，每周末才回来，平时只有我和嫂子在这店里守着，他们经常从这里经过，也知道好像这店里没有男人。结果那天也巧了，正好是周末，申家奇也回来了，正在楼上休息。听说让我给贴膏药，他大喊一声，不给贴，爱买不买。吓得那两人拿了膏药扔下钱就走了。”

“这世道，啥人都有，他还以为谁的便宜都能占呢。他妈的，不长眼睛好好看看，你就告诉他，老娘不是好惹的。”

俩人哈哈大笑。

## 第三章●爱已远　情还在

### 1

冯伟业回燕郊了？这对汝小曼来说不是新闻，她知道他早晚要回来。当然，他这次回来已经和她没有任何关系了。只是她没想到他回来得这么晚。

那东北寒冷的江面上，汝小曼终究是没有福气和冯伟业一块儿滑过去，哪怕只滑到离俄罗斯界内很近的地方，哪怕只在家门口滑。一想到这里，汝小曼心里还是有一丝的不痛快。

实际上，他一回来就给汝小曼发了手机短消息。汝小曼不想回复，可她没有坚持多久，她在宋庄自己的房间里像困兽一样徘徊着。不过不是为了冯伟业，而是为了另一个男人。原本，杨一士说最近从郑州过来看她，可是一拖再拖，让她很心烦。

他总说案子多。她无法想象，他的案子到底有多少，难道多得连自己要面对爱人都没有时间吗？她不相信。他也许在找借口，可她又不能说什么。都是成年人了，他说没有时间，她又能把他怎么样？

她能够在冯伟业发短信给她以后回复冯伟业还有最重要的一点原因，那就是当初从冯伟业家搬出来有些东西还一直放在他的租住处。这也是偏听了冯伟业的说法，说她燕郊的房子太小，先寄存他那，他给保管着，她想想也是。何况，那个时候他们是那样地好着。

冯伟业的房子是商用两住，楼上楼下跃层格局。所有的花草都摆放在他的一楼大厅里，包括冯伟业自己养的金钱榕、栀子、秋海棠、铁树、它们基本都摆放在门旁。尽管它们种植在盆里，可盆下面就是土地。冯伟业说，他住一楼的好处就是养花容易活。花草每天都可以通过花盆下面的通气孔，直接接触到地气。这很难得，这要是在汝小曼的房间里，那离地面就不知道要有多远的距离了。早就听父辈说过，说花花草草最亲近土地。要是把这些花草弄到高层去，有可能在不经意间就让这些花草们忘了本，而且还极容易夭折。

冯伟业回老家这段日子，小曼本想把花都弄走，把一些存留的家当也一并带走。后来什么都没有拿走，原因其实很明显，那个时候，他们还没有分手，相互之间，有些东西放在彼此住的地方是一件很正常不过的事情。

本来冯伟业回老家的时候要把钥匙放在小曼手里，小曼不知道为什么没有接。于是，那钥匙就落在了老尤的手里。老尤偶尔要画大画，就要借冯伟业的住处来画。要说老尤的房子也不小，画大画也画得开。

其实老尤就是图清静，自从老婆孩子来到燕郊，他整个人就没有了先前的自在劲儿。逃出来画画是他平时常做的功课。像他们这样的人，在外面有工作室，出来画画、出来工作，你千万不要以为他们不爱家，躲避家人。其实，他们要的是不被打扰，他们要的是一种心境。

不过在汝小曼心里，他们其实只是想有自己独立的地盘，想给地盘上添花加草。想到这儿，禁不住叹了一声。

冯伟业回老家过年的那段日子，伺候花草的活就交给了老尤。老尤其实用不着天天来，只要来一次浇一次水，那花就很滋润了。但他正在创作一幅大画，所以，差不多是天天过来。和冯伟业不同的是，老尤创作的时候喜欢听摇滚音乐，而冯伟业一到创作的时候，就要听郭德纲的相声。

郭德纲的相声，他是百听不厌。每次和朋友吃饭，冯伟业就爱讲郭德纲曾经讲过的段子，那是一套一套的，直逗得饭桌上的人哈哈大笑。

冯伟业有点像开心果。他是朋友们的开心果。

在汝小曼这里，他也曾经一度是她的开心果。只是那开心果，偶尔让她神伤。

一想起所有，汝小曼不能不回复冯伟业短信。冯伟业身上有一种磁场，像吸铁一样吸附着汝小曼。何况，话说得更现实些，她还有东西在他那里存放着，除非她不要了。她又怎么能不要呢，别的不要可以，那一花一草，那一花一世界，她怎能不揽回自己家中？

曾经在汝小曼的房间里，那些花的叶片上，沾染了汝小曼的所有气息。每天她都要经过它们，她可以不用每天给它们浇水，但她每天都要和它们说话。洪大周离去的日子里，她有很多天没有理这些花儿。

花儿在阳台上，一天天被那隔了纱窗的风侵蚀着。慢慢地卷了边，枯了、萎了，上面落了很多灰尘。她无心打理它们.就任它们这样委靡着。

这天，明明拿着水枪到处乱喷水。那水落在花叶、花瓣上，然后滴滴答答落到地砖上。叶子绿了，看上去很好看。

“妈妈，这花要死了。它要是死了，该多可怜啊。”

汝小曼心里一震，她自己的心是不是也死了？如同这花儿？

“妈妈，它们是渴了吗？我去给它们浇水吧。我不想让它们死。这上面都有花骨朵了。”

当那花朵次第绽放以后，汝小曼看到了自己的将来……

她决定，还是回复冯伟业。只当他是一个和自己不曾有过零距离接触的朋友吧。她不忍回想往事，尽管那往事不过在几月之前还是那么真实地存在过。

“我们一块儿吃个晚饭行吗？我很想你。”

看到冯伟业这样的短消息，汝小曼嘲讽地一笑：“你把你的女人放在哪个位置了？算了，我们还是不要一块儿吃饭了。”

冯伟业很惆怅。

上网的时候，冯伟业一看到汝小曼在线，就赶紧发视频过来。燕郊和宋庄之间，骑自行车也没有多远的距离，可是这一条长长的网线把他们隔得很远，远到在汝小曼这里已经没有了尽头，而冯伟业觉得他对她有亏欠，他想是不是可以在哪方面弥补一下。

他一次次地发请求视频过来，她一次次地拒绝。她知道他们之间再也回不到从前，她不想再看到他的样子。可那些东西、那些花草怎么拿回来呢？

她现在不想提这些东西，就想让时间一天天拖下去，拖到哪天再说。如果能拖到花儿草儿变成了化石，那她就狠下心来不要它们了。

## 2

"莹莹，那个药栓还有吗？"莉娜说完就有些不好意思。

"哪个药栓？什么药栓？"莹莹走神的当口，没听明白莉娜说的话。

"就是上次我拿的那种药啊，治炎症的。"莉娜尽量调整说话口气，不就是买药吗，至于弄出一副害羞见不得人的样子吗。

"哦，那个药啊，有啊。又犯了？"

"上次你跟我说用药至少要一个疗程，当时我就买了两盒，你说五盒一个疗程。我觉得好了，就没再用，现在感觉又犯了。"

"那你还是去医院看看吧，别给耽误了。再说，药也不能乱用。"

"没事，我知道自己，没什么毛病。就是想不到，这绝经了，倒绝出阴道炎来了。你再拿三盒给我吧。"

莹莹听话地给莉娜拿药。莉娜一边看着药品说明书，一边趁莹莹不注意，看向性用品柜台，那里摆着男性和女性用品。塑胶阳具，像针一样扎着莉娜的眼睛，想自己有几年没接触男人了，不禁心底一灰。可这种器具是绝然不能出现在自己家里的，她不清楚会是什么样的一个群体在使用它们。

药栓是不到四厘米长的白色柱体，上面拴着一根白色尾线。莉娜每次在上药前一定是先洗了澡，尤其要洗净了手。她用被子把自己裹好，生怕自己在上药的过程中被别人偷窥去。其实，窗帘她都挡得严严实实了，可她就是怕被别人看到。

她总觉得自己有一种鬼鬼祟祟的感觉，她认为自己正做着一件见不得人的勾当。说起勾当二字，莉娜不禁红了脸。

同时，她又觉得自己当初很可笑，无论怎样努力也无法把药栓置于阴道里面。后来莹莹点拨了她，说阴道和尿道是两股道，等到她把药置进去，才想狠狠地打自己的脸。丢死人了，她自己想。

那几次，等到时间一到把尾线抽出来时，看到药栓上沾有血丝，的确吓得不轻，还好，用了几支就见不到有血丝了。她以为好了，就没再买药。只是两盒用完以后，一到晚上上药的时候，她就条件反射般地想再继续。在用食指推药进去的过程中，她感受到一丝不可言说的快感。那快感让她周身有一种通透的感觉，外加一种麻丝丝的东西在身体上蔓延着，蔓延着，没有尽头。

她想，可能是自己太久没有性爱的缘故吧，每这时她就禁不住叹一声，那手指就会在自己的外部轻轻触碰几下，终究是在没有药栓的情况下，她的手指从来没敢涉进那小小的空间。

而那空间，陈秋冰不知探进过多少回，甚至在每次前戏的时候用手指撩拨她，满足她，让她一次次达到峰巅浪口。她想不到，男人的手指竟然会让女人如此快乐。

没有了陈秋冰，也就没有了神奇的手指。而她自己的手指无论如何是不能探触自己的。她不敢，怕弄疼自己。自陈秋冰和她分开，她就任那里荒芜着。

直到那药栓的到来，她又轻微地体验到了一丝快感。

于是，在每次上药之前，那一系列清洗的动作就格外神圣起来。

从莹莹的药房回到自己家，先洗了个澡，洗得有些急迫。那几盒药被她放在了抽屉里，谁来了也不会看到。她每一想到那圆柱形的白色药体，心里就有一丝羞赧，生怕这份羞赧被别人窥了去。当然，她不怕别人来看到，因为她这深闺没有什么人来光顾。她从来不喜欢把别人领进自己家门，别说男人，就是莹莹和小曼，她也没带她们来过。

她笑话自己，这哪是在治病，简直是一场让人兴奋、掩人耳目的特殊行动。

快速冲完澡，她就直奔抽屉去了。拿出药，戴上一次性指套，然后把自己放平在床上，弯曲双腿，深呼一口气，正当用食指送药，药体还没有完全进去的时候，她听到门铃响，继而是咣咣的砸门声。

莉娜手一抖，顺着尾线就把药栓拽了出来。被拽出来的药栓她没舍得扔进纸篓，生怕扔进去被来客看到，于是脱下指套，找来一张干净纸把药栓卷了进去。当把所有有关药品的东西全塞回抽屉，这才走到厅里问是谁。

“是我。”门外传来老妈的声音。

老妈一般从不晚上来串门，这定是有什么重要的事了。

“打电话怎么不接？一天也不知道跑哪儿疯去了，来了两趟了都没看到你。这么大的人了，这都几年了，也不操心自己的大事。”

“我不是在家，就是在回家的路上，不是在回家的路上就是在去网吧的路上，我的生活就这么单调。大事？我能有什么大事，我的大事就是早睡早起身体好。找出更多的时间守着网吧，多赚钱，赚了钱买各种各样的养老保险，等到老的时候老有所养，不给社会添乱，不给陈陈添乱。我这怎么还不行？”

“这些都是次要的，找个男人才正经。”

“找男人才不正经，一个人过才正经。”

“死丫头，你少跟我顶嘴。我和你爸的意思，一致觉得你该找李之恒。他对你也是真有意思。他条件不错，死了老婆，没有前妻跟着搅和，没生儿女，你以后也就没有拖累，上哪找这么好的条件去。”

“我不想找，我说过几遍了，我不想再重复了。你们乱点的那些鸳鸯谱还少吗，不嫌烦啊！”

“自己过一辈子？爹妈陪你一辈子？这是不可能的。你不找，我们闭不上眼睛。再说，陈陈也不可能陪你一辈子，我跟你说，女孩子长大了，人家有自己的幸福，你以为还回来陪你啊。你将来也省了给陈陈添乱。”

不说陈陈还好，一说起陈陈，莉娜就揪心地想起女儿来。

“我没说以后让谁陪我，我也用不着谁陪我。我现在习惯自个儿生活。

一个人挺好，干吗非找个人在眼皮底下晃来晃去的？再说陈陈现在刚上大学，花钱用钱的地方多着呢，我凭什么找个人跟我一起争钱花？”

“什么叫一起争钱花？难道他不挣？”

“他挣了能给我花？再婚的都分心眼，我不想再找了。一个人过挺好。”

“也不会都分心眼吧？你诚心待人家，人家干吗跟你分心眼啊。”

“让我找也行，等老得走不动了，我再找个伴，搭伙过日子。”

“死丫头，我说不过你。”

老妈说完就走了。她要去送，老太太偏不让，说楼下还有很多人散步，用不着送。

莉娜刚才用药的兴奋和神圣劲全都没有了。看着那个刚才还没有完全塞进去的药栓，用纸巾缠了缠裹了个严严实实，顺手就扔进了纸篓里。

回头又看着桌面上摆的瓶瓶罐罐，禁不住一声长叹。吃蛋白质粉吃这个胶那个胶的，到头来把自己补得年轻轻不到四十岁就停了经，这让她倍感绝望。

她去拍过彩超，结果说正常停经，不会再有来月经的迹象了。医生只限于安慰她几句，告诉她以后生理卫生方面的注意事项。病人那么多，对她的有些问题也无法一一回答，这让她每次去医院都怀着一种忿恨离开，心想，有病自己去药房买药解决，也不再求医。

## 3

莉娜刚从网吧出来，打算回家。这几天她没骑摩托车，打算步行锻炼身体，正走着迎面就遇上了小学同学。最开始她没认出他来，倒是他先喊出她的名字，她却一时半会儿想不起对方的名字。只记得他小的时候特别调皮，老师在前面讲课，他在座位上用红领巾把自己的腰系在椅子上。老师发现了他的小动作喊他回答问题，后果可想而知。

他连人带椅子站起来，却又站不稳。那一次他表现得很糗，弄得全班同学哄堂大笑，把老师气得鼓鼓的，罚他站一节课。现在讲起来，大家都当笑话说了，这个小时候的插曲，倒给两个一直不联系的人稍微增加了一点熟识度和亲密度。她看着他的名片，上面写的是保健品销售主管。对方把名片递给莉娜以后，仔细地看了看莉娜，对她说："你有颈椎病。"

莉娜惊奇地睁大双眼问道："你怎么知道？"对方没接话茬，只是点着头，把思考的空间全留给了莉娜。莉娜就觉得对方太神了，他怎么就知道自己有颈椎病？还是现在大多数电脑一族都有这个病？也许他猜的也说不定，就算他会相面，这病症是能相得出来的吗？

"你的腰也不是太好。到我们这个年龄就得讲点养生，你该补补了。"

"所以我偶尔不坐车不骑车，开始走路了。锻炼就是对身体的一种良性滋补。"莉娜说。

"锻炼是对的。可是如果身体已经缺营养了，不赶紧补充营养，那就容易透支了。"他边说边在心里笑话莉娜，你不习惯性地摇那几下脖子，我哪里会知道你颈椎出问题了。他适时地又补了一句，"电脑一族，百分之八九十颈椎都不好。"

"何况我还开着网吧？整天面对着几十台电脑？就必须要得颈椎病？这不对吧，我很少用电脑的。"

"这个跟电脑有着很密切的关系，其实更多的是跟自己的生活习惯有关。你看电视的坐姿还有平时休息的不良坐姿都有可能导致颈椎病。颈椎病发现的早就得赶紧救治，否则它太害人了。我姐就有颈椎病，总喊头迷糊，原来一直以为是血压不正常，后来才发现是颈椎出了问题。严重的话还容易导致瘫痪。"

"啊，这么吓人？"本来莉娜是一边走一边跟对方讨论颈椎的，听到这里，倒把她吓了一跳，赶紧停了下来，"你说的是真的假的，颈椎还能让人瘫痪？"

"是啊。我姐原来想吃药，你想，药的副作用多大啊。后来我给她找人调理，做刮痧，现在好了。为了增强体质，现在一直在吃我们的产品呢。"

准单婚

莉娜警觉地看了看对方，心想这是又遇上骗子了，一定在鼓吹自己产品呢。告诫自己可千万不能上了贼船。当然，原来莉娜也用过类似的产品，还被拉去听过课，说那洗碗液真是环保得不得了，就是把它滴进鱼缸，鱼都不会死的。所以一旦你用它刷碗，如果冲洗得又不是太彻底，有残余液体在碗上，那也是毒不死人的。意思是，你可以放心大胆地使用这款洗碗剂，仿佛不小心当饮料喝了都没有关系。那次莉娜还真买回来一瓶，还有香皂、牙膏、沐浴露。还给女儿买过蛋白质粉，自己也想吃，但就是嫌太贵。

正在犹豫当中，小学同学对莉娜说："我带你去我们公司看看吧。我们有自己的医师，让他们给你调理调理颈椎，趁年轻，可不能耽误了。"

"不去了。我今天还有事。"莉娜警觉地打算绕开对方，"我还得去逛商场，你不去吧？"

"男人很少愿意逛商场，你要是愿意让我陪，我就去。"

还有这么赖皮赖脸的男生。莉娜只好对他说，自己已经和好友约好了在商场见面，她要尽早把眼前这个男人甩了。眼前就有一家大商场，莉娜赶紧和他告别钻进商场。商场里的人并不是太多，既然进来了就索性转上一会儿。在拐角处有一个药品柜台，比起汪莹莹的药店真是小得太可怜了。莉娜从柜台旁走过，看到里面有TT，还有供男性和女性用的情趣用品。

"大姐，您需要点什么？"那话外音，仿佛是问她要不要买个性工具回去。莉娜终是红了脸，不敢多停留。心想，我要买也要从莹莹的店里买，质量可靠，没准还能三包呢，三包？一想到这里，莉娜就问自己，到底怎么个三包，包修？包换？包退？这种玩意，用过了，怎么修？怎么换？怎么退？她想这种东西能有几个人买呢？放没地儿放，搁没地儿搁。被发现了，不丢死人才怪。如今，莉娜的脸不是单单红这么简单了，心底下倒是被自己吓了一大跳，难道，离婚女人要靠男性的性工具打发日子吗？她在心底狠狠地摇了摇头：不！

从商场另一个门走出来，遇上门前某品牌公司宣传他们生产的TT，并为18岁以上成年人免费发放，莉娜有幸得到一盒。他们的宣传理念是：抵制艾滋病，人人都有保护自己的权利。她犹豫都没犹豫就接了过来，反正免费的，免费的管它回去能不能用，总是先装在包里再说话才对。

莉娜贼头贼脑地把未开封的TT迅速装在自己的包里，心想，不成送给汪莹莹放药房里卖掉，一盒二十多块钱呢。想到这里莉娜就开心地笑了起来，笑自己是财迷。可要是在网吧，一个小时上网费两块钱，卖掉了够上十个小时网的，这可是没花一点力气就赚了十个小时的网费。

送药房卖掉是不太可能的。莉娜没有缺钱缺到那种地步，但她不这样做，可以这样想。只是回到家里怎么打发这么多的TT就是个问题了。谁要是从单身女人房间搜出这种东西了，那这单身女人不得打自己的脸，非常之疼不说，主要是丢人。

莉娜想尽快消化掉它们，于是把它们全都撕开，一个个吹成了汽球。这个时候，她想起小时候父母也拿回这种东西，他们不用，全给孩子们当汽球吹了。母亲更有创意，汽球里面不知道怎么灌进去的紫药水，吹出来的汽球全弄成了葡萄状，于是就挂在镜子上，当装饰品了。

真是想谁谁来，刚想到母亲，母亲就来了。只有母亲一个人在外面，也就没有及时地收拾眼前的残局。看着满地的汽球，母亲的脸有一刹那的不适应："咋了这是，多大了还吹汽球玩？你赶紧给你闺女找个爹回来吧，别一天在家瞎折腾，没个正经。"

"她又不是没爹，偏要我再给找个？我没工夫。妈，您今天来不是又鼓动我相亲吧？"

"嫁人咱不说为了吃饭穿衣，咱也得为将来防老做准备吧。"

"不是养儿防老吗？我没儿子不是有闺女吗？还要防什么？"

"老了也好有个递水递药的，也好有个跟你说话的。你指着将来闺女天天陪你？你就看看你，你天天陪我了吗？"

"您也不用我陪啊。"

"你薛姨说给你介绍个男朋友，你明天上午抽空去看看。听说长相不错，工作也好。你赶紧找个回来我也就放心了。"

"妈，我不去。什么薛姨学姨的，我对找对象就是提不起精神来。"

这时电话铃声响起，莉娜赶紧接通电话："噢，是你啊，挺好啊，我今天在商场转了好半天，还看到你们的柜台了。是吗，你也要开个专柜？支持你。咋支持？你说咋支持，我要能办到我就办。明天？行，就明天。”

撂下电话，莉娜说：“妈，您就甭操心了。看，来了吧？我小学同学，今天见了，明天我们还要见呢。”

“他啥条件？工作好不？人长得咋样？”

“好好，他哪都好。妈，我看您就不要操心了。等我有了心情，将来给您领个回来就是了。”



## 4

当着自己妈妈的面，莉娜跟小学同学打得火热，似乎还要去支持他，可是支持他什么？自己没头没脑说出的话自己都不知道怎么圆，现在看来，顶多买他两样产品，要鼓捣她去做推销，门儿也没有，打死她也不愿意。

莉娜去了他们的保健品超市。一到那，超市老板就把功夫茶给泡上了。喝着茶水，看着落地窗外的风景，这种闲懒的状态，挺受用。此老板是做地产生意的，这套房子装修得很不错，是用来做样板间的。两个大男人闲聊着他们曾经看着落地窗外的斜风细雨，以及白雪飘飘，喝着悠闲的功夫茶，笑着说那是相当有情致。还说生活就该这样慢下来慢慢地过。

莉娜心想，大男人还这么讲情调。听对方说得好，以前只知道拼命挣钱，身体都要累垮了。现在懂得保养，也知道讲究养生了。锻炼第一，但保养更重要。此老板说自己不像以前那么拼命了，当时有人打电话来要货，莉娜的小学同学很积极地给送货去。老板笑着说，在家闲着喝杯茶的工夫就把钱挣了，还能给别人带去健康，何乐而不为，说这样的生活才更有意义。

后来又来了两个女人，看上去皮肤很好，很年轻。这让莉娜忍不住又小小地嫉妒了一下。两个女人显然是这里的常客，其中一个从包里拿出一瓶粉状的东西，倒进杯子里，兑上水喝下去。后来莉娜才知道这是蛋白质粉。这是随时在给自己补充蛋白质呢。

几个人谈起手相，正巧莉娜的小学同学回来，那个喝了蛋白质粉的女人给他看手相，边看边说他一定便秘。看他直点头，她继续说着什么。莉娜就想过一会儿也让她看看自己的手相，当女人看她手相的时候，对她说，你看你的手指肚都是歪的，你颈椎一定不好。

莉娜伸开十指，比画着看自己的手指肚，看来看去，真好像歪了，又不确定，于是给自己的同学看，同学非常严肃肯定地说，是歪的。手指肚就能看出颈椎的问题？这不禁让莉娜立刻对眼前这个女人刮目相看起来。听女人在跟那个便秘的同学说应该吃哪款产品，莉娜就急不可耐地插了一句，问自己这个颈椎好治吗。女人说明天可以来，她要来上课，正巧把工具带过来给她做一下。

小学同学激动地说，太好了，王老师刮痧的水平相当高了。并嘱咐莉娜一定来，说一般人享受不到这种待遇的，而且还能听听课，多学点养生方面的知识。莉娜一听要听课就有点气馁，别又给她讲金鱼缸里倒洗碗剂，金鱼不死的事吧！

那个王老师就说我现在有时间就给你先揉揉吧，莉娜赶紧听话地坐直身体让对方给揉肩揉背。至于刮痧，莉娜还从来没有体验过，莹莹自己开药店，也是医师级别的。她来到药店，问莹莹："明天我去刮痧，你陪我去啊，莹莹。"

"怎么想起刮痧了？哪儿不舒服？"莹莹边说边整理着柜台里的药品。

"今天和我小学同学去他们的保健品超市，他们说我有颈椎病，说明天给我做个刮痧。"

"你了解刮痧吗？它有挺多注意事项呢。"

"是吗？我不懂啊。长这么大还从来没刮过。你刮过？"

"我没刮过也听说过啊。很多部位是不能刮痧的。比如怀孕的女人，她的腹、腰部位不能刮，刮了是很容易流产的；女人乳头不能刮；小孩囟门没闭合的不能刮；皮肤有感染和溃疡的部位都不能刮；血小板低下者，就是容易出血不止的也不能刮。"

"这样啊。那我没事，我倍儿健康。除了他们说的颈椎有毛病以外，我估计我其他啥毛病也没有。”

“刮痧千万不能对着风扇直吹；不要在空调温度特别低的房间里刮；过度饥饱和疲劳、醉酒都不能大面积刮痧，容易引起虚脱。刚才我不是说了吗，很多部位不能刮，刮痧会使这些黏膜部位充血，而且不能康复。有些疾病如果刮了，会加重病情，甚至危及生命。还有，刮痧以后，会使汗孔扩张，半小时内不要冲冷水澡，不要吹冷风，以防邪风侵入身体。刮痧以后要喝一杯温开水，补充体内消耗的水分，促进新陈代谢。”

“啊，你说的意思是，人在刮完痧以后身体会特别弱？这不相当于做月子吗？要是稍有不注意，那不就得了月子病吗？那不就完蛋了？我明白了，我说我昨天从那超市回来头咋那么疼呢。是不是她给我揉巴的？是不是那就是刮痧？我坐车回到家，一路上都以为自己晕车呢，可我以前从来不晕车。当时车上是开着空调的，完了，肯定贼风入侵了。”

“用工具了吗？没用那就不是刮痧吧。只不过手法可能重了点。不是我说你，莉娜，真要是有病，我们还得是去大医院，可千万别信那些江湖游医。你知道他们有没有行医证件就敢给你刮痧？刮痧的工具也是相当讲究的。这要讲起来，你还真得用笔来记，我说你听，你能记住吗？”

“不记了。我记不住，也不想记，我又不想当个会刮痧的医生，反正我明天也不去刮了。”莉娜晚上回到家，觉得特别郁闷，当她接到小学同学提示她明天早去的短信的时候，才明白了郁闷的原因，都是他鼓捣她去他工作的地方，还说他也要开个超市，希望莉娜能经常光顾，甚至多带朋友光顾。那意思还不明白？就是带朋友去，让朋友买他们的产品。

莉娜想自己兜里幸好装的钱不多，不然除了蛋白质粉，她还得买一堆回来。给父母吃，他们肯定不要，他们说一天吃饱饭，有水果吃就够了，才不要乱七八糟的保健品。当时那个王老师说莉娜脸色不好，建议给她配个方子，说这样用不了多久，她的脸色也一定和王老师一样好。甚至比她还好，毕竟莉娜比王老师还小上几岁。

莉娜只好许愿，说明天来刮痧的时候再买几样回去。眼下，她回复小学同学说明天有事去不成了，而且多方咨询了，说自己的身体不适合刮痧。至于那产品，暂时也没钱买了，还得攒钱得供女儿读大学呢。

对方非常急迫地回复她，又说了一大堆，最后竟然把话题上升到男女关系上来。说打小就倾慕莉娜，只是不敢追求她，如今她也离婚了，他又是未婚大龄男中年，两个人可以谈个恋爱啥的。莉娜说对他没有这方面的感觉，对方就急了，说他身体倍儿棒，一天做几次都没关系。

莉娜一下子就要吐了，她干呕了半天，骂自己怎么遇上这么倒霉的男人。你活了几十年了，还没找到嫁你的，反过来惦记上小学同学了？干脆不回了，直接把对方手机号拉入黑名单，拒接短信和电话。这还未婚呢？未婚就这么不纯洁？自己都是已婚老大妈了，也不会这么脏口。

莉娜自女儿在外上学，手机一直是二十四小时开机。想不到快睡着的时候，有一个不熟悉的手机号打了过来，接通竟然是刚拉黑的小学同学，他竟然敢换个手机号炮轰她。莉娜真想说你赶紧滚回幼儿园重新改造下再出来混吧。对方邀请她明天去，莉娜警告他以后不要再打电话和发短信，否则就告他骚扰。

挂断电话，莉娜说什么也睡不着了。

## 5

周末，申家奇从大兴区回到宋庄。回来之前，莹莹就开始张罗晚餐。她电话告诉莉娜，申家奇回来了，当天去汗蒸馆汗蒸的节目取消。

莉娜笑她重色轻友。

自申家奇调到大兴且升任副局以后，家里其实并没有什么变化。老公还是原来的老公，老婆还是原来的老婆，孩子还是那一个，女儿，小名叫奇奇。当初生她出来，莹莹就说我们的女儿就叫奇奇吧。以至于老公有时候使坏，在她喊奇奇的时候，也报到，惹得莹莹幸福无比。

一家三口，女儿奇奇在市重点住校读高中，只有假期才回家。莹莹平时有时间会和申家奇一块儿去学校看女儿，碰上三五天的短节日，他们会去学校把女儿接回家，或者干脆一家三口去哪个景点转两天。

有家的日子好，可在莹莹眼里，还是有些变化的。申家奇不在家，女儿又不在家，她和小曼以及莉娜似乎也没什么区别了，一个人吃饱全家不饿，她再不用担心为下顿吃什么发愁。

除了周末，平时周一到周五，莹莹就和莉娜每天下午结伴去汗蒸馆。

“女儿大了，住校也挺好，省心。在家里这不吃那不吃，在学校啥她都得吃。在家饺子皮破了动都不动，在学校饺子皮破了照样吃得香。”

“我家陈陈也是，感觉出去上学后，人都不一样了。对了，别光我们汗蒸不管小曼啊，她知道我们汗蒸吗？告诉她一声，我们一块儿来吧。”

“她忙着弄心理咨询工作室呢，谁知道她能不能来。有好几天不见了，没准和一米八五约会去了吧。”

“我觉得她这恋爱太没谱，一个在北京一个在河南，这么远，到底结婚是去河南还是来北京？总不能一直过两地分居的生活吧。她的脑子我看就不正常，还搞什么工作室呢，搞了工作室也是对别人的误导，自己的事情都搞不明白。”莉娜不赞成小曼的恋爱观。

“我反正相信缘。有缘千里来相逢，无缘对面不相识。一米八五是做律师的，做律师在哪里都可以做啊。再说，小曼也不去公司坐班，她也不是不可以嫁到河南去。”

“离开北京去河南？不是开玩笑吧，人家都从小地方到大地方去，她从大地方回小地方，将来肯定不习惯。有她苦头吃了。”

“我们也不要为她操心了。主要是你，操心操心自己的事吧，那事有谱没？”

“哪事？切，我根本不想再嫁了，你们甭瞎操心。怎么都跟自己家女儿嫁不出去了一样。以后您甭问我，问我也没办法回您。”莉娜蒸得浑身是汗，那汗珠滴滴答答就落在了脚面上、腿上、地板上。

这是一家男女混合汗蒸馆，只要没有男人来，这里的女人们差不多就都把衣服掀到胸以上，露着皮肤蒸。说是这样蒸的效果更好，最主要的是蒸的过程中汗出得太多，衣服贴在身上水淋淋的也不舒服。

莉娜露着胸和肚皮，索性躺在地板上。随她一同躺在地板上的还有两个女人，她们已经进入酣睡状态。莹莹看莉娜也要睡，只好不说话了。

掰手指一算，还有三天申家奇就又回来了。只要申家奇一回来，她就喜欢包饺子，因为申家奇喜欢吃煎出来的饺子。每次莹莹都一边招呼店里的顾客，一边用筷子搅着肉馅，每次都是加好各种调料，然后学着饭店里的师傅用筷子使劲往一个方向搅拌，把肉馅打到粘稠，能挑起丝一样的，然后把青菜混进去，继续搅拌。

她喜欢这个过程，她喜欢腰扎围裙的形象。

如果女儿奇奇在家，她还会给她炸土豆条。现在的孩子没办法，都西化了，喜欢洋快餐。莹莹尽量让她少吃油炸食品，能避免就避免，不能避免，只好在家里给她炸，减少在外面吃的机会。在家里可以用上好的油，这样还能放点心。

每次她把饺子蒸好，然后往炒锅里倒些许色拉油，把饺子按顺序码放好，煎一会儿，翻个个儿。饺子煎得油光闪闪的，申家奇最喜欢吃了。一想到申家奇在周末能吃上她做的饺子，她心里就美。

开门的声音，莹莹的思绪不得不立刻收回。她差不多要尖叫起来。顺手放下掀到肚子上面的衣服，快速蹲下，想提示莉娜也把衣服放下来。脚早已踢到了莉娜的脚上，提示她有问题。而莉娜早敏感地感觉到了什么，已经噌地坐了起来："怎么了？"

她不需要任何人回答她了。门帘掀开处，一个男人毫不犹豫地走了进来。

一看，认识。莉娜为躺在地上而尴尬，也为掀开衣服，露着肚皮和双乳尴尬。好在，她想来人一定没有看到。谢天谢地，不要让他看到她一丝的肉身才好。

"张姐也在，哦，莹莹姐，你们都在啊。"来者叫温盛江，曾经在某区电视台做台长，只因为跟小姐做爱以后，兜里没现金付账，遂给小姐打了白条，他以为打白条好使。可他没想到那白条的确好使，人家按照地址找到台里要钱，由此东窗事发，被打回原形。现在漂在宋庄，无业游民一个，没事还喜欢搭讪老尤和冯伟业他们这些作画的，说以后自己也想当个画家。说想不到拿支毛笔随便涂涂抹抹就可以换钱，比当年他写字换钱还容易，铁了心以后要画画了。

他追莉娜的时候，就跟她说过他以前字写得好，以后画画得一定也好。莉娜心说，你字和画都好，也跟我没有任何关系。他去网吧玩过几次，可莉娜就是不理他。

不知他何时迷上了汗蒸，先前莉娜和莹莹还真从来没有在这里碰见过他。只因为他给小姐打条，这么恶心的事差不多传遍了宋庄，无人不知无人不晓，两个女人就想快点躲他远远的。

对于这个男人这种腔调，让不止两位女士，旁边几个女人也为之胃里直犯酸水。这是什么男人啊，和女人说话这样拿调的，是不是男人呢，让人犯思量。何况，那几个女人也跟冬眠以后，被异样的声音吵醒了一样，浑身不自在。

也是，大家差不多赤裸着，冷不丁来一个异性，放谁身上也不自在。

“你慢慢蒸吧，我们走了，到时间了。”莉娜佯装看了看时钟，其实时间还不到，每次都要蒸四十分钟的，这还不到三十分钟。但她拉了莹莹就往外走，莹莹迟疑了一下，还是跟着走出汗蒸室。

在更衣室，莹莹说：“不知道这人明天还来不来，要是还这个时间我们就错开，汗蒸馆里要清一色女人还行，多个男人都不方便。何况碰上这样的男人，真要是一直待在一个小屋里都让人觉得别扭。”

“没错，但愿明天看不到他。”

其实，最不愿意见到他的是莉娜，他自打被电视台辞退以后，曾经追求过她。

这事莉娜没跟任何人说，觉得这种事情虽然不丑，可追他的人品质太差，讲出去有损她的名声。就好像她曾经和人家恋过了一样。

她倒是很佩服他的前妻，听说他这丑事，看他被发配回来，立刻就跟他一刀两断，一个人带着孩子过活。

# 第四章●房产证是老公前女友的名字

## 1

宁小平单位分了些刀鱼和鸡肉，拿回家时，看到婆婆在照顾女儿。她疲惫了一天的心此时柔柔的。那女孩跟个小天使一样伸出两只胖胖的小手要妈妈抱。

宁小平把手洗干净，抱过孩子。

“妈，这些刀鱼和肉我们也吃不完，给大姨送过去点吧。”

“给你妈送过去吧，好几天没回去了吧。”

“不用，我爸单位也经常分。”

“那也行，大姨总给我们送菜来。小凡今天晚上回来吗？让他送去吧。”

“不知道，可能不回来吧。我发短信给他，他也没回。”如今宁小平对于穆凡添了许多说不出来的东西。他们婚后才不到两年的时间，可是，她觉得他们有太多的事情无法沟通，他们之间不知道怎么了。

穆凡是转业军人，他们是在朋友的聚会上相识的。那个时候，宁小平刚毕业，在建行工作，是个腼腆、文静的小女孩。穆凡由于做过军人，又在部队学会了开车，自己当时也买了车开着，整体形象看上去都很不错，说话又幽默。也许，他们邂逅以后能够再继续，多半是因为穆凡的形象很好吧，宁小平一直这样想。

正因为初识如此简单，她才发现他们之间后来出了很多问题。也许她当初只注重了他的形象，根本没有考虑他的内里。他其实连初中都没有读完就去当兵了，书读得少且不说，他们结婚的时候，房产证上的名字不是他，也不是她，更不是婆家成员里的任何一个，可他一直没跟她说那是谁。她也一直以为那是他们的远房或者哪个近亲，至少可以随时找得到的。

后来她才知道，那名字原来是他前女友。说确切些，他们住在他前女友的法定房子里。

“当初你为什么不告诉我？”

“我告不告诉你有用吗？不管名字是谁，这房子是我们的，这不就行了。”

“不一样，你都给她买房子了，房产证上还是她的名字，肯定关系不一般，说说嘛。”宁小平心里尽管不舒服，可她还是想用撒娇的伎俩逼迫穆凡说出事实真相。

“不一般能怎么样，她现在过她的日子，我们过我们的日子，井水不犯河水，想犯也犯不着。你一天不要胡思乱想，没事添乱。”穆凡很不愿意提这个话题。

宁小平想说，你们是不是都同居了？是的，你们没有登记，你们充其量也就是一种同居关系。可是，到底因为什么女孩不要你了？她想，肯定是女孩不要他了一走了之了。看到穆凡有些不高兴，她不想惹他生气，可是从此心里有了一个结。

那时候她还没有怀孕。她本想跟他撒娇，一边撒娇一边问他们之间到底怎么回事。可是一看到她提那个女孩时穆凡那张冷脸，她就害怕了，她还从来没有见过穆凡这么生气的样子。

他们到底怎么了？她特别想知道，可是她又不想知道，在她还不知道的时候，她就怀孕了。新的生命给她带来无限的憧憬，穆凡也因为她怀孕，行动不便，对她呵护备至。

“老公，我想去北海，想去十渡，我想蹦极。”

“疯了你，你现在不是一个人，你肚子里有我们的儿子。”

“你咋知道是儿子？我觉得是女儿，女儿是妈妈的贴心小袄，我要女儿。”

“肯定是儿子，我知道。”然后穆凡附在宁小平耳边轻声说着什么。宁小平脸一红，用拳头捶着穆凡。

穆凡哈哈大笑，跑到厨房拉开冰箱找水喝。

“老公，我真想去玩。不然去北海也行，去后海看别人喝酒也行。”

“怎么了？平时一滴酒都不沾的女人，如今想带着老公和儿子去看别人喝酒啊。”

“我想玩儿去嘛！是儿子说的，不，是女儿说的。”

“真的，真是他们说的？那好。”穆凡发动车，载着宁小平奔北海去了。

应该说，他是一个好男人，宁小平常常这样想。由于没有固定工作，再加上穆凡在部队学过开车，于是在宁小平生了孩子以后，穆凡开始跑起长途运输。

几天不见老公，让宁小平最初很不习惯，加上孩子小，经常闹，让她差点得了产后抑郁症。

原来跑长途是给别人跑，用别人车。后期穆凡跑出门道来了，想多赚钱，就跟宁小平商议要买大车自己跑。

“我们哪有钱啊，就算是把车卖掉了也不够买大车的。”

“我们把房子抵押出去，你问问你们建行，看行不行。”

听穆凡这样说，宁小平心底就有一点失落，怎么自己的男人这一点常识都不懂。房产证上不是自己家人的名字，那个女人又找不到，谁能去抵押？

他们之间的隔阂一次比一次深。

“你把那女人找来吧。”

“找她干什么？”穆凡不解地看着自己的老婆，心底觉得对方又在挑事。

“找她干什么你不知道？找她澄清这房子跟她无关，我们更了名，可以自己任意使用，这个你难道不懂吗？”

被自己老婆抢白一顿，穆凡心里很不舒服：“我找，我得有地儿找啊。天知道她跑到哪里去了。”

老婆还没过门就跟人家跑了，宁小平心底总在想，他们之间到底发生了什么呢？

## 2

每个晚上，杨一士都要和汝小曼缠绵好半天。电话里，两个人总是欲罢不能。有的时候，杨一士从律所回到住处，晚饭都还没有吃就打电话过来，他说他特想听她的声音。

其实汝小曼也和他一样，也非常想听他的声音。就好像那声音从电话线上传过来，只要你肯伸手过去，就可以抓得到对面的那个人一样。仿佛所有相思只通过这条电话线就能够获得满足。

有的时候是白天打，基本他打过来，汝小曼只要在电话旁边都能立刻接到。有的时候她有一种迫不及待的感觉，恨不得响铃一声，就接通。

这一次被莉娜看到，莉娜听她和杨一士缠绵完以后对她说：“咦，大小姐，你也太性急了点吧。就算你想对面的人想到发疯，他电话来时，你也不能着急，让它多响几声，让他名字在你电话屏幕上多跳几次。怎么，多跳一下你就怕累到他？”莉娜撇着嘴巴，“年龄小，就是嫩。告诉你吧，铃声响得时间越长，响得越持久，越能证明他对你的耐性。而你，接得越晚，才越有身份越有味道。你接得这么急，恨不得手机时时揣在自己怀里，电话一过来就接通，你让对方怎么想？一点胃口也不给人家吊啊。你啊你！你应该多几次让她找不到你的机会。”

汝小曼白了他一眼。不想睬她，终没忍住：“至于吗，摆那谱有意思吗。我就是急不可耐，我就是想他了，我就让他随时找得到我。非得找不到非得吊胃口才有意思啊？有些东西直接点不是更好吗。躲三躲四的就有意思了？都成人了，还玩什么幼稚小孩子的游戏呢。”

“切切，跟捅了马蜂窝一样，爱咋咋地，我不管。我不是管你们片儿区的警察，实在管不着你这片儿。你这段还是留给你那个一米八五的律师吧。”说完，莉娜嗑起瓜子来，扑扑地把皮吐到纸篓里。

小曼其实也无言。话说回来，有时要是忽然她想他了，电话过去，有的时候就会被他挂断，也许会等很久他才会打过来跟她解释，或者短信跟她说他在办案子。

“有那么多案子吗？”汝小曼只要在和他通上电话的时候，就会抱怨。

“我也没办法啊，我们律所每周都有例会，我躲不开的。有的时候是在接待当事人，没办法接听电话。如果关机，那多半是在庭上，还有就是可能没电了。当然，没电的可能性太少，我的手机基本是24小时开机，我有备用电池，为你24小时开机。”

“切，谁信啊，还为我24小时开机，打个电话都挂断。”

“不是说了吗，有可能有当事人，你让我怎么接嘛。在同事面前也不好接啊。我想和你说悄悄话嘛。”

为什么不方便接？汝小曼对此总会胡思乱想起来。越是这样，她越想早些见到杨一士，早些定下两个人的事情。这样拖下去，如果以后见了，都觉得彼此不能继续下去，那么现在不就是浪费感情了吗，所以，她建议两人及早相亲。

她在只要个子稍稍高一点的亲戚面前，她就会在旁边踮着脚尖，想象着一米八五到底应该有多高，她能到他哪里。想想自己的孩子气真是可笑。可杨一士说，喜欢她这样的性格。

她把要相亲的这番话讲给杨一士听。当时杨一士刚刚畅想完他们以后的婚纱照：“以后我们也拍婚纱照，肯定能找回青葱岁月的感觉。”

杨一士还没有在婚纱影楼拍过这样的照片。汝小曼尽管当年和洪大周拍过，但是没有进影楼，不算艺术照。照片现在看来效果很一般，但当时就是觉得好，是请朋友给拍的。那个时候在汝小曼的眼里，有没有这些照片都无所谓。她从来不在乎这些形式，只要两个人真正好。

如今，那些照片也早已压入箱底，可她没忍心扔掉。

洪大周在离开这个家的时候，一张都没带走。她在某一天情绪高涨的时候，对整个房间进行了大扫除，翻到它们以后，还曾细心地看过那些照片。那白色婚纱裙上的每一处皱褶，那头饰上的每一片亮亮的鳞片，那发自内心毫不做作微笑的模样，细一看，她看得到自己脸色的苍白。

那苍白，好像在告诉她，岁月很残忍，总能剥蚀你光彩照人的一面，让你剥去光鲜，直至衰老。她害怕自己那一天，她甚至担心如果一直是自己一个人，老到走不动，老到掉尽最后一颗牙齿，该是多么伤悲。

所以当杨一士说以后他们也可以拍婚纱照，一同去找青葱的岁月时，她想有人陪她一起，也许真的能找到吧。如果余生只剩一个人，就算有心找到那份青葱，也许都没有和男人在一起的那种鲜亮。

看到旧日的婚纱照，想一把火点着，又觉得于心不忍。于是装在一个纸袋里，塞到最深的角落，希望这一生都不要再遇到它们。

在她打扫房间休息的那一刻，不经意抬头望向对面三楼。那窗帘再也没有在白天挡上过。曾经在洪大周和她还没分开的时候，常常会指向对面三楼对汝小曼说："快看，对面三楼换新人了，估计他们又要换婚纱照了。"

"你怎么知道？"汝小曼想说，好像你很激动啊，终于没说。夫唱妇随，洪大周让她看，她就乖乖地趴在窗口望向对面。

"那小女孩的妈妈不在家，又来了一个年龄相仿的女人。这女人给小女孩梳头发，扎小辫。白天孩子送幼儿园，她就和男人躲在那干活。"说完，洪大周有一丝坏笑。

汝小曼最开始没明白干什么活，后来有一天，她趴在窗口无意间看到对面三楼确实来了一个陌生的女人。那女人穿着一件大背心，背心一直盖到屁股下面。她想象着那女人一定没有穿底裤。

她和那男人钻进被子里，那被子一直在颤动。他们是侧卧位的，男人在女人身后，一定搂着女人。汝小曼惊异于自己的眼睛，怎么会看得这么清楚，一阵燥热，想躲开，却终于没有迈开步子。那被子的颤动，给盛夏平添了一把火，整个房间都要燃烧了。

女人可能感觉到了什么，爬起来拉过窗帘。汝小曼知道，那窗帘后面，一定比先前还要疯狂，禁不住浑身一软。

## 3

温盛江给自己制定了追人计划。不就是追女人吗，太容易了。不把张莉娜追到手，誓不罢休。一个比自己还大两三岁的女人，不信追不到手。何况女人的智商一般在爱情面前都是零，只要设法让她爱上自己，以后的事就好解决。

“用不上几句甜言蜜语就能把她搞到手。我都愿意了，她还挑个什么劲呢，再不抓紧，看谁还要你。”温盛江不免有些得意自己比对方年轻的优势。

张莉娜则坐在电脑主机前，每天这是她的工作，单调而乏味。她从来没有想过利用电脑做点事情，顶多头天夜里做了个梦，第二天想着在网上搜搜周公，让周公告诉她那梦境说明了什么。

早晨睁开眼睛，想着头天晚上泡好的黄豆和黑豆，就挣扎着爬起来。把豆们再清洗两遍，然后放进豆浆机里，注入水，通上电。然后再爬上床，继续睡，但多半是不会睡着的。豆浆要用二十分钟才能煮熟，还要用十分钟凉一凉，这么长的时间，按理说，她足以再小入梦境一回。

等到下床的那一刻，她想起自己做过的梦。于是一到网吧，待安顿好，就在网页上搜索，她希望得到周公的帮忙。打开几个网页，都是一个共同的说法，说那个梦预示着她的情感荒芜，还说她极度性饥渴。

她心里升起莫名的滋味。自己和陈秋冰在一起的时候，对性就没有过分的追求。难道身边没有男人就极度渴望了？想想自己白天也没怎么想这事啊。明白了，多半是那可怜的药栓躲到梦里捣她的乱。想到这，她禁不住一阵脸红。

那药还没用完，可能它使她产生了性幻想也说不定。

白天的莉娜，一般都是比较懒散的。眼神焕散，一会儿看看屏幕，一会儿看看厨房，一会看看玻璃窗外面。显然已到上班高峰，路上行人明显多起来。当然，就是平时，这条路上的人也不少。

“阿姨，我这两天要出门了，能把你的QQ号告诉我吗？我们互加下好友，我在外面也好和阿姨说说话。”一个满脸稚气的大男孩绕过机器走过来。他很稚嫩，却故作深沉。头发留得极长，都快能扎小辫了。

莉娜最受不得男人梳长发。可宋庄有很多男艺术家都留长发长须，前面看肯定是男人，从后面看，绝对不知道走在前面的究竟是男人还是女人，这一点让她很困惑。她不懂，年轻轻的干吗非留着长胡子，弄得跟有多沧桑一样。不是老头非弄得跟老头一样，禁不住头就摇了一下。

现在这些小孩子也学起他们的打扮来。

温盛江属于另类，也长发长须地留着。尽管他做过电视台台长，耍过笔杆子，可在那个机关里，没见谁留长发长须。可自从发配回宋庄，他也学起艺术家的形象来。

他啊，多半是受了刺激，老婆不要他了，单位开除他了，他还有什么脸见人。肯定是把自己形象换一下，也好遮掩一下自己的丑行，莉娜这样想他。

自从上次在汗蒸馆一遇，第二天，温盛江准备还找那个时间去，结果再也碰不到莉娜了。他侧面打听，莉娜和莹莹天天去汗蒸馆，只有周六日是看情况而定的。

可为什么就再也遇不上她们两个人了呢？遇不上也没关系，他可以和其他女人搭讪。只是就算搭讪了，也没有什么结果，于是还惦记着张莉娜。

他决定去网吧上网，用近距离打动她。

而张莉娜最见不得一个成熟的男人泡在网吧里了。尽管她是干这行的，可她对他们无端地鄙视。

小孩子可以来网吧玩，一个大老爷们儿泡在网上聊天、玩游戏，怎么都是一副不务正业的表现。

温盛江一进来还装做很惊讶的样子："呀，这是你开的网吧啊！以后可有地方上网了。"

莉娜稍稍拉了下嘴角，表示对他的回应，却没说话。他连着来了几天，都是热脸贴了凉屁股，禁不住有一种愤愤的感觉。

想想一个人的日子多难熬，既然把张莉娜设定为追求的对象，那她摆点高姿态，对于他来说，也应该表示理解。毕竟，一个女人孤居了多年，性情可能有所变化。

再说了，男人嘛，应该越挫越勇才对。

想想自己一个人的日子难过，体会一下追人的过程，也算是给平淡生活的一点补充和点缀吧。

可这娘们，不搭他这个茬，这让他无比郁闷。手里的电影票、戏票、游泳馆的门票，所有可以讨好女人的东西，包括温盛江花了钱特意选的化妆品，非说是以前的同事从外地带来的，那意思你张莉娜收下也不用挂记人情，这也不是特意买给你的。纵使这样，张莉娜也是不为所动。在温盛江眼里，张莉娜一切都是冷冰冰的，无法换来一点笑模样。

"不用了，我的业余生活比较枯燥，没有你想的这么热闹，很少聚会。我从不化妆，我天生丽质，你还是留着给别人吧，给我就是一种资源的浪费。"她故意说自己是天生丽质，绝不等同于温盛江认识的那些不入流的女人，要靠化妆术弥补才可以堂而皇之地出现在众人面前。

温盛江经常被张莉娜噎得说不出话来，心里尽管是恨恨的，表面上却仍是笑脸相迎。他知道，有礼貌的人是不打笑脸客的，也正因为他有这张笑脸，平时很招女人待见，只是怪了怪了，碰到张莉娜这样的女人，一个独居了这么久的女人，这送上门来的男人都不要？自己这么帅这么有魅力，温盛江对着镜子，郁闷极了。

"爸爸，我想你。"电话接通是儿子小胖，温盛江心里软了一下。心情复杂地想，今天还要不要再去网吧转一圈，想想还是不去了，他准备放弃现有的追求，换一种方式。

## 4

汝小曼决定以后和莹莹她们一块儿去汗蒸馆。最开始她不想去的，可听说汗蒸既可以减肥又可以美容，她想，说什么也要去试下再说。

三人戏称她们是三人帮，走到哪里差不多都在一起，逛街、看表演、爬山。她们喜欢所有有益的运动。酒吧她们自上次去过以后一直没再去。莹莹和小曼觉得那里不适合她们，唯有莉娜还想去，她觉得醉酒的滋味特别好受。

在汗蒸馆的更衣室里，张莉娜忽然一声尖叫："天啊！天啊！"

两人眼睛刷地全投向她："怎么了？"

张莉娜双手展开刚褪下来的三角裤，像展览名品一样给她们两个人看。不就是有一点点血迹吗，至于吗。汝小曼偷笑，莹莹不说话，对此好像没有什么感受，她觉得似乎没必要继续讨论这个问题，因为她根本早就没有了月经。

莹莹的子宫在一年前就切除了，尽管有卵巢，尽管也在喝豆浆补充植物雌性激素，可是每月省了不少麻烦。当初，她也是接受不了这个现实，后来也想开了，只要申家奇对她好，她对有没有经期无所谓，反正有了奇奇，也不想再生孩子了。这时莹莹想起另一个孩子，心里就紧缩了一下，浑身的汗毛孔好像都封闭住了。

"天啊，纯豆浆起作用了，都说豆制品对女性好，真没想到这么好，竟然还能改善绝经。"莉娜压低声音说。

这时有蒸友进来换衣服，几个人噤了声，莉娜吐了下舌头。

"真的假的啊，真有月经是不能汗蒸的。"汝小曼说，"我在网上查过。"

"没事，刚开始，就一点点，没关系的。"莹莹天天卖药，差不多是大半个医生了。

“也不知道还能不能继续。”张莉娜一副不相信现实的模样。

汝小曼月经刚刚过，自冯伟业离开她回老家过年，她发现自己的月经整个就被改写了。难道，没有男人真不行？周期倒没改，但是每次月经只能持续两天。要知道以前量多的时候要至少三天，彻底干净也有一个星期。现在这两天也不像以往有那么足的量。以前能深切地感受到黏膜脱落的下坠感，如今，觉得它真的如水一样清淡。难道自己身体里的血已经不浓了？汝小曼也是担心着自己身体的。

莫不是身体出了问题？她也想去看医生，可是一直忍着没去。像老妈说的，没有才干净呢。这话要是在汝小曼年轻的时候说，她倍儿喜欢听。那个时候，她还不懂得月经对女人的重要性；不明白卵巢、子宫在女人身体里各自的重要地位。尤其初潮来临的时候，她如同大病一场。

如今，她渴望象征女性的无论哪一种东西，强烈希望它们都不要从身体上流失掉才好：“据说卵巢老了，女人就老了。那个时候，你想要月经都不会有了。千金难买老年瘦，千金买不来月经。”

“名言！小曼，至理名言。你说的我信，我要是早几年刚一离婚就买豆浆机，天天磨豆浆给自己喝，肯定不会绝经，我相信。”

“你啊，我看多半是没有男友的关系。你要是早点找个男友，肯定不会绝经这么早的。”莹莹一边说一边站在秤上，看自己是重了还是又轻了，“怎么一点没减啊，不是说汗蒸会减肥吗？一点没减，真是的，我现在越来越没有信心了。申家奇回来就说我该减肥了，还说我比原来胖了，说脸都圆了。”

“他啥意思啊，是不是在外面看的美女多了，对老婆也要求严格了。”莉娜快言快语，“你啊，你别急啊，这才来几天啊，要持之以恒方能胜利。你别说，真的，感觉你们俩的脸都挺圆的，好像细胞被撑起来了一样。是不是汗蒸蒸的啊。小曼这才来几天啊，脸上的细胞跳起来了。”

“老大，你快成诗人了，看把你兴奋的，跟中了彩票一样。”小曼偷笑。

……

“还是小曼年龄小，你看人家肚子，根本看不到赘肉，那么平。”莉娜对小曼无比羡慕。

“得，你就别笑话我了。你看看我这儿也比你平，都没法儿跟你比。”汝小曼用手指轻轻点了一下自己的胸，然后努着嘴示意莉娜看她自己的胸。

莉娜说：“没办法，这遗传，想瘦胸都瘦不下来。那会儿上初中的时候别提有多别扭了。每天胸前抱着一大摞书，就是为了把胸挡上。平时还不敢跑跳，一跑一跳，直晃荡。生怕被别人看到，觉得丑死了。”

小曼听了直想笑，莹莹已经笑出了声。小曼总结，莉娜多半还是因为稍微年长，什么话都敢说。要换了她，打死也不愿意在公共场合说这些话。

汝小曼在发汗的同时，对着自己的胴体开始进入了美滋滋的遐想当中。这样的身体，要是经过每天发汗能瘦得再彻底点，那杨一士是不是会很喜欢呢。想到这里汝小曼脸一红。尽管两个人如今连面都还没见，可她的心里面盛满了他。她的瘦身运动和买衣服运动加上晚上不吃主食运动，和杨一士有着非常直接的关系。谁让照片上的杨一士看上去那么年轻有活力呢。

莹莹和莉娜说，看着杨一士跟看明星一样，这让汝小曼心里暗自窃喜，却格外地有着压力。有压力才有动力，汝小曼一直这样觉得。她又开始了运动，其实以前她也挺喜欢运动的，非典那一年，她有一种杞人忧天的感觉，每天都觉得自己处在低烧的状态，没事就用体温计量温度，非夹到低烧那个格不可。于是每天跳绳锻炼，最后能达到不间断跳到一千多个。

其实，她根本没被非典。低烧也是自个儿吓唬自个儿。

如今，她发现她无论认识冯伟业也好还是杨一士也好，男人的介入，直接让她的生活一下子就鲜亮起来。她像初恋少女一样，接受着爱情雨露的滋润，且被滋润得差不多时时笑逐颜开。冷不丁想起远方的男人，就要偷笑一下，有几次被老妈捕捉到，老妈看了她好几眼，她被偷窥到了心底的秘密，羞得无地自容。

她开始变得爱打扮，护肤品用高档的，经常添新衣服，开始汗蒸、运动，甚至自己自制面膜，想让珍珠粉留住青春的尾巴。她有时候觉得自己庸俗而又可笑，有时候又觉得自己像孩子一样可爱。她也猜想过，女人恋爱以后的可爱劲儿，可能不止她一个人有这么强烈的表现吧。

温盛江没想到，这一次又在汗蒸馆里遇到了张莉娜，且发现她身边又多了一个比她还年轻的娇小女人。那眼光尽管想和张莉娜交流，可因为她对他的拒绝，就只好望向了汝小曼："第一次来吧？"

"不是，来好几天了。"

"怎么一直没见到你。"

"……"汝小曼对他表现出的自来熟有点吃惊。

"每次都能看到莉娜和汪姐，从来没见过你。"

"哦，你们认识啊。"汝小曼正想多说几句，看到莉娜向她使眼色，汝小曼就停下不说话了。她这才发现两个女人根本没有一个人和温盛江搭讪的。她一想，也是，大白天，身体挺强壮的男人，怎么也跟个娘们儿似的跑来汗蒸呢，多半是来寻花问柳的吧。

其实，汝小曼平生最讨厌娘们儿二字。可这男人真的像娘们儿。心里就恨自己刚才太多话。

"喂，是冯伟业？行，我晚上过去。哥们儿，在哪喝啊？没问题，你请客，我买单。"温盛江接通电话，然后挂断。冯伟业这个名字让汝小曼心跳不止。她又看向他，心里纳闷，这个男人怎么会认识冯伟业呢，竟然还有这么密切的联系。晚上可能要一块儿吃饭吧，想想自己最后和冯伟业一块儿吃饭，好像在几月前了，脑子里，不知道怎么就乱了。冯伟业像个魔影一样跟着她，先前的好心情一下子就全没有了。

这一刻，她想到了她那些寄存在冯伟业住处的花草，想自己有时间该把它们接回家了。

# 第五章●婚内独身

## 1

张莉娜最近觉得很奇怪，天天有人在Q上给她送花，她也不知道这个人是什么时候加上的。别看她天天守在网吧，对电脑的认知度顶多局限在会机械地安装个系统，此外对电脑就不是太了解了。

为此，她经常挨他哥批。她哥张海峡是电脑工程师，工程师的妹妹按理说电脑应该摆弄得特别顺手才对，就算不特别顺手，那也该差不多吧。可当初莉娜连差不多都谈不上，简直就是电脑盲。

最开始开网吧的时候，张海峡总要从海淀赶过来帮她，这出点小毛病，那出点小问题，她实在是应接不暇。要知道，尽管在同一座城市，可张海峡从海淀赶过来也需要小半天的时间。后来她把哥哥也给折腾烦了，张海峡就说你再不认真学学装系统，处理点小毛病，以后干脆别再开网吧。

为这话为这不好看的脸色，张莉娜没少下工夫学装系统。她就搞不懂在哥哥手里玩弄自如的电脑，怎么在自己的手里就如此笨重呢。

连怎么上传照片都不会。和家人拍了照片，还得陈陈替她传，如今陈陈在学校，离她也远，想让陈陈帮忙都是不可能的。前不久，莉娜想和陈秋冰给陈陈合买台笔记本电脑，却不料陈秋冰如今财大气粗，说是傍了一个做生意的有钱女人，女儿的笔记本电脑，没让莉娜花一分钱。

如今，娘俩偶尔会在视频里说会儿话，就感觉女儿离自己近了不少。想着女儿在自己身边的时候，也不知道是撒娇还是有代沟，说不上哪一次就和自己顶起嘴来。这上学在外，真是不一样，总是一副乖乖女的模样，让莉娜心里都乐开了花。

现在，莉娜看着屏幕上的鲜花，稍一迟疑，就想到可能是陈陈的恶作剧。

“闺女，是你给妈送的花吗？”隔着电脑屏幕，莉娜问陈陈。

“我没有啊。什么花？玫瑰？得了，老妈，玫瑰会是我送的吗。玫瑰该谁送，您还不知道啊，我送也送康乃馨啊。快交代，最近是不是有人追您啊？”陈陈笑嘻嘻的。

“去，老妈这么大岁数了，谁会追你老妈。”到底会是谁呢？莉娜在大脑里搜索着目标，难道是李之恒？不会啊。就算我在他心目当中形象良好，可上次也给抹了黑了。好印象肯定早消失怠尽了。可那会是谁呢？

“老妈啊，您就别猜了，专心和我说会儿话。你就这样想，这送花人，不可能只送一次，说不定哪天他自己就忍不住了。那个时候，不就天下大白了，现在黑天，别管它。”

莉娜忍不住就笑了：“先说说你在学校的生活吧。有没有男生写信给你？”

“哎呀妈，无聊不无聊啊。你以为你这个年龄我爸追你，我这个年龄就非得有人追我啊。”

“我这不是关心你吗。有追的咱也不怕，没追的更好。等到大学毕业再去谈终生大事，现在谈早了没什么好处！只会耽误学习。”

“好处有啊，每天早晨不用担心起床起晚了。晚上有人陪着一块儿学习，不犯困。衣服有人洗，饭也有人做，多好啊。”

“闺女，你可别吓妈。有男孩追你了是吗？我知道我闺女长得好看，惹眼。可是，妈告诉你，千万不能在这个年龄找对象，这个时候思想不成熟，没法判断对方是什么样的人，将来很容易后悔的，就像你爸和我。”

“妈，你又来了，总拿你和我爸说事儿。你们失败了，不能说别人都会失败吧。”

“我不是说拿我们说事儿。我这不是前车之鉴吗。妈就是在你这个年龄认识你爸的。屁大的孩子懂啥啊。十九岁，长身体的年龄、学习的年龄，除此之外，你什么都不用想。”

“啰不啰嗦啊。放心了妈，我觉得班上的男生都太小，太幼稚，要找也要找成熟的。”

莉娜怎么听怎么都觉得不对劲儿，心扑腾腾地跳着：“你不是认识校外的人了吧？赶紧给我打住。谈也谈校内的，校外人更复杂，小心骗得你找不着北。”

“妈呀，我刚来这个城市真找不着北。行了，妈，你赶紧把你的网吧经营好吧，我啊，不用您操心，我都多大了啊。对了，妈，我爸都结婚了，我也给您征个婚吧。坐好，别动。”

莉娜坐好，没敢动，不知道自己的闺女要折腾什么。等她醒悟过来，发现女儿在给她发送文件：“快接。”

“怎么接啊？”

“哎呀妈呀，网吧开这么久了，还不会接文件啊！直接点另存为。”

莉娜点了另存为。

“看到照片了吗？我觉得拍得还行，等我来给您拟征婚词，就用这照片了。”

“照片？谁的照片？”张莉娜开始在每个文档里找，可惜就是找不到。急得满头是汗。

“我老妈您的照片啊，还能有谁的照片。

“可妈也没看到啊，存哪去了？”

“天，老妈，存哪了您竟然不知道？I服了YOU，再来。这次您看好您存到哪里了，另存为以后，直接选桌面，存到桌面上，这样好找。”

莉娜又试了一次，这次从桌面上直接看到了自己的照片，惊喜于女儿能直接视频抓拍照片，而且效果还真不错，好像比本人还要漂亮。

“你把你老妈拍得太漂亮点了吧，不像，有点夸张。”

“不夸张，老妈就是这样年轻漂亮的，您要是征婚，后面得跟一个连。”

“去去去，别拿你妈开涮。你老妈现在这样过着挺好的。每天和你莹莹姨小曼姨去汗蒸馆汗蒸，每天出去散步，每天喝豆浆。对了陈陈，等你回来，妈给你做豆浆，妈新买的豆浆机，还能做米糊。”

“我爸说暑假让我去他那。”

“也好，你在哪都行。你在哪记得妈都想着你。”说完，莉娜不禁眼圈就一红。这时候正巧有上网者叫她，她赶紧跟陈陈打声招呼，就去照应了。

返回电脑前，陈陈的头像已经是黑的了。陈陈在下去之前打了一行字：“老妈我爱你，暑假我在爸爸家，也会想你的。”莉娜的眼圈一红。

又有提示，神秘送花人，这一次给莉娜送了一枝百合花。看着花，莉娜不禁发起呆来。他，会是谁呢？

## 2

申家奇周末回来，莹莹又不能去汗蒸了。星期五下午，三个人在汗蒸馆小聚。

有个老太太，白胖的样子，每次来了就坐在地板上摆扑克。她穿着男士汗蒸服，这样方便穿脱，女士的都是套头的，男士是那种前胸带小扣的。

小曼看她摆扑克，总是那样慢悠悠的，一副很有耐心的样子。小曼没玩过，不知道怎样才能把扑克玩好。

“老太太，您一定过得很幸福。”小曼一边抹着脸上的汗珠一边说。

老太太摆着扑克，嘴也不闲着：“是，我们家这个，现在脾气好着呢，整天跟个孩子一样，我走哪他跟哪。天天来汗蒸，还不到点，他就找帽子找衣服，早等在门口了。”

“妇唱夫随，您老可真幸福。”

“幸福？幸福要看怎么看了。现在要说我幸福，那真是，不挨打了，是幸福了。可跟着他啊，也受罪。你们不知道，他脑瘤手术花了有二十万，要不是有女儿给拿钱，他也活不到今天。”

“脑瘤？”三个女人都很惊讶，那个每次陪老太太来的老爷子，竟然得过脑瘤。每次见他来了就坐在厅里，跟汗蒸馆老板一块儿看电视，无论看谁都笑呵呵的，谁也没想到他竟然开过颅做过这么大的手术。只知道看他每次和老太相随的样子，都觉得这是个好老公。女人这一生不就图这些吗，还能图什么。

上一次，三个女人走在街上，小曼就这样和莹莹、莉娜说，说女人一生就图有个好男人，这一生就没白活，说那老太值了。

“两个女儿都在宋庄画画，也就把我们从廊坊接到这来了。原来我在家就是喂猪，养活四个孩子。老头有工作，平时总喝酒，喝了酒就打我，往死里打。想离开家，又舍不得四个孩子。他酒醒了，一说好话我就心软。”

“您有四个孩子？”小曼插话。

“是啊，四个，三个女儿，老四是儿子，现在在海淀读大学。也就放假回个家，平时根本不爱回来，说和我们没有共同语言。小兔崽子，啥叫共同语言，他娘的，当初从娘肚子里爬出来，我还没跟他算总账呢。这还没媳妇，就跟我说没有共同语言。都说有了媳妇忘了娘，也不知道这儿子将来咋回事呢。”

“能咋回事，还不是您儿子。年轻人都这样，到一定年龄，都是要独立的。我女儿也是，才十九，说话都一套一套的，跟不上她的思路。”莉娜躺在地板上，用手拍着肚皮，“这肚子肉一点没减下去，说是勤拍着点，能燃烧脂肪，也不知道真假。老板娘刚才推荐的产品，差点被她说动，给肠子洗洗澡，好事啊。”

“听她的？你算了吧，人家是在搞推销，当然说自己的产品好了。要我说，还是得自身多运动，你看你，一来了就躺下。”小曼一边做着运动一边说莉娜。

“不想动了，累，躺会儿没准还能睡会午觉。自从来这汗蒸，连午觉都取消了，冤不冤啊。”

“真冤，可不耽误你睡觉了，睡吧。”

“你们会玩扑克吗？一起来斗地主。”老太太对着几个年轻女人说。

“您老还会斗地主？好啊。莉娜快起来。”莹莹把莉娜拽了起来。

小曼不会玩，就一直在旁边做运动。

“你们听说小堡那个姐杀妹的杀人案没？”老太太像在八卦。

“没听说。哪里有杀人案。”

“说是姐俩喜欢同一个男人，那男人跟老大生了孩子，又跟老二生了孩子。你说生就生了吧，你们就躲在外面做着生意别回来，那也行。她姐就当不知道这回事。偏妹妹回来显摆，抱着孩子在姐姐面前晃来晃去的。还要姐姐和姐夫离婚，她还是人吗！”

打出一张纸牌，老太太继续说：“姐姐把妹妹给杀了，跟剁肉馅一样给剁了。邻居听声音不对，跑过去看到他们家院子里满地是血水，就报了案，才知道发生了这么大的事。”

“我也听说过，不知道是真是假。”一个不熟悉的蒸友开口说。

三人女人都听傻了。这么大新闻，她们竟然一点儿不知道：“这是什么时候的事？”

“有好几年了。”老太太又打出一张纸牌。

“难怪，我说我搬过来几年了，怎么没有听说过。”小曼松了口气，仿佛这案子久远了，就不再有杀伤力了一样。可是想象着那血淋淋的现场，仍是不断地恶心着。

手机铃声响起，是冯伟业的短信。两个人一直没怎么联系，小曼平日犯懒，也不爱去他那取东西。冯伟业问她在忙什么，然后说他现在在宋庄朋友处，想她了。

汝小曼赶紧把它删掉，生怕被杨一士或者其他熟知的人看到毁了她的清白一样。尽管是冯伟业在想她，不是她想他，可如果把冯伟业短信里的这几句话说给别人听，别人可不会去细心地分辨是非，只会想到他们之间的感情有些暧昧——他咋不说想别人呢。

苍蝇不叮无缝的蛋，你还是给了人家可乘之机。

“回吗？”汝小曼挖空心思斗争着，不知道短信该不该回。她想自己没给冯伟业任何可乘之机，他怎么还找她。两个人其实早断了，自她听说他把他的同学升级为女友以后，他在她心目当中就是一片空白，冯伟业三个字在她心里，只不过是一人名，她觉得她已经删除了他。

只是，一条短信和这一起久远的凶杀案，还是让汝小曼心里乱了很久。这一次汗蒸时间未到，她就有一种虚脱的感觉，提前到更衣室休息去了。

“今天小曼的汗发得可真好。”

撇下她们，小曼一个人躺在更衣室的床上。走出来的时候，小曼觉得自己有些眩晕。用浴巾包裹好自己，没有着急穿衣服，先躺下，感觉稍微好了些。

手里捏着手机，是回复还是不回？她在犹豫着，心里斗争着。瞬间，她想起春节时候泪流满面的日子，于是，她没有回复冯伟业。何况，他的手机号从她手机里早已被删除掉了，她需要一个数字一个数字地敲上去。

她自己清楚，尽管他的电话被删掉，可那十一位数字早已深植在大脑里，就像冯伟业在她的大脑里狠狠地植入了芯片。最初的时候是痛的，现在麻木了？汝小曼觉得自己还没有麻木，只是脑子有些机械地转着，当短信提示音再次响起，她开心地笑了，是杨一士。

## 3

周五的下午，一般是莹莹最忙的日子，既要照顾店里的生意，又要手忙脚乱地给申家奇包饺子。

买上好的瘦肉馅，买鲜嫩的绿色芹菜。申家奇最爱吃芹菜馅饺子了，怎么吃都不嫌烦，眼下这种状况，他一周顶多周末回来吃一顿两顿的，再使劲吃，两天时间又能吃几顿呢。何况，再好吃的东西，也不能连着吃。连着吃总有腻的一天。所以，每个周末，她都不会包太多，只够吃一顿就行了。必须给他留有余味，让他下次继续想着吃她的手工水饺。

想想自己一周七天，有五天要过独居的日子，其实说起来好像蛮自在的，至少有一种无拘无束的感觉，不用管别人，不用被别人管。莹莹这样想，好赖自己也尝试一回婚内独身生活。可是时间久了，她觉得自己过得并不自在。

想女儿，想老公，也想另一个远在广州的孩子。当然，想老公和女儿更是实实在在的，那种想，只有她自己最清楚。有一天她和小曼、莉娜在外面吃晚饭，瞪着眼睛说椅子不够。另两个女人奇怪地看着她，三张椅子完全够了，怎么就不够了呢？她脑子里忽地一下才清醒，原来她在想申家奇和奇奇也应该和她们一块儿进餐。

这种想的状态，她不知道要多久才能适应下来。

虽然每天有大把的时间和朋友一起逛街一起聊天，有的时候，自己抱着电视就能过一整个晚上。可是，说实话，那只是表面的平静，如今，她越来越觉得每周这五天过得格外漫长。

她在店里工作的时候，如果有顾客还好，一忙起来也就什么都没时间想了，一旦没有顾客，就会杂七杂八地想很多。当然，她希望自己多想些美好的东西，比如想以前和申家奇一块儿散步、逛街、看电视，彼此递一个苹果，递一颗草莓，或者热一杯暖暖的奶给对方。有的时候女儿也会加进来，走在他们两个人中间，这一个场景都是她最幸福的时刻。

话说申家奇打小就喜欢吃饺子，从莹莹认识他开始，她就知道他最喜欢这一口。当初两人约会，申家奇专拣路边饺子馆钻。莹莹总是吃得很少，她不明白，他怎么就这么喜欢饺子。

莹莹家只有她一个女儿，早先别说包饺子，就是做一顿普通的米饭加炒菜，对于她来说都是一项很大很折磨人的工程。

刚结婚住婆婆家，大家彼此在一张饭桌上吃饭，在一个厨房忙碌，也分不开饭桌，婆婆只有申家奇这么一个儿子，理所当然地应该住在一起。一家四口住在一块儿，倒也不显得有多挤，等有了奇奇，才发现空间小得可怜。

白天还好说，莹莹最怕夜里。两个人在一起亲热，奇奇和他们在同一个房间，两个人不能有一点儿声响，莹莹强制自己不发出声音的过程中，尽管有一种偷情的快感，可终究是不能放开，没有了那一种酣畅的感觉。每当影视剧里出现这样的片断，床剧烈摇动着发出夸张的声音，她都说，太假。她不相信，两个人会把做爱做到那种不知所以、山摇地撼的程度。

后来申家奇单位分了房子，他们也就搬出了婆婆家。莹莹总结，想孝顺，不见得非住在一起，拉开一点距离，孝顺倒显得更自然、更有亲和力。想想原来住在一起，四五个人争一个卫生间，早晨是他们最难熬的时候。

莹莹孝顺，卫生间留给公婆和女儿，自己骑着自行车跑公厕。申家奇一早起来也抢不过父母，年龄大了，你得让着他们，他常常是憋气一样把自己憋到单位去解决。

从婆家搬出来，装修房子那段日子，让莹莹对新生活充满了憧憬。申家奇那个时候还没有调走，有更多的时间打点家里的事情。于是，两个人一块儿找装修工人，一起转装饰材料市场买材料，两人相互配合着和商家砍价。

当房子装修完以后，当他们有了自己的窝，他们就像刚刚走入社会的小青年，因为从此逃离了父母的羽翼而兴奋不已。为此，他们准备隆重的庆贺一回。至于怎样庆祝，他们没有细斟酌。

那一天，他们选了一套布艺沙发，当工人把沙发送到家里来，摆放好离去以后，看着安静整洁的新房子，两个人萌生出新婚时才有的情愫。拉好厚厚的窗帘，禁不住就缠绵在一起。

不在父母眼皮底下，两个人觉得畅快淋漓。莹莹也不用忍着怕公婆和孩子听到，呻吟的声音让申家奇欲罢不能，申家奇用很放肆的语言刺激莹莹。就像一种温度，让莹莹有了一种说不出的兴奋。当酣战过后，申家奇对着镜子一照，发现脖子上有好几个红印。

“老婆，你给我盖了章，我还能出门吗，丢死人了。”申家奇企图用衣领遮盖住因为自己而造成的罪行。

“丢什么丢？盖了章说明你名草有主，别人再不敢轻易碰你了。你啊，以后就老老实实的，你只属于汪莹莹和你的闺女。你不许对别人叫老婆，也不许再有第二个孩子。”当时莹莹懒洋洋地躺在床上，一动不想动，也许是体力消耗太大。

“难道我们不能再生个？我们要是再生个，你还不让我给老二当爹了？”

“胡说什么啊，现在都讲究计划生育，谁家还要那么多孩子。一个都难养活呢，还想要两个，你饶了我吧。”

“你不怕我和别人生去？”

“你敢？”莹莹腾地跳起来，“你要敢和别人生，我就从15层跳下去。”

“逗你呢，看你急的。我可不想像爹妈，一生好几个。累死。”

“说，是不是你想生儿子？你家就你这么一个宝贝儿子，你们肯定都想要一个男孩接户口本，是不是？”

“没有，有奇奇就够了。都啥年代了，生男生女都一样。谁老了还指着孩子养老啊，都养老金年代了。养个孩子要付出多大代价啊，能把他们养成人，回头养不养我们就是他们的事了，不能寄予太大的希望。你啊，我看就是封建。”

“不是我封建，我看奇奇奶奶一看到别人家的男孩，眼睛都绿了。”

“你当我妈是狼呢，真是的！冤枉好人。她啊，她凡是小孩都稀罕。”

“偏妞妞就生不出孩子来，你妹妹有没有去看看医生？这话我也不好意思问她。”汪莹莹的话题一下转到申家奇妹妹，她的小姑子身上。

“这种事情，你当嫂子的不问，我当哥的怎么开口。”

当两个人准备下楼的时候，才发现防盗门竟然虚掩着。就是说他们在做爱的整个过程中，这房间别人可以随意出入。原来他们把送沙发的工人送走后，竟然马虎到忘记关门。这让汪莹莹格外羞愧，埋怨申家奇太猴急。一想到刚才两个人疯狂的声音，指不定就被上楼下楼的邻居们偷听了去。那种羞耻感，让她无地自容了好多天。每次上下楼，别人和她打招呼，她都似乎感受到了他们掩藏在背后的嘲笑。还好，想想反正是在自己家，又是在和自己的老公，慢慢也就释然了。

莹莹胡思乱想着，申家奇的电话就打了过来。两个人自申家奇工作调走动后，每天晚上都要通个电话聊上一会儿，以解各自暂时的单身之苦。

## 4

一晃时间这么久了，申家奇最小的妹妹申家妞如今也当了妈妈，而且这妈妈也当了好几年了。莹莹掐指一算，那孩子也该有三岁多了。

妞妞这个妈妈当的和别人不太一样，她的孩子是莹莹生了过继给她的。那个时候，莹莹的子宫还没有坏，还可以生产。

那一次，两个人同时坐月子。奇奇对于家里新添了一个弟弟而雀跃不已，只是她不清楚，为什么弟弟一满月就消失不见了。而妞妞则佯装坐月子，满了月就抱着大胖小子回了广州。

申老太太对此很不满，非让莹莹他们自己养着。好歹她也是孙子的奶奶，这抱走了，再怎么亲，她也只不过成了孩子的姥姥，血亲上就差了那么一截。

至于莉娜和小曼，她们自然不知道莹莹还有这码子事。莉娜一天大大咧咧的，只知道莹莹怀孕生子，孩子刚一满月就夭折了。而小曼根本就没碰上这档子事，那个时候，她还没有搬到宋庄，还在广州。

莹莹不愿意把这事说出来，也是为了孩子将来着想。其实，她很想那孩子。那可是个男孩子啊，话说回来，不管男孩女孩那都是自己身上掉下来的肉。孩子打一生下来莹莹其实就不想给妞妞，可是当初说过的话又不能不兑现。

人不就是这样吗，说过的话，泼出去的水。

为了防止莹莹和申家奇想儿子，也担心他们中途反悔再把孩子夺回去，妞妞干脆几年也不回北京一次。这让莹莹从巴心巴肝地想，到不得不让自己彻底忘掉那个从自己身上掉下来的肉。虽整天嘻嘻哈哈的，其实表面的那种喜庆是在掩饰着内心的痛。

尤其申家奇近来老是加班，这让莹莹免不了有些郁闷。每天晚上两个人照例互通电话，可有的时候，莹莹打过去，对方总是关机，或者不在服务区。她就觉得很奇怪，在哪里会不在服务区呢？地铁？地下？电梯？所有能想到的地方，她都想到了，只是不明白这么晚，申家奇跑到那些地方干什么去了。

这不得不让她胡思乱想起来，于是就想宝宝了，便给妞妞打电话，妞妞却说宝宝睡了，她很少给机会让他们正面说说话，聊聊天。

"妞妞，你是不是太过分了。就算你是孩子亲妈，我不是他亲妈，我还是他亲舅妈吧。跟我说会儿话有这么难吗？"

"嫂子，你不能这样藕断思连。你过分跟孩子联系，我是担心对你不好，也对孩子不好。上次，你和他怎么腻的我不知道，宝宝回头就告诉我，说舅妈说话怪怪的。你得知道，在法律上我毕竟是他亲妈。"

"你甭跟我提法律提你是他亲妈的茬，你我心里都清楚。"

"嫂子，我这不也是为你好吗。都这么多年了，你原来不是挺好吗，最近怎么了，老是电话过来，都严重干扰我的生活了。还好，杨百万不在，如果他在，要是他知道这孩子不是他的，非杀了我。"

"申家妞，我严重干扰了你？话不能这么说吧，我想孩子都不行？"

"可户口本上他是杨百万的儿子，这你又不是不知道。嫂子，你有奇奇了，哥对你又这么好，就忘了宝宝吧。我尽管不是他亲妈，可他是我亲哥的儿子，我能虐待他吗。你就把心放肚子里，等到过年，我争取带宝宝回趟北京。"

由于打申家奇的电话不在服务区，就把电话打到了申家妞那里，然而和申家妞的这番谈话，反而让她更加郁闷。实指望自己的小姑子看在她是孩子亲妈的分儿上好好安慰安慰她，却料不到，她想断了莹莹跟孩子的联系。憋着一肚子气，遂挂断电话，看着电话本里申家奇的名字，在想要不要再拨一个过去。

正发呆，申家奇的名字在手机屏幕上跳了起来。

"媳妇，老婆，我喝多了。"

“又跟谁喝去了？怎么联系不上？”

“关机了啊。我们喝酒，都要关机。我现在跑厕所给你打的电话。”

“凭什么？凭什么吃个饭还要关机。以前你没当这个局长，也没这么多事。你又不是没吃过饭，你在宋庄的时候，哪次吃饭非要关机了？”

“我这不是入乡随俗吗。大家都这样，我不和他们一样，不就另类了吗。”

“申家奇！”莹莹大声叫着老公的名字，然后又一软，“我想咱们儿子。”

“哎呀，你怎么又磨到这个事上了，宝宝在妹妹家不是挺好吗。人家条件比我们还好，你还怕他们给他亏吃啊。放心，比在我们家吃得好玩得好。”

“可我就是想他，你要省点心，我也不至于这么想他。还不是怪你，你还在通州工作的时候，你看我像现在这么想他吗。”

“好，都怪我，以后我尽量不关机，调成静音或震动，老婆有指示，我就立刻回复。”

“这还差不多，记得回去喝点酸奶。你还记得你在家的时候吗，你一喝醉，我就给你买酸奶喝。酸奶能保护胃黏膜，延缓酒精吸收，还能缓解酒后烦躁。”

“你老公我可没烦躁，要说烦躁也是听不到你声音才烦躁。天天到固定时间听习惯了，这听不到吧，还难受呢。好了，我去酒桌上看看，他们还在那喝呢，去晚了，又要罚酒。”

“记得少喝点儿，你这些狐朋狗友啊。”

“人在江湖，身不由已。”

“你说什么？你在江湖是身不由己。那他们酒后去不该去的地方，你也得去了？做不该做的事，你也要跟着一块儿做了？”

“什么跟什么啊，哪跟哪啊。他们可不像你想的那么不检点。大家就是闲着没事灌点酒，别的地方可不敢去。公职不要了？老婆不要了？身体不要了？好了，你要充分相信你老公。”

“好的，我相信你。你要保重身体，别把胃喝坏了，记得喝酸奶。”

有人来买药，两个人就相互挂了电话。来人是个四五十岁的男人，买了一盒TT，还买了湿巾，看着男人走出去的背影，莹莹发了好一会儿呆。

说是特别想孩子，其实莹莹发现自己其实更挂念的是自己的男人，他可千万别被江湖中人给拐带坏了。

## 第六章●爱情的价格

### 1

小曼已经很长时间不去汗蒸了，她对汗蒸失去兴趣的最大原因就是，越蒸越发现自己胖得邪乎。脸都圆了，所有的细胞仿佛借了无数细小支架，把她的脸都撑圆了。

另两位女士也有这种感觉。她们三个只要对着镜子，或者对着另外两位，绝对每天都有惊喜的发现：你怎么又胖了?

从更衣室到汗蒸室要经过一个雅致的小厅，厅不大，最显眼之处摆放着一个落地秤。三个人在更衣室里换了睡衣出来，基本身上也没有什么重量，在进汗蒸室之前，都要习惯性地到秤上站一下。结果三个人发现，她们从来就没有减轻过分量，也没有额外增加分量，可是偏看上去就有些胖了。

听说汗蒸一次，相当于长跑了多少公里，可在她们眼里，如今显然有些过分挥霍自己的身体了。这样下去，身体会极度透支。她们由此总结了汗蒸的唯一好处是，不用吃饭，都能把你蒸圆蒸胖。

“肯定是虚胖，这样下去，我们非得因为流汗过多而趴下不可。我建议以后一周来两次。”莹莹说。

“我一天都不想去了。我要开创自己的事业，我要继续经营我的淘宝店，我还要在经营淘宝店的同时，让我的情感工作室也宣告挂牌开张。正所谓，分久必合，合久必分。我们的三人帮，从此只剩两人帮去汗蒸馆汗蒸。不要紧，你们继续，我举四只手支持。”小曼遐思无限地说。

“天，你几时变回猴去了。”莉娜哈哈地笑着。

“德性，我这是表明我的态度，我对你们继续来这里，表示百分之二百的赞成。明白？”

“我不明白，就算支持，也用不着四只手吧，你汝小曼还真是处处都显得与众不同，偏把两只蹄子也换算成爪子。”

“破莉娜，你再这样说我，你就嫁不出去了。”

“姐姐我根本不想再嫁了，本姑娘要吃斋念佛，有合适的机会去趟河南少林寺。”

“去错地方了。”

“哪里错了？少林寺是在河南啊。”

“你去了少林寺你也不能削发为僧，要去就去天主教，那里接受修女。”小曼不依不饶，遂压低声音说，“不过听说，修女也疯狂。”

“天，信佛教的女人，你给我安排到天主教去，你让她们打我啊。你让我们在一个屋檐下互打啊。你什么人啊你，良心是大大地坏了。”莉娜抢先打了小曼一下。

“不会打的，顶多也就把你驱逐出教堂。”小曼坏笑，“没事，你张莉娜从教堂里镀层金边出来，照样做一牛人。”

“那也很丢派了，搞得好像本人敌我不分一样。最近迷上大悲咒这首歌了，你们俩也听听，从那里面能听到很多内容，心境也会由浮躁变为淡然。”

“一首歌也就暂时性地改变一个人当时的心境吧，影响不了太多内容。一个有思想的人，如我，若真是很容易就被一首歌给左右了，那她还是有血有肉的人吗？岂不是四肢发达，头脑简单。”莹莹插话。

“可也别这么说，一首歌，还真能让一个人在瞬间哭瞬间笑。”

“我说的也就是这个意思，顶多也就是一个瞬间的话题。要想改写一个人的人生，那绝对不可能，一个人的意志没有这么薄弱。”

“你不相信，瞬间就可以改写一个人的一生？”

正说着，从一家化妆品商行门前的看台上飘来DJ版大悲咒的乐曲声，且正有一男一女站在台上尽兴地演唱。门前围了很多人，显然这家商行在搞促销。



“天啊，这年月和尚尼姑也疯狂？多半是有的人恶搞。他们听了这种节奏的大悲咒会是什么感受呢？边听边跳？张牙舞爪？难以置信。”张莉娜拼命摇着头，“这种听法，非得撞车不可，幸好尼姑和尚们可能都不会开车。”

三个人边说边走过这条繁华街道。

她们从一个化妆品店里走出来，再走入另一个化妆品店，莉娜给自己买了补水面膜、珍珠粉和指甲油，指甲油是用来涂脚趾甲的，马上就要到夏天了，夏天穿凉鞋，裸着脚，染上好看的指甲油，会让女人看上去更妩媚。

莹莹买了修眉刀，没买其他化妆品。莹莹皮肤好，细嫩，平时只要补点水就好，从不擦乱七八糟的护肤品。说是护肤，其实有的产品就是害肤，这是女人们长年积累下来的经验，也是莹莹自己积攒的经验。买不好的化妆品，不如让皮肤裸着。

小曼给自己买了睫毛膏、指甲油。她们已经三十好几近四十的年龄，都绝不会往手指上抹指甲油，那样不论什么颜色都会觉得太香艳，俗气得很。除非涂白色透明的，可那样又嫌费事。顶多涂涂脚趾甲，让脚趾过过瘾。

“还补什么水啊，也不用考虑子宫每月来不来潮了。你啊，都要去少林寺了，我看不用讲究美了。”小曼又把矛头指向莉娜。

“做也要做一个漂亮的、水灵灵的尼姑。”莉娜偏不信邪。

哐当一声，两辆车从他们身边经过，相撞在一起，三个女人发出三声尖叫。还好，没发生大的事故，看没发生大事，两个司机都有充足的精神打开车门走出来互相指责。似乎看得到他们的唾沫星子在空气中乱飞乱舞。

“我现在终于明白，什么叫瞬间改写人生了。还好，他们的安全都没问题，你说没问题就老老实实各走各的路吧，还在一起掐什么啊，下次开车注意就是了。真要是生命有了危险，那人生真的瞬间就被改写了，改写到那边去了，那时想后悔都来不及。”莹莹感叹。

三个女人，各回各家。莉娜回网吧，莹莹回药房，小曼回自己家。她们都格外小心地走着自己脚下的路。

小曼不再去汗蒸馆，想从此认真打理淘宝店，曼曼书苑从此死灰复燃。原因是，老尤找她合作。他利用小曼的淘宝店，卖他的字画，除各自分成外，他还无偿教授小曼习画，这是小曼的要求。

自离开洪大周，她想从此看不到画画的人才好。可自从离开冯伟业，她特别想从事画画这个行业，她觉得自己以后没准能和冯伟业成为朋友，自她有了杨一士以后，她才有的这个想法。她对冯伟业生不出恨来，也许，当初她没有真的爱过他？她也觉得吃惊。

自洪大周离开以后，小曼对绘画的人以及作品极为仇视或者说是蔑视。可她心底是惜才的，也懂得欣赏一幅好画。只因这一点，让她结识冯伟业以后，才没有断然拒绝他，也因而发生了很多事情。

如今，老尤的油画在她眼里算得上是上品。他如今把老婆孩子都接到了宋庄，在汝小曼的眼里，他一定是一个肯对家庭负责任的男人。

学画的同时，小曼情感工作室宣告成立。

她知道这个工程浩大，不见得有什么收效，但至少，她从此写作上有素材了。还有一点她觉得很重要，她可以抚平对面人的创伤。有的时候，倾听比你说话更让对方觉得舒心。心里藏的东西多，倒出来，心里会轻松许多。

莹莹迎来送往着店铺里所有买药人，有时对着性用品柜台会发会儿呆。这时候，申家奇肯定会在她脑海里捣乱。

莉娜打开电脑，登陆QQ。照例有提示，神秘送花人祝她永远健康、快乐、美丽。这一株株一束束玫瑰，红的、蓝的，从此就入了莉娜的梦，梦里送花人依然模糊。莉娜有时会把自己笑醒，醒了也发呆。生活中，她从来就没有收到过鲜花。

就算当初她和陈秋冰好成那样，她也没收到过他送的花。

## 2

闻菁菁很久不给汝小曼打电话了，这让汝小曼颇感意外。以前只要闻菁菁在单位有一点空暇，就会拨电话过来。有时候小曼都嫌她啰唆，她属于那种长话不短说，短话必长说的女人。

“我刚和医生出去玩儿了，才回来，现在才发现玩儿也是需要体力的。我累得半死，哪有时间理你啊，昨天晚上他还给我捶腰呢。”

“重色轻友，严重的重色轻友，酸酸酸。”

“没办法，鸟为食亡，我为色死。他不好好伺候我，我也不好好伺候他。互利互惠，互利互惠。”

“两个人的生活，看样子不错啊，生生地让人羡慕着。”

“羡慕有吗用，赶紧实施行动啊。你的白马王子呢？别光让他骑着白马在你的外围遛啊。时间长了，把人遛瘦了，还得你给人家补。让他在你身上精尽人亡，也不能让他遛着白马把自己给遛成亡命徒。”

“这都啥话啊，你现在啊，我看是越来越放肆了，跟我已经没大没小了。”

“比你大才更要谆谆教导你，比你小呢更有话对付你。别误了大好时光，你以为女人的好时光很多吗？现在我和医生在一起，他比我大三岁，潜意识里我都能感觉到他嫌我老了。当然，他肯定是无意识表露出来的，他自己也许都不知道。男人骨子里都喜欢二八小娇娘。女人这一生没有多少青春，你赶紧抓着尾巴好好挥霍吧，别等到最后去后悔。”

“我有什么后悔的，到现在我也没什么后悔的事。”

“你敢说洪大周没让你后悔？还有冯伟业，他们不让你后悔吗？”

“没有，当初是挺恨洪的，时间久了，我对一切都觉得很淡然。要我说，如果没和他分开，我哪会知道外面的世界是啥样？至于冯伟业，他根本不适合做丈夫，虽说他没少让我流眼泪，可我觉得他离开我，我倒该庆幸。”

“堕落，如今连清纯的汝小曼都堕落了，世界哪里还有干净的角落。”

“这不叫堕落，这叫与时俱进。生活中，总有一些人不适合你，又总有一个适合你的人在等着你，我这是对生活充满了希望。对了，最近因为不小心接触了一个片警，这人可倒好，经常发短信打电话，有一次借工作机会就直接上门来了，真让人觉得莫名其妙。来过两次，我妈还以为我和他有事呢。就不小心让他套上了老乡，也是广东人，我看他就是有不纯的想法，不理他，他还三番五次地打电话，甚至直接告诉我他是单身。他哪里知道我心在郑州呢，身边谁追都没用。”

“你倒真是不悲观，手头有现成的不要，偏想那远的够不着的。我对你和律师在一起的看法并不怎么好。你也别生气，你现在不能还像少女一样由着自己的性子，天真和单纯只会害了你自己。个头不能当饭吃，你被他一米八五迷倒。可你们以后不可能每天就着一米八五吃早餐和中餐以及晚餐。年龄是你们最大的障碍，当初你和冯伟业的时候，我就有这方面的担心，只是不好意思说你。现在你和杨一士，我不得不提醒你，别把自己蒙在鼓里，别重蹈覆辙。我们这年龄再也伤不起了，青春尾巴留着挥霍，也不是和不相干的人挥霍，留也要留给有谱的人去共同挥霍。我怕你又伤了，小曼，你最大的优点也是最大的缺点，你太容易把对方当回事了，就是你太容易相信别人。”

“你的想法倒是先变了，你不是赞成只要有爱就能在一起吗，我们有爱怕什么。”

“年龄，姐姐，你们差好几岁。好，我不深说。话说回来，冯伟业的教训你怎么还不能清醒。谈一场无望的恋爱？也成，给你平淡的生活添点作料，可是你不能动真的，不能想着将来和他结婚。”

“晕死掉，不结婚，还相处个什么劲儿？恋爱的结果不就是结婚吗？不想结婚，耗费这时间对谁都是一种浪费。”

晚上再和杨一士网上约会。她就又重复了一遍说过的话：“我们找机会见面吧，见了以后，也好确定到底是继续还是中止。”

看上去汝小曼非常理智，可她每次又都被杨一士各种各样的称呼晕了头脑，小魔女、丫头、提拉米苏、胖妞、坏蛋丫头……汝小曼最喜欢听杨一士喊他丫头。他喊丫头的时候，汝小曼就好像在他面前真的变小了，不自主地也就更加可爱，两个人的距离也由她的年长，幻化成了她成为一个乖巧的小女生，需要风天雨天地躲在他这个大男人的羽翼之下了。

他说他的上衣可以给汝小曼当风衣了，汝小曼就每天都在想着，躲在那件风衣下面的幸福。

最开始她就跟杨一士说，年龄和身高在她这里都有障碍，可他偏说，年龄不算什么，如今流行姐弟恋。小曼说她可不凑流行的热闹。他继续说，身高更不算事情了，男人比女人高正常，他说就怕汝小曼比他高，那才不协调呢。

杨一士像以往一样，只说尽量早些安排相见的时间，又说如今案子太多了。

如果拿理性和感性来评判汝小曼，不能不说她也是个非常理性的人。可事情在她身上，她就变得百分百地感性。女人也许就是这样简单吧，尤其当恋爱的时候，智商为零。

被爱包围了，就遗忘了曾经有过的伤痛。新爱疗旧伤，此时的汝小曼已经忘了洪大周和冯伟业对她的伤害，扇着翅膀拼命快乐地往前飞着。她相信，以后的岁月，杨一士一直会在身边护驾。她想她是他的丫头，他怎会让她一个人，自己单飞或者飞到别的女人身边去呢。

## 3

神秘送花人很固执，依然每天送花。

莉娜对此已经到了麻木的地步，这边刚一麻木，送花人再不匿名送花，签名写的是：踏潮网吧赵。原来是他啊，莉娜恍然大悟。

如今知道是谁送花了，莉娜的心里倒扑通通地跳开了。那个姓赵的男人她见过，总共也没搭上几句话，他送自己花干吗呢，真是闲着没事了。他们不过是在工商局给网吧业主开会的时候见过面而已。

她心里嘀咕着，接通电话："陈陈啊，什么？不行，征什么啊。你妈一把年纪了，不行。啊，你真行，我不看。那行，你发我邮箱。你真是闲着没事了，小小年纪不好好学习，操心这事有意思啊。以后别管妈这些事，知道吗，你妈现在挺好的。"

陈陈这丫头，上次说完还真在网上给她征婚了。莉娜说你离老妈这么远，还准备遥控给老妈征婚啊。她心里埋怨女儿，又被女儿的行为感动得一塌糊涂。实在是有了一种找不着北的感觉。

想想陈秋冰和她离婚也有好几年了，如今陈秋冰混在外面，这也赶回来登记注册了，想自己和他分开以后，也曾经试过和他住在一起，想破镜重圆，可镜子碎了很难再修复。

两个人再到一起，话语间还是不投机，两个人一个比一个犟。在自己娘家和陈秋冰修复的过程中，都不能拉近两个人的距离。两人一想，再努力也是白搭，索性分个彻底吧。

于是，陈秋冰去了河南。只是莉娜没想到，这没几年的工夫，就领了一个河南娘们儿回来，如今和那娘们儿一块儿卖服装。女人有点钱，有店铺，对女儿也好，女儿陈陈上次去，从头到脚，全都是女人店铺的服装，还另给买了一个拉杆箱包。

这些让她极度眼红，她也搞不清什么原因，心情很复杂。好像这女儿已经被那一男一女给抢走了。总之和莹莹说着话的工夫，眼泪啪嗒就掉了下来，先前大嗓门，天不怕地不怕我就是老大的样子没有了。莹莹还是头一次看到莉娜也有非常女人的一面，原来她先前的大咧咧的样子全是装出来的，她这样想。

"你呀，人家都结婚了，你怎么还念着他。就因为十九岁就跟他好了？就因为你们是初恋？你真该听陈陈的，去重新恋爱试试，你怎么知道不成功呢。"

"我排斥所有男人，我也不知道为什么，一看到他们我就起鸡皮疙瘩，不愿意正面和他们说话。不然当初我不可能又选择和陈秋冰复和，可是那日子不长久。我讨厌北京男人，讨厌宋庄男人，说实话，就是讨厌身边的男人。忘了跟你说了，昨天那个温盛江又来上网，先是收发邮件，故意坐我旁边，后来又玩地下城勇士。跟我搭话，我也懒得理他，要不是来我网吧上网给我人民币，我一个字都不要和他说。”

“他这人品质是有问题，我看他将来找老婆还真不大好找，我们绝不考虑他。那你去海南吧，那儿四季如春，对皮肤也好，让陈陈在网上给你征个南方人。”

“老大，你饶了我吧！离那么远，人生地不熟，怎么交往？前些天我终于知道那个送花人是谁了，是另一个网吧的老板，我们一起开过几次会，听说也是单身。不过我不想考虑这些事情，我真不想找。”

“你真可以找。”莹莹学着小沈阳的口气，然后笑，“你说你以前又是卵鳞脂又是胶原蛋白地补着，现在咋样，不是我不愿意卖药给你，药补多了真没啥好处，当初我就提醒你，你看你月经也补没了。要是男人给补，效果肯定不一样，月经肯定越补越多，脸色越补越好看。不过你倒另类了，这么多年没个男朋友，皮肤还总是这么好，要是有男朋友，那更了不得了。”

“现在我算是遇到难题了。你说陈陈爸结了就结了呗，偏陈陈还乱点鸳鸯谱，给我安排了约会，甚至威胁我，我要是不给她找后爸，她就不回来看我了。”

“那你就试试吧！陈陈也是为你好，离你远惦记担心你。女儿一片孝心，你可别不领情，何况这也是对你好的一件事。”

“可是我真不想去看，你说要是碰到熟人多难堪啊。”

“哪那么巧就碰到熟人了，你们约个远点的地方。”

“太远了可不行，那不是送羊入虎口吗。”

“哎呀老大，您老多大的人了，又不是小姑娘，我算服了你了。”

莉娜被莹莹这么一说，反倒是不好意思起来。多年不谈感情，这一谈起感情来，脸也有点潮红，心里也是扑通通地跳着。从网吧到莹莹的药房不是太远，要过一条主路，再穿过一条小胡同。

莉娜颇有心事地走在小胡同里，一直走到头，才发现家早走过了，心底骂了一句自己，又倒转回来。说什么也得回家收拾打扮一下，没有相过亲，也不知相亲啥滋味，总之，不能蓬头垢面就是了。

想想以前老爸老妈没少逼自己相亲，可她铁了心一个也没去看。老妈甚至跑海淀紫竹院去，拎着她的照片到那里左一个右一个地相人家男人。这让她无法接受，知道这事以后大怒，和老妈吵了一顿，说你凭什么拿着我的私人照到处招摇，丢死人了。

老妈那次也很生气，说大老远跑去容易吗，还好意思跟她翻脸，她没有功劳还有苦劳呢。话一说到这分儿上，莉娜也觉得自己有些过分，不再言语，这事就算过去了，老妈从此倒也老实了，尽量不掺和女儿的婚事了。

她一直对相亲这事格外抵触，可不知道女儿这一句话怎么就如同圣旨。她忽然发现，父母和子女之间，有的时候父母更愿意听子女的话。就像现在，老爸老妈也遵从了她的意见，不再张罗相亲，可是，仍免不了要在她回娘家的时候唠叨几句。这让她烦，一烦就不回家，在自己的房子里躲清静。

一边对着镜子往脸上涂水，一边禁不住就嘲笑起自己来。想刚才从药房回家的路上，竟然过家门而不入，想来这对爱情的憧憬，也不分年龄。她想自己是不是已经开始憧憬起来了？不然，怎么连回家的路都要走错。

## 4

约见的男人，四十八岁，比莉娜大了九岁，在通州电脑城有自己的店铺。电脑城离宋庄不是特远，他有自己的车。陈陈说得好：“妈，以后你们开车自驾游，多好啊，一定带上我。”

就好像那后爹一定非这人莫属了。

“妈，你一定要凯旋而归，等你的好消息。”陈陈说完，关了视频，说去上自习了，撂下莉娜一个人想着第二天怎么见这个男人。很久不和男人打交道了，就算是打交道，那也局限于来网吧上网的小男生，全是青涩的小年轻。她在他们面前是老阿姨了，绝对产生不了男女之间的那种极特殊的情愫。

莉娜头发比较直，基本没烫过。莹莹建议她去烫个大卷，烫过发的女人看上去会更妩媚，说白了，卷发女人特别有女人味。莉娜决定不听莹莹的，自己的事自己做主，在女儿陈陈面前不能做主，听了她的摆布去约会，那自己的穿着打扮还是要依了自己的兴趣爱好才行。

头发清汤挂面，束在脑后，从后面看像初中生，从前面看也不是太老，皮肤好，没办法。自己对着镜子得意地一笑，想不到笑容就僵住了。自己有多久没有这样对着镜子自恋了？有多久没这样对着自己笑了？

答案是，很久很久。自陈秋冰离开以后，确切点说，是她离开陈秋冰以后。时间不多了，她没有时间想更多的东西，拿了钥匙，匆忙下楼。

约会地点在北关环岛，去往富河园邮局的路上，那里有一片小竹林中，一到夏天，茂密的竹林有风吹来会哗啦啦地响，很好听。其实说是竹林，根本没有太多的竹子，只是靠近卫生间附近有一小片竹子，此外有一些不认识的植物，木本和草本都有。那些一到了夏季本就该开花的树，此时刚刚吐出嫩芽来，别有一番趣味。可这样的一片地，对生活在城市里的人来说，已经是很奢侈了。

她也不知道女儿陈陈怎么就选择了这块儿地方。可能陈陈代表她跟那个电脑城的男人谈的吧，毕竟这里离宋庄不远，离电脑城也不是太远。考虑到莉娜不愿意在家附近碰到熟人，来这里碰见熟人的几率毕竟要小很多。

那人开的是夏利，莉娜虽然不会开车，可她认识车。心想这男人买这车开，也够水的。不过好赖比自己强点，自己还只蹬电动车呢。

她是坐930公交车去的，她出来之前就给陈陈发短消息了："我替你看看那电脑先生，你妈我现在电脑技术还行，不然，认识了他也算解救了你海峡舅舅。"

陈陈回她说："祝老妈马到成功，赶紧给我带一个亲后爸回来。"

这叫什么话！什么叫亲后爸？后爸就是后爸，你以为亲后爸和后后爸不是一个人啊，以为还和你亲爹一个样？做梦吧。要不然怎么这么多年没给陈陈找后爸呢，她也是怕孩子受气。

现在孩子大了，周围人都劝她，可她就是不爱相亲，谁也不想看。女儿如今下通牒了，当任务完成也好。

“我介绍下，我叫贾平峰。”男人确定眼前的是陈陈妈——张莉娜女士以后，赶紧送上一副笑脸。

屏风？莉娜想乐，终究是没笑出来，一直板着脸。她这不是来相亲的，绝对是给人家看冷脸来了。电脑先生看了她一下，也不好死盯着她看。心里面也有一丝的不解：这人不爱笑？心下想，可惜了那白净的皮肤了。

“你的要求是找四十八岁以下的男人，我正好四十八，卡到边缘线上了，说实话，不容易。还有，你要一定对你好的，我想我们只要能真诚相处，我会好好对你。你介绍自己的那些条件，我看都符合，就是有一条不符合。”

“哪里？”

“你不是说你特爱笑吗，你也不大爱笑啊。”

“我说了？”

“你说了。”

“肯定？”

“肯定。”

“那不是我说的。”

“那不是你说的，是谁说的？你征婚的名字不是叫花独尔吗？”

“我不知道我叫什么名字。”

“那真是奇了怪了，你连自己在征婚的时候叫什么名都不知道？”

“是，我是没想征婚，是我女儿非要我征。我是不想违背她的意思，这是奉她的命来的。我只听她跟我说起了个什么花的名。”

“敢情网上征婚的是你女儿，她多大了？”

“什么话，不是她征婚，是她替我征婚。”

“是，我明白这意思。我是问她多大了，可能我没表达清楚。”

“她多大跟征婚有关吗？”

“当然有关啊，我至少了解我未来的女儿的年龄吧。我有个儿子，早工作了。其实我和你女儿都已经在网上发过至少两三封邮件了，她把你的情况都跟我说了，只是，当时我一直以为是和你通信呢。”

“成不成还两说呢，你这话说得忒早了点吧。”

“不早不早，成不成不得努力吗，不努力肯定不会成。”电脑先生觉得口渴，兴高采烈地跑到冷饮店买了两瓶橙汁过来，莉娜表示不想喝。心下对他就有了意见，买什么东西都不征求身边人的意见，可见特立独行惯了，这点起码的礼仪都不懂。

心里不知是对他打了折扣，还是觉得他够男人，凡事都能自作主张。她有点矛盾，但是想来想去，给他打了个不及格，他凭什么不照顾身边女人的感受呢。他应该问问她是要喝橙汁还是葡萄汁，抑或是小洋人，可他没问，尽管她不讨厌橙汁，甚至可以说还算喜欢，可是这种错误绝对不可以原谅。

电脑先生给她不舒服的感觉就是当说起她女儿的时候，他眼睛一亮。这让她想起了外国小说《洛丽塔》。尽管女儿长大成人，不会常在家里待，面对色狼也绝对有防范的能力。可是，面对这样的男人，她还是一万个不放心。男人没有好东西，把个二八少女放他身边，能做到坐怀不乱，那他就是柳下惠了。柳下惠，其实只有一个。关键是，张莉娜也在想，没准那柳下惠生理有问题。

想到这些，莉娜对电脑先生更是一副冷脸。电脑先生看她这模样，一个人喝起水来也没滋没味，吓得说要提前回去照顾生意，开着夏利要跑，不知道哪根神筋又搭错了地方，在发动车子的时候，说要把张莉娜先送回宋庄。

张莉娜没答应，说一个人坐公交回去。心里又在想，这点礼仪他倒还懂。

坐在930公交车上，莉娜暗暗想，刚才干吗了？约会了？原来莉娜我也可以约会，多年不懂约会滋味，原来和男人单独相处没有什么不可能的，于是就有了一点放松的感慨。

# 第七章●爱情套

## 1

说好“五一”请假来看汝小曼，可是杨一士又不能成行了，他说案子让他忙得没有分身之术，这让汝小曼格外懊恼。

也不能就这样一直和汉字谈恋爱吧？要是一直见不到人影，这跟和空气谈恋爱又有什么区别；就算有区别，也只是因为差不多每天可以听听双方的声音，用文字互吐相思。

最初小曼是接受不了杨一士在文字上边对她一吐相思的，她难以忍受那么赤裸裸的爱。什么我想你啊，我爱你啊，想想是一件非常肉麻和幼稚的事情。试想如果两个人在现实生活当中真的相处久了，在分开以后彼此用这种火热的语言互吐心曲，倒也可以理解。偏偏他们两个是不同的，他们还没有见过面，而相处的时间又不算短，那么怎样看待这种爱情，自称情感专家的汝小曼也已经有了和稀泥的感觉。

然而，想放却偏又放不下，这每天的电话和文字让她上了瘾一样。据说喝好的铁观音，也会上瘾。如今菁菁的医生老公每天都要喝上等的铁观音，一天至少四五十块的花销。菁菁老公还有收藏烟斗的习惯，菁菁说他有好几个斗友，他的烟斗从几万块钱到几十块钱价格不等，当然几万块钱的只有一枚。

“最便宜的多少钱啊？”小曼好奇地问。

“最便宜的啊？呵，是他自己做的，做得还挺好看呢。”

“这些瘾都不好戒吧。我算发现了，我现在就有一种上瘾的感觉，他要是有一天不打电话过来，我会非常难受。”

她怕自己这种瘾，爱情瘾、爱情的毒，可没处找解药去。只有两个人相互安慰相互做解药，方能奏效吧。

眼下，这样的相思让汝小曼觉得承受不起。她要加快两人相见的步伐，只有见了，他们之间才可以继续相处，或者戛然而止。两个人相处的时间短，相见了，是继续还是分开，才不会伤得太深。假设两个人一直这样缠绵下去，天天如此，日日月月年年这样下去，爱得深了，到那个时候，能怎么办？就是见了，也只能继续走下去，没有回旋的余地。

那个时候，是理智战胜感性，还是感性压倒理智，她现在也说不清楚。那一刻，也许真是没的选择了，现在汝小曼就感到自己没有了选择，每天一门心思地只想这个叫杨一士的男人。

在她一边打理淘宝店生意的时候，一边就会接到杨一士在空暇时间发过来的捣乱短信。两个人会互相发会儿短信，碰上汝小曼给杂志赶稿，杨一士就说不捣乱了。她偏要放下手里的活，和他捣会儿乱。

相思是越来越浓。汝小曼表明自己的立场，两个人初相识她就觉得不合适，所以必须要见了面，才能再订终身，现在说太多亲爱的我想你之类的都为时过早。可他说的话，她每一句都接过来了，接过来就放在了心上，心压得越发沉甸甸的。有的时候会觉得透不过气来，就会放下所有必须要做的事情，找莹莹，找莉娜，不是要她们疏通她的沉重，她只想放松一下，暂时忘却。就像杨一士说的，他们离得远，只能用这种方式表达思念，如果她不喜欢，他可以不那样说。

可她想说，她喜欢，她喜欢他所有的语言。可是，听过以后，又深深地自责，觉得自己分明就是在堕落。于是干脆就去买衣服，在花钱的过程中，体会一些快感，也体会了一种忘掉其他事情的感觉。

他的肢体语言，也总会在语言里表达出来，她在闭上眼睛享受他的拥抱，陶醉着。她的心情时好时坏，她不明白什么叫欲擒故纵，她想，她是真的爱上他了，一刻也不能放下。她要见他，必须的。

所有有关爱的技巧她都不想使用，她只想傻傻地做他的提拉米苏，做他的傻丫头。

爱情，让一个人头脑发昏，汝小曼觉得眼下她是没有大脑了。不知道她自己这种付出，要是打包销售，折合人民币多少钱，她想不通，换算不明白。她整个人都呆掉了，傻掉了，只等着那个名叫杨一士的律师自郑州方向乘飞机或者坐火车，一路快马加鞭来到北京，来到宋庄，用他说过无数次的肢体语言——拥抱她。

然后，吻她。这是他们之间最常说的语言。

“五一”到了，杨一士说来不了。汝小曼的好友莹莹、莉娜，包括远在广东的菁菁，她们都知道汝小曼在阳光明媚的“五一”会有男人来看她，可一切都落了空。难道自己前世是尼姑，那一世是那般地寂寞，而这一生来到滚滚的尘世，有男人爱了，也可以爱男人了，就把每一场爱都要闹腾得尽人皆知吗?

可这为什么就成了空？汝小曼很痛苦，只因为他手里有案子，只因为当事人每天都要找他，所以，他不能离开郑州。

后来汝小曼才知道，从郑州到北京西站，坐动车才五个多小时的车程。当她知道用不上一天就可以相见以后，她迅速做出了一个决定。

## 2

她决定“五一”一过，就去郑州找杨一士。原本杨一士说“五一”的时候请了假过来看她的。可他临时对她说假请不下来，事太多。

于是，她决定亲自去郑州。

杨一士似乎很慌乱，杨一士一定是慌乱的，她汝小曼隔着电话就感受到了，那种感觉非常强烈。

当时，明明正在卫生间喊她，说厕所里没有纸了。

汝小曼大声说："就你用纸费，没谁像你那么浪费纸，上一次厕所差不多够别人上两三次的，你的小屁股怎么那么复杂。"

"不复杂，我怕擦手上。"

听到这，小曼吐了下舌头，假装恶心一下。却不知这恶心正应到了自己要去郑州的想法上。自己去找男人，这会不会让别人觉得有失女人的矜持，会让别人觉得很恶心吧？

她反复这样问自己，又反复告诉自己：其实没什么啊，男人没有时间，女人凭什么不可以去呢？不就是相亲吗。可是，就怕他所说的没有时间是托词，他是不是在找借口？是不是一待他们真的要见了，又胆怯了，不想见了呢。这个时候，汝小曼觉得自己只在杨一士的心外徘徊着，并没有走进他的内心世界。相处这么久，她喜欢更直截了当的交流。

"你是不是不想见我，如果是，就直说，我不想猜谜一样地猜你。你都说了几次要见了，可哪一次见了？今天推明天，明天推后天，谁有几个后天让你推。"

"丫头，我是肯定要见你的。等我忙过这段，我就去找你。"

"你总说忙过这段，我没见你闲下来过，我们说过了，反正我们是要见的，我有时间，那我去郑州。"

"你来我也没有时间陪你啊，你来我也接待不了。现在案子复杂，我们还要去外地，你来了只怕会扑个空。"

"你说，你是不是就不想见我，不想就直说。"汝小曼真的生气了。

"不是的，我是真想见你的。我没必要骗你，骗你也没有意义。真的，等我忙过这段时间，我不坐火车，我坐飞机去看你，等我。"

汝小曼无力再说下去，一句等我，让她心碎。等，她只好等了，她也只有答应他。甚至有一刻她有一个不好的想法，他一定是冷静下来以后嫌她结过婚又有孩子，一定是。他是不是直到考虑要见面了才醒悟到这些？又无力推脱，只好用时间掩盖他的迟疑？可是，当初这一切都跟他说过啊，她从来没有过一点隐藏，想到这些，她脑子都要炸了。

明明还在卫生间喊："妈妈，快来，有蚊子。"

"有蚊子你就打啊，你喊妈妈也没用啊，喊我不也得打它吗！"

"妈，我够不着，太高了。"

汝小曼飞快地跑到卫生间，明明刚好站起来，蚊子在他手指的方向，她看到了，可她没有精神消灭它，就让它活着吧，好歹这也是一个生命。一想到它活着，没准还会找到它的另一半，然后繁衍，会生出很多很多的蚊子出来咬他们，想到这，她又觉得无法忍受。

她轻手轻脚走向热水器方向，还没有拍下去，蚊子就唱着胜利的战歌飞走了。汝小曼手里的拍子在空中比画了半天，愣是没有打到它。

"谈你的情说你的爱去吧，生你们的孩子去吧。我还怕你们咬我？我家有蚊香。"小曼心里说着，就给明明冲水。

"也不知道哪来的蚊子，有纱窗，门也关严了，它们哪来的呢？"

汝小曼没理老妈的自言自语，一个人跑到卧室，关了门。明明偏跑过来捣乱："妈妈，你也找朋友，跟他示威。"

"跟谁？"汝小曼一愣。

"我爸啊，他不是有了吗，你也找。"明明这样支持汝小曼，让她心里一感动，抱起明明，转了几圈。

明明又问："冯伟业呢？他怎么再也不来了？我那天做的雪糕，还想等他来吃呢。"

"他，他有事吧，他以后不会有时间来我们家玩了。"汝小曼暂时不想说太多，她不知道怎么和明明说，"我看啊，你以后也不要做冷饮了，我看除了他，不会有别人吃的。又是鲜奶又是奶粉和鸡蛋，我看就是浪费，你做了你自己都不吃，还想指望着别人吃啊。"

汝小曼跑到厨房，从冰箱里把大半碗冷饮拿出来："你看看，你吃了吧。你吃了我才给你买雪糕，不然以后雪糕都没的买了。"

"我等老冯来，他拿买的雪糕和我换。"明明和冯伟业在一起总是没大没小。

“你等不来了。”

“为什么？”

“哪有那么多为什么，有些为什么有答案，这个没有。总之，以后你就不要浪费我那些蛋和奶了，做了又不吃，也就那个姓冯的买你的面子。”

对于汝小曼手里的大半碗冷饮，明明装做没看见，从旁边溜进屋里。他做的东西，他才不吃。他在制作的过程中，把各种调料混合在一块儿，尤其还有一颗生鸡蛋，他曾经用打蛋器，挥舞着两只小嫩手拼命地打着鸡蛋。

这孩子喜欢享受制作冷饮的全过程，可他从来不吃自己做的冷饮，偏还逼着汝小曼吃过一口两口的，汝小曼没办法，闭着眼睛吃上一点点。对于冷饮的味道，不知道是该赞赏还是该沉默，其实和买的雪糕一个味道，只是因为看到那里面都放了些什么，所以吃不下去。

如今她也想只享受恋爱的过程，哪怕只是网上这种虚拟的相互依偎。有的时候，只要体验过程就好了，不要继续往前走，也许走到现实当中，生活就完全变了味道。

可她绝对又是一个现实的人，她实在不愿花太长的时间玩儿这种网上虚拟的东西。她听说过虚拟爱情和虚拟婚姻，甚至虚拟着在网上过家家生孩子。那种爱情公寓，她想她还是不要生活在里面的好。

当她发呆的时候，夜色早已降临，杨一士忙过一天，又跑到网上来找她。他们仿佛上了瘾一样，一到固定的时间，有一方不在，另一方就会格外想对方。

杨一士试探地说：“我发个图来？”

“你发吧。”汝小曼心想，发个图还要申请吗。

杨一士发过来一张卡通男孩的图片，男孩躺在床上，抱着被子，另外闲置了半张床，上面写着几个字：出租半张床铺。汝小曼的心就像满了的池水被搅动一样，要荡漾开去。

杨一士就说：“我们要是离得近，我们要是在一个城市，我的床铺早就租出去了，你的双人床要往外租吗？”

“租你个头。”汝小曼就发一个砸他的表情。

他大喊一声：“谋杀亲夫。”

两个人就总在这种暧昧的图片和文字里交谈着缠绵着，总是心照不宣地都明白彼此需要着什么。几个月时间就这样过去了。汝小曼这种性格，喜欢直来直去，就算享受着过程，她仍是想要一个结果。她也知道，他们之间的结果只有两种：要么继续，要么结束。

她想要婚姻，但不想草率地要。她想和杨一士赌一把，她想出租自己那张大的双人床，也想看看杨一士的单人床到底是什么样的。熟女，对于这些东西尽管也避讳，可是她在心里又在盼望着一种说不出口的东西。何况那男人，总在有意无意地揭开着最隐秘的一角，让汝小曼不知不觉地往里面钻。

也许，这就是男人给她下的爱情套子，她钻进去了，一时半会儿钻不出来。可男人呢？却总说没有时间，她在套子里东撞西撞，又不敢太表露自己的心情，只有任时间挥霍着，期待相见的那一刻。

“我们还是找机会见面，见了才知道真的有没有必要继续下去。也许到那个时候，你就发现我不适合你了，毕竟我们的年龄不太般配。”

“我不在乎这个。”

“可我在乎见面，这个是必须的。”莉娜的哥嫂相差正好五岁，也是汝小曼和杨一士之间年龄的差距。他们过得很好，尽管他们也不是初婚，这些汝小曼都知道，所以她坚信两人年龄不是问题。

“我尽早安排。”其实杨一士根本不急，他懂得欲擒故纵，何况，他们这么久了却一直没有视频过。汝小曼爱上的不过是他先前的照片，那个照片上的杨一士很帅。

杨一士不知道，莉娜和莹莹看到后都挺惊讶的，说这人挺帅啊，像影星，汝小曼心里就甜得掺了蜜一样。杨一士现在也担心，自己当初见到汝小曼无意之间把征婚启示发给他，他其实就是想闹着玩的，把自己刚大学毕业时候的照片发给她了，现在的自己比那个时候可老多了。其实，心里不着急见她，多半也是因为心里没底。他怕她说他是骗子，拿以前的照片糊弄她。如果被她说成是骗子，一世英名就全毁在这个女人手里了。他跟汝小曼说过多次，生怕见了她，她掉头而去，那样，他会很失落地坐上回去的火车。

当初的不在意，让他也没料到两个人几个月的时间彼此之间是越来越当真了。他也看不明白自己了，到底是自己给那女人下了个爱情套，还是不知不觉中把自己也给套了进去?

网恋，到底现实吗？他一想到这里，脑子就要炸裂了，索性不去想了，和同事灌啤酒去。想想自己摆弄电脑十几年的光景，一直不屑于网恋，这到底算不算网恋？想想应该是不算的。话说回来，就算是网恋又能怎么样？网络只是一个平台，相互了解才真正需要一个过程。

再说，自己当年好说赖说也是文艺小青年，也写过东西，也在报纸上发表过文章，他们之间自然算是文友关系，打死也不承认这是网恋。想当初自己搭讪汝小曼，只是因为她好听的网名。

谁想到，我原来和她说话她都带理不理的，怎么就有一天突然把她的征婚启事发给了我？对此，杨一士一直觉得很吃惊，那天，他有点手忙脚乱，当然没太当真，如果当真，是应该发给她现在的照片才对；可他发的全是大学毕业时候的照片，那时的他蛮帅的，心底也是怕发眼下的照片她会不在意吧。

如今两个人钻进了同一个套子里，问题是，他喜欢这套子，可他又不知道怎样跟汝小曼说他欺骗了她。说白了，就是他如今不知道怎么面对她。

## 3

“穆凡，你以后也甭指着我有多温柔，在你面前在你那些朋友面前，我温柔不起来。一个个除了会喝酒会说些荤话，还会什么！”

“我没指望你多温柔，你至少不要在我的朋友面前冷着脸，你给谁看呢？你能不能给个笑脸？你不就有个建行的破工作吗！我是没有固定工作，你当初瞎了？你没权利看不起我这帮哥们。”

“我怎么看不起他们了？不就是吃饭喝酒，敬到我这我不喝，我不会我喝什么。”

“那你不能说点好话，你拉着脸子就不对。”

“我拉着脸子？我能笑起来吗？你天天给我好脸看了？你说你要买大车没钱，我们要把房子抵押出去，可是怎么样？房产证不是你的，也不是我的，是谁的你心里最清楚，你们那段故事，我也不想听。抵押不了就贷不了款就没钱买车。你咋没想着把你妈房子抵押去贷款呢？是，你好说好商量。可还不是我心软？我听你的听得太多了，我把我娘家房子贷出去给你买车。货车买了，你跑了多少趟？赚了多少钱？我看到几个钱？我们娘家人对你已经够意思了。你反过来对我家人怎么样？你有尽女婿的义务吗？”

“够意思你想怎么样？够意思你就想一辈子压着我？我是老爷们，你甭跟我无法无天，了不得了你还！你别忘了，你是穆家媳妇儿，做这些，你应该的，你不是也愿意吗？既然你愿意，就不要心有不甘。好事做了，想让别人心里痛快，就要一直摆出一副笑脸来。我讨厌你的冷脸，给谁看呢，我是你老公。”穆凡把手里的扑克牌扔到桌子上。声音很响，把孩子吓了一跳。

“你不要在我孩子面前吵，有本事你把房产证改成我的名字。”

“你少跟我提这个，我他妈的要是能找到那个女人，我早他妈把名字改成我的了。改你的？做梦吧！”

“你说话能不能干净点，当着孩子面，少说脏话，嘴巴用尿布擦了吧。是，你可以让这房子的产权证上是别的女人的名字，也不用改成我的名字。有本事你和她过去啊，你把她找回来，我腾地方。”

“我告诉你，宁小平，以后在我哥们面前，你脸色好点。没人愿意看你屁股。还有，你少跟我提房产证的事。”

“你……姓穆的，你太不要脸了！”宁小平眼泪刷地就冲了出来。

孩子看妈妈哭，在妈妈怀里也哭了起来。穆凡强行把孩子抱过来，孩子越发哭得厉害。

“来，上妈妈这儿来。”宁小平忍着泪水，伸出手要过女儿。

这样争吵的日子于宁小平来说已经成了家常便饭。她如今越来越无法和穆凡交流，她一直不明白他们之间到底哪里出了错。

穆凡照旧每天出去喝酒。是的，当初他们相识的时候，她就知道他喜欢喝酒，可她没有想到他会天天喝。而且还不是一个人喝，总会三五成群邀朋呼友地去喝。她不明白他为什么要这样买醉，她受不了这样的生活。

宁小平用手绢给孩子擦着眼泪，一边说着宝宝不哭，自己也早控制住不再流眼泪了。孩子很好哄，几句温软的话就让孩子止住哭声破涕为笑了。

宁小平不想再说一句话，抱着孩子出了门。屋子里空空荡荡，只剩下穆凡，他手里握着的毛巾，被自己拧成了麻花。他心里愤恨，他知道这辈子就栽在这个女人手里了。

一个高傲的、不温柔的女人，让他心里硬得像块石头。尽管他如今做了父亲，除了释放父爱，他应该很成熟和豁达。可是，他在宁小平面前会无端自卑，他这种没有来由的自卑，又不能轻易让宁小平觉察到，因为他是男人。他只好把这种无端的东西深埋在心底，自己狠狠地踩上它几脚，不让它浮上来，不许任何人看见。当实在控制不住的时候，他就只有拿宁小平撒气。

偶尔，他会想起房产证上的女人，那是一个外乡女子，几年前来到宋庄开了一家美发店，他就是在理发的过程中和她渐渐熟悉，从而开始恋爱的。

和她相处，穆凡觉得自己很温暖。

那个女孩子叫悠悠，性格外向，嘴巴很甜，喜欢微笑。对穆凡总是凡哥哥这样叫着，叫得穆凡心里软软的。在这个柔弱的女孩面前，他很强大，觉得自己有一种大男人的感觉。可相反，在宁小平面前，她处处高他一头的姿态让他接受不了。

宁小平小资，而穆凡大老粗。他一天开着大货车，以前跑长途，现在整天奔赴新发地，接触的不是小老板就是种菜的农户，根本用不着认识几个字；宁小平不一样，家里订了好几种杂志，那些东西对于穆凡来说，没一点用。

宁小平喜欢安静，原来这也是优点，可如今却成了缺点。她的安静常常置别人于不顾，这让穆凡备感失落。宁小平从来没称过他凡哥或者穆哥。两人在做爱的时候，他强制地让宁小平叫他老公或者哥哥，宁小平就是叫不出来。

他在做爱做得兴起的时候，强制性地把宁小平的头压在他的私处，让她亲吻他的生殖器，宁小平宁死不从。她只要用嘴唇轻触到那个东西上，就会跑到卫生间去呕吐一通。

他和悠悠在一起的感觉非常好，好到让他瞬间死掉都可以。他在潮湿了对方，自己也坠入水底以后，听着悠悠喊他哥哥，叫他老公，叫他心头肉，让他糖水一样就化在了泛滥的海水里。夏天热，热到两人两身汗，可他们仍然乐此不疲。悠悠用舌尖舐着穆凡身上渗出的咸滋滋的汁液，亲吻着他最敏感的部位，似乎要把它吞噬掉。她总会开玩笑地说："哥哥不怕悠悠把宝贝吃掉了呀。"

穆凡浑身就会一激灵，舍了命一样地说："吃吧，你把我吃了算了。"

他最喜欢悠悠亲他的乳房，她的舌在他的乳晕上画着圈，一圈圈地荡漾开去。他就有一种欣赏无数美丽画卷的感觉，那种恬静那种舒适，让他找不到语言来形容。他只有一个想法，就这样死在这个女人身上算了。

后来，她离开了宋庄，其实主要是想离开他。

## 4

"一起开花"又给莉娜送花了。说实话，莉娜对他没有好印象，一个大男人，送花就送花，原来匿名也行，总算也给别人一个猜测、一个念想。神秘二字，有点深有点不可预测。

可如今他告诉他是谁以后，就不再匿名，就用"一起开花"为网名，频频地给莉娜送起花来。如今又多送一项礼物，那就是各种各样的贺卡。看着这些东西，莉娜禁不住撇了撇嘴："这些电子玩意儿有啥用呢，哄小孩子我看行。

"我不喜欢花，下次不要送了。"她告诉对方。

"那你喜欢什么？告诉我，我好给你送。网上东西多得很，不要花，我送别的。"

这人倒怪了，看样子还不大知趣。其实不是不喜欢花，女人有几个不喜欢花的？只是不喜欢你送的花而已，是不喜欢送花的人。难道非得明说？莉娜告诉他，她什么也不喜欢。她说凡是网上的东西她都不喜欢。

“奇了，怪了，那你怎么还开网吧呢，有几个开网吧不喜欢在网上混的。男人喜欢有色网站，女人喜欢花，喜欢爱情公寓愿意把QQ头像弄得花里胡哨的，怎么轮到你地球就不转了，太阳也不升不落了。那好，你喜欢什么？告诉我，我给你淘弄去。”

“我喜欢？我喜欢你什么也不要送我。”

“那怎么行呢，喜欢就一定是有形有影的，你喜欢我什么也不要送，那怎么可能呢。我还是得送的，我给你的QQ秀送几套衣服穿吧，我给你看，衣服好多种，你自己挑，女孩子都喜欢把自己打扮得漂亮点。”

“那是女孩子，我可不是，我是明日黄花了，我是现在的老大妈。行，你看看，一般像我这样级别的老大妈，应该喜欢什么样的服装？”

一起开花被说得卡了壳，噎了半天不回话。

莉娜觉得这次算是把他给打翻在地了，还踩了几脚，恐怕以后都不会再骚扰她了。眼下这个时间来上网的人并不多，难得清净一下。这条街守着学校，学校管得严，有些学生是中午或者晚上偷偷溜进来上网的。

尽管如今网吧管制很严，上网要实名登记，有必要的时候还要登记身份证号码，可有的时候相互马虎下也就过去了。生意越来越不好做，网吧也就指着半大孩子赚点钱，有多少成年人整天没事泡网吧？何况就算成年人愿意上网，自己家也都有电脑，谁甘愿来网吧呢。

眼神就要多留意外面，如果碰到真有人来查，就赶紧把年龄不符的请到里屋藏起来。

“张，你赶紧精神点，工商来查了。”一起开花说完这话，头像就黑了。

他的话可不可信？想想是同行，他也不会欺骗自己。赶紧吩咐网管把那几个学生请到里间藏了起来，再安然若泰地坐回原处。一起开花的头像一直黑着，不知道这人跑哪去了，多半也是和她一样，安排那些未成年人去了。

其实，莉娜也不赞成小孩子来上网。可干这行的，也矛盾，凡来上网的年龄偏小的网友，你要是不收，他们也跟你急，还求你收下他。如果是陈陈小小年纪不好好学习泡网吧，她其实也接受不了。

一起开花的网吧离她这里不远，就在十字路口拐角处，能有一千多米的距离。等了很久，也没等到有人来查。先前还对一起开花有一丝感激的成分在心里，如今就禁不住又把他打到了十八层地狱里去。

“多半是应付不了我的话，才说有检查的吧。以为这样我就会感激你？门儿都没有，以后少给我送花，送一枝掐一枝。”莉娜心里对自己说。

然后下起五子棋来，下棋是慢功夫，不用着急，这跟喝功夫茶差不多。功夫茶一小盅一小盅地抿，一小口一小口地品。如今抬眼望去，那些玩大型游戏的人，正在电脑上杀得正酣，键盘也敲得飞快，身子也随着屏幕里的动作左扭右歪着。

心里不禁就想，这些人玩游戏都玩疯了，有好些人都是网吧熟客，他们都限制自己用哪台机器，下一次保准还选那台机器，有的干脆来之前先预约了再来。

“张，去你的网吧了吗？”一起开花的头像在跳动。

莉娜不说话，继续下五子棋。

“说话呀，去了没有？不去才最好。”

“对，就是没来。怎么偏拣你们家去啊，看来你们家还就是招人。”

“没去就好，我下网下得慢了点，我早一步安排那两个学生就没事了。惨呢，罚啊，几天能挣回来啊。”

“没事，您老财大气粗，罚这么点钱其实就是小菜一碟，再接再厉。”

一起开花发过来一个垂头丧气的鲜花，然后打过来一行字：“爷们儿要经得起锤炼，百炼才成钢，等我成钢的时候，我给你弄棵铁树，非让它给你开花不可。”

“这是你的梦想吗？但愿成功。”

“你啊，别兴灾乐祸，要不是我提醒你，我也不至于没时间安排那两个学生。”

“你的意思，我还得多谢你通知我了？你还想让我歌功颂德啊。”

“我没这意思。我的意思是说，我们同行之间要互相照应，以后你要多照应照应我。”

“人家根本不光顾我这寒舍，人家看你的庙大，对我根本不感兴趣。”

“为了给自己压惊，晚上我请你吃饭怎么样？”

“有没有搞错，不去，我不和男士单独进餐。”

“切，幸好你生的是女儿。”

“你查户口的啊，你怎么知道我生的是女儿？”说着莉娜手下的棋子就放错了地方。

“我当然知道，神秘送花人，自有他神秘和高深之处。不买我的面子，那留给以后吧，机会多的是。”

“我和别人共进餐的机会是很多，可不知道会不会是你了。”

“我期待，期待你和我一块儿去看开花的季节。”

张莉娜的牙差点没被酸倒。她其实对男人本就没有一点信心，对这类自我感觉良好，又酸了吧唧的男人，那就更是看不上了。宁可一个人守着空荡荡的房子，也不想听这倒牙的话。

# 第八章●留守女人

## 1

本来婆婆想给宁小平带孩子，可每天一大早来接或者送过去都很麻烦。想着把老太太接到家里来，老太太偏又不爱过来，说她一个人住惯了。

没办法，只好放弃了让婆婆带孩子的想法，而在小区里找了个保姆带。

指着穆凡照顾家和孩子是不可能的，何况他整天也是忙得一塌糊涂，不是去往新发地送货，就是在送货或者回家的路上，不然就是在酒桌上。穆凡喜欢交朋友，喜欢喝酒。

他其实也非常喜欢自己的女儿，可他没有太多时间去照顾那个软软的婴孩，尽管那是自己的亲生骨肉，无奈他本人性格粗放，一般也不怎么在乎一些细枝末节。诸如宁小平月子里的事务，那基本就是婆婆代劳或者娘家妈操持了。

他也曾经想过插手，老妈却不让，说男人就要做男人该做的事，男人哪能在家里洗尿布，伺候女人呢。老太太说着说着就会说起当年她坐月子的事情来："我坐月子的时候，你爸一天工作忙，我两三天头上就自己洗尿布了，自己做吃的，现在不也好好的。"

对于这一点，宁小平其实格外不满，只是当着婆婆又不好说什么。和穆凡吐苦水的机会其实也不多，穆凡总是站在老太太的立场上。当然，如果房间里只剩下穆凡和老妈两个人，他也不见得每件事情都听老妈的，可他绝对不允许别人说他妈的不是。一旦宁小平有一点对老太太的侵犯，那穆凡肯定是大动肝火。

“你不怕自己肝火太旺引火烧身啊。”久了，宁小平就格外怨恨，说出来的话语气也就无比地重起来。

“你还是不是女人？你还是不是我老婆？有这么跟老公说话的吗？我引火烧身，你离我这么近，不怕我引火烧身了，殃及你啊。我们是一根绳上的蚂蚱，跑不了我也跑不了你，别在那得意。”

“什么臭词，你才是蚂蚱，我就是我。我就是宁小平，行不更名，坐不改姓，我绝不和你做相同的蚂蚱。”

“是，我也没改，我姓穆，名凡。就算做不同的蚂蚱，那你也是蚂蚱。”穆凡翻了个身想继续睡觉。

“你何时学会这么文诌诌的了。你看看，年纪轻轻的脸上就爬上去皱纹了。”

“那是因为我老了。我整天开着大破车风里来雨里去，容易吗！而你还年轻，可你再年轻，你也是我老婆，你跳不出我的手心。”

“我又不是你的玩偶，我还跳不出你的手心了，什么话。”宁小平有些不高兴。孩子给保姆送过去，回来趁最后那点时间收拾收拾自己的脸。

“有啥收拾的，再收拾也是男人的老婆，孩子她妈了。”

“我是孩子她奶奶，我也收拾怎么了？碍你什么事了。你还真是操心不嫌累，躺在被窝里还管别人。”

“我喜欢操心，能让我操心的人，说明我在乎。哪天我不操心你了，估计我们也完蛋了。”

“你想完蛋？”宁小平停下手上的动作，那只手就悬在了镜子前面，一副上不着天下不着地的样子。

“我不想完蛋，你也不想完蛋，我们都不想完蛋，我睡觉。”

“那就好好活着，最好别说那没用的。差点忘了，我妈那天还跟我说呢，说你妈这么多年独居不容易，就不想再找个伴吗？她有心帮忙介绍一个。”

“打住，你妈现代，我妈传统。我妈找不找是她自个儿的事，你妈跟着掺合什么？管好自己得了，难道她要再找一个？”

“你这话怎么不像姑爷说的话呢。我妈关心你们家人，还不是把你们都当自己人，她怎么就不关心别人呢，不知好赖。”

“我知好赖呢，我知好赖，我特知好赖，我特希望丈母娘给我领回一个老丈人来。”

宁小平脸上挂不住，本来好好的话题，一下子又给穆凡搅乱了。简单收拾好，背了包就去上班了。看样子，穆凡还要再睡一觉。

她也不想再问他，今天为什么又不去送货了，她一句话，他会有几句话等着，而且常常噎得她喘不过气来。

宁小平走了以后，穆凡准备继续睡一会儿，可是睡意却丝毫全无，于是便爬起来，洗把脸，简单吃了些早餐。

如今开车他只喜欢开大车，小车在自己手里跟玩具一样，开大车开习惯了，再开小车那速度就显得非常快，总会让坐在身边的乘客大惊失色。

昨天晚上回来得晚，没来得及去老妈家，吃完饭，他准备去看看老妈。钱包里的钱昨天就拿了出来，放在另一个兜里，准备见了老妈交给老妈管理。

老妈退休以后，退休金不多，可是足够她的花销。偏老太太闲不住，每天都打着遛弯的旗号捡回很多水瓶，等攒得差不多了，用自己的小三轮车推着去废品收购站卖掉。

远远的，穆凡看到老妈正推着那小三轮车往回走着，他快速走过去：“这又去哪了？”

“把那些废报纸和瓶子卖了。今天不去送货了？车坏了？歇一天？歇歇也好，别太累了。”

“还说我，你看你怎么又去捡了？不是说不去了吗。”

“我闲着也是闲着，看着那些瓶子在外面丢着，捡起来又能换钱，又环保，多好的事。”

“就你爱环保。”

“爱环保的人多了去了，现在小区里捡东西的可不少，你王姨一个月快有两千元退休金了，每天都在捡。”

“你老是跟人家学什么啊，又不是缺钱，没事遛达遛达就行了，弄得那么累干吗啊，真想不开。”

“闲着也是闲着，换点零花钱挺好。”

“怎么又攒这么多？行，我给你存着，可你老是这样跟小平存心眼儿，知道了可不好。”上楼进屋以后，穆凡把一沓钱交到老太太手里。

“妈，不是我存心眼儿，我没有工作，攒点钱给您，您花着也方便。可别回头又给我存起来，也别再去搞那环保了，不差您一个人环保。您总这样，我也心疼。”

“我身体好，你不也总要我运动吗。”

“运动也不是这么运动的。”

门外发出很大的将东西摔在地上的声音，穆老太太赶紧走出去。穆凡走到厨房，想找点吃的。

穆老太太打开门，门口扔了一堆乱七八糟的东西，对门那个四十多岁的独居女人正在门口站着。

“发什么疯？”穆凡走过来，看到门口那么多东西，显然有些生气。

“祖宗，快进屋吧。”穆老太太赶紧推儿子进屋。

“不就摆吗，你摆我也会摆。”那四十多岁的女人一边说一边把门关上，关得咚咚作响，也不怕把那防盗门砸烂。

## 2

“她什么意思？门口放这么多东西。”穆凡没明白。

“她前几天说我，说不该把捡的东西放在缓步台上，我放我这边，又没放她那边，我也不能放楼洞外边吧，丢了我不是白捡了。”关好门，穆老太太说。

“我们爱放哪放哪，关她屁事，她凭什么管我们。”穆凡本就心疼老太太捡东西，又一听这话，就急了，要开了门出去找对门的女人理论。

“算了，你别出去惹事啊。”

“我惹什么事，我不惹。”

“不惹也不能出去，给我在家待着。你车不是坏了吗，今天反正也不去新发地了，跟我在家，中午我给你做好吃的。”老太太的话不容置疑。

门外又有什么东西置地的声音，很响，显然有示威的意味。

“你在家，不许出去，我去看看就成了。”老太太说什么也不让儿子出去，邻里这么久了，有什么动静不出去看看也不好。

“行，我不出去。”其实，穆凡刚才和老妈上楼的时候，就看到对门的门口扔着两个纸袋子，当时还奇怪，她为什么把东西随意丢在门口呢，一副刚搬来或者要搬走的样子。他还看到她家防盗门上贴着一张纸条，当时扫了一眼，是物业贴的收物业费的通知单。

他记得上次来，这张催单就在那贴着，如今还在那贴着，他就对这女人没有了好感。你住在这里，每天制造垃圾，物业有专人管理，你凭什么就不交物业费呢，他直摇头。就算现在不交，早晚也是要交的，躲是躲不过去的。他从来对对门就没有好印象，四十好几的女人不结婚不说，每周末都有个秃头男人开着车来和她过周末。那种关系一目了然。

穆凡听老妈说过，说这女人从来没有结过婚，是从外地搬来的，以前有过男朋友，不是离婚的，就是有妇之夫。这个秃头男人不是每天回来，只在周六的时候来一次，住一宿，第二天就走，时间上雷打不动。

穆凡还没和宁小平出去另过的时候，就见识过这男人，好像从这楼里出入怎么也有一年的时间了，他想这男人对她倒是长久。可是和有妇之夫再长久，又能长久到哪里去呢？他对这件事就是一种嗤之以鼻的态度。

老太太推开门，她感觉还好，对面尽管扔出来不少的破烂，但那破烂还不至于影响到她开门，也还没有扔到太靠近穆家的大门口。推开门，望向下面的缓步台，可以看到靠近穆老太太家这堵墙那里堆了些报纸和一些装在袋子里的塑料瓶。

是影响美观。老太太看到对门门口那些东西，再看看自己那些东西，觉得她示威也有道理："我刚才就去卖了一部分了，儿子回来了，我就没再去，一会把这些都卖了，就好了。"

"我不管你卖不卖，你看谁家把东西摆在缓步台上。乱七八糟的，像人住的地方吗。谁不会摆啊，你摆，我也会摆。"

"你他妈是人，别人都不是人，我看你他妈的就不是人。老年人注重环保，把别人不要的东西捡回来变废为宝，怎么就碍着你了？你有男人养是不是，我妈没人养，养了儿子不争气，你看笑话了是不是？"

穆凡的出现，让穆老太太格外尴尬："你快回去，我一会儿就把那些瓶子卖了，别在这多嘴。"

"你骂谁他妈的呢，你不是爹娘养的？就你他妈的会骂人。"对门的女人尖声叫起来。

穆凡听到这里，就要伸拳头揍那个叫嚣的女人。

"你还敢打人了，反了天了，我要报警。"

"她姐，你别跟他计较，他小，他不懂事，我跟你道歉了。我这就让他回屋。"穆老太太转向儿子穆凡怒斥道，"快回去，以前就说过，让你帮我弄去卖了，你不去，说嫌丢人。赶紧回屋，用不着你，我一点点捣腾着去卖，我过会儿就把那收拾好了。"穆老太太佝着腰，往楼下缓步台走去，走到那，用手轻轻归置了一番。

东西已经没多少了，老太太码放得还算整齐，只是再整齐，也看得出是些瓶瓶罐罐的废品，走来过往的，总觉得这东西有碍视线。

"谁家楼道摆着这么多破烂。没事儿，你摆，继续，我也摆，谁不会摆啊。"那语调里气哼哼的，似乎心都要气得跳出来了。好像老太太平白无故地给她受了很多的气。

这是一个阳光灿烂的星期六，以往这个日子，对门女人的情人一定是开了车和她约会的。穆凡很久没看到那秃顶男人了，穆老太太也很久没看到他了。

“更年期。”穆凡执着手里的扇子，使劲一开一合着。心想这女人最近一定是没有男人滋润，性情暴虐。他不是没领教过对门女人的嘴脸，那个时候他还没有结婚，他住的房间恰巧和对门女人的卧室挨着，对门女人和那秃顶男人叫床的声音时常传过来，让他极为反感，可他又没有办法对付他们。新婚以后，他们暂时和老妈住在一起，也就是说他和宁小平住在先前他住过的房间里。他和宁小平做爱的时候，就希望宁小平也发出淫荡的声音，好压下对门更年期女人的声音。

偏宁小平总是低吟着咬着被角叫不出来，让她别忍着，想叫就叫，只有女人叫了，穆凡觉得自己才有成就感。可偏宁小平就能忍得住，她说她怕婆婆听到，也怕隔壁听到。在宁小平眼里，这是一件多么丢脸的事情，她其实最怕的还是被婆婆听到。等到他们换了新居，尽管隐忍着，可她还是偶尔学会了在做爱的时候发出些许低吟的声音。

“你就美吧，对门女人的情人一个月来不了两次，难得来一次，珍惜得哇哇大叫，你是有我天天伺候着，倒嫌叫起来麻烦了是不是？”

“我从来没见过哪个男人像你这样厚脸皮。”新婚后的宁小平说起这些事情脸会红。

“厚也只和你厚，我又没和别人厚去，别的男人跟你厚，那也不正常啊。”

对面女人的火气这么大，多半是阴阳失调。可在穆凡眼里，自己的母亲打父亲去世一直都是一个人带他，他从来没见过母亲和别人红过脸，都是单身女人，差别怎么就这么大呢。想想母亲说过，因为怕穆凡受气，从来就很抵触别人给她找男人。从他小的时候，就告诉媒婆，说儿子大了再说。一直熬，熬到他可以利手利脚了，母亲却说她老了，就这样过下去吧，别老了老了，又找什么伴，让人家笑话。母亲是这样说的，现在想起来，穆凡是心疼的，母亲把青春全给了儿子。

这个时候，他想起宁小平说的，她妈要给他妈介绍老伴的事情来。这事儿可行吗？他不禁问着自己。在走出一楼大门的时候，回头看到老妈在阳台上望着他，那灰白的头发迎着风飘起来。这一刻，他觉出了母亲的孤独，理解了她一个人把自己的生活安排得忙忙碌碌的原因。

手机响起，是莉娜姐，接听了电话，赶紧打车向出事地点赶过去。

## 3

自己没带车，显不出威风来，处理这种事情，一定要威风。

坐在出租车上，他干脆给一个铁哥们儿打了个电话，让他一定开车亲自去现场把事儿给摆平了。

所以，等他赶到地方，所有的事情均已告一段落。想不到，事情处理得还真快。

“嫂子，那人是怎么欺负你的，王八蛋，真是不想在宋庄混了。下次让我碰着，看我怎么收拾他。”穆凡打开玻璃门，人没进来，声音先进来了。

“没事，我看他就是欺负我一个女人在家，这两天一直在我门口卖菜，每天一大早就开着三轮车，把菜拉到我门口来，一摆一大片，整个门前好像就是他们家的地盘了。这里地点好，又是十字路口，他的生意是好了，可是我门口堵得严严实实的，要进来买东西可费劲了。买药的一看门口堵着，干脆就不进来了，直接就去对面药房了，太耽误事儿了。”莹莹说着去冰箱里给穆凡拿水，“我跟卖菜的说了好几次，他们不搭理我，今天我就跟他们吵了起来。正好莉娜也来了，她一个电话给你，你朋友就来了，他还真厉害，到门口把车一停，走出车门就板着脸对那人说，你这属于乱停乱放，赶紧换地方，否则要罚钱之类的。你朋友戴着大墨镜，估计就那形象也把他们给震住了，那卖菜的吓得灰溜溜地开着三轮跑了。”

“事情办好了就成，我莉娜姐一个电话，我就赶紧过来了。就算我姐不打电话，你让我哥找我也没问题，我立刻就能过来的。上次我哥回来，我们还在一块儿喝了呢，哥去当局长之前就跟我说过，说嫂子有什么困难，让我一定过来帮忙。这事儿不算事儿，不用搁心上，我也是来看一眼就走，以后嫂子有什么事尽管找小弟。”穆凡说过话，推开玻璃门就走了。

晚上莹莹和申家奇仍然要通次电话，照例应该先打给女儿奇奇，每次给他们父女打电话，她都是先给奇奇打，可今天她先给申家奇打，带着一点委屈。

把白天的事情复述了一遍后，申家奇在那边立刻就急了，问她那人没找她麻烦吧。她就告诉他没有，把穆凡找朋友来把那人轰走的事情详详细细地在电话里汇报了一遍。

莹莹早关了药房的大门，躺在二楼的床上，床很大，是木质床头的双人床。当初弄这张床上来很是费劲，申家奇的意思是随便买个铁架床算了，莹莹偏要把家里这张大床弄过来。

原来的房子租给了别人，如今住在药店二楼，也是为了上下班方便。申家奇在家的时候，还可以挂一个24小时营业，有买药的，按了门铃，从卷帘门的一个小窗口里可以递药递钱。原来的房子一是没有人住，二是可以收些租金回来。其实住在哪里无所谓，只要和家人在一起，莹莹是这么想的。可是她对床特别挑剔，就喜欢当年他们结婚挑的那张床，所以，搬到药房来住，自然把那床也运了过来，那张床，让她睡得踏实。想想奇奇小的时候，一大早从小床爬起来，总会跳到他们的大床上，睡在中间，把爸爸申家奇挤到一边去。

“住药房就够委屈了，还要弄破铁架床对付，我可受不了。我这一生，最喜欢的就是床，床再不舒服，我这一生就完了。”莹莹说。

“至于吗，一张床好像就主宰了你整个人生。一生都交代给这张床了。”申家奇似乎无所谓，只要能躺下睡觉就成，管它铁质的还是木质的。他的意思有点像有奶便是娘的样子。

“那是，一张床，就是我的一生，也是你的一生。你要敢换床睡，看我怎么收拾你。你还敢一生不交代给这张床？”莹莹最近学得嘴巴也厉害起来。

“这是在哪出徒了？嘴上插刀了，这么厉害。”申家奇的声音不是太大，他如今和单位另一个职员住在一起，声音大了，显然不好。

“你声音这么小？被我吓的？哦，知道了，那个小职员也在吧。真是的，局长凭什么不睡个单间呢。有眼线，做什么事都被监视着，多苦啊。”

“你还想让我做什么事啊，脑子静点吧，别一天胡思乱想。”

“我没胡思乱想，我是想提醒你不要胡思乱想，好了，我给奇奇打个电话就该睡觉了。我在床上躺着呢，你呢？”得知申家奇是在阳台上接的电话，心想他一定没有她舒服。躺在床上和自己的爱人通电话，本应该多说些体己嗑，可对方不是一个人住，她不能说太多。他倒可以说很多话，可有些私房话不能说，这让她替他郁闷。

不过心里也是满足的，毕竟每天两个人都电话联系，只要电话联系上了，她就感受到申家奇就在身边。就像今天发生的事情，她原本和那卖菜的吵了一通，虽然嘴上挺厉害，毕竟他们占了她的地盘，她有理，可是就算有理，她一个女人，面对着两三个大男人，还是有一点胆怯。

穆凡给她救了急，她感激他。她把所有的委屈倒给申家奇以后，心里面就舒服多了。本来想多抱怨下，这一切都怪他这个大男人不在家里，如果他在家，谁还敢在她自己家门前欺侮她？只希望将来申家奇的工作还是早些调回宋庄，这样离家近，才能让她更踏实。

打给奇奇，她说正在宿舍洗衣服，满手肥皂沫，也没时间搭理她。撂了电话，她也笑，心想，孩子大了不由娘，尽管都在一个城市，还要差不多天天通个电话，可能女儿早烦了，不过她就算烦，也是不紧不慢地烦。奇奇喜欢笑，整天笑呵呵的。只是上次莹莹和申家奇假期去学校看女儿，人家女儿根本没有太多时间照顾他们俩，没多大工夫，就扎到同学堆里去了，把他们两个人撂在一边。心中就想，女孩子养大了也不是给自己养的。

挂断电话，手机铃声极其悦耳地响起来，接通，原来是婆婆，说公公突然晕倒，莹莹告诉婆婆，千万不要轻易挪动公公，她马上打120，告诉婆婆别急。120跑在去婆家的路上，她打的出租车也跑在路上，申家妞远在广州，身边能找的也只有大姑姐申家囡了，打电话给她，才知道原来她在外地出差。

莹莹有一种孤立无援的感觉，要是申家奇在家就好了。平时她是一个胆小的女人，夜里去自己家卫生间都怕黑，每次脚没迈进卫生间的门，手就得先伸进去把灯打开，然后再跨进去，仿佛那黑黑的卫生间里会抢先跳出什么鬼魅来抓走她一样。

夜已深，宋庄的街头白天都是繁华和热闹，此时街上寥寥地看不到一两个人和一两辆车。

手忙脚乱地跑到婆家，比120抢先一步到，当时公公已经醒过来，正半躺在沙发上，微闭着眼睛。

莹莹的心差点要跳出来了。

## 4

120来了，又被申家奇的父亲打发了回去。

“我不去，我就在家，死我都在家。”此外，他不想说任何话。就歪在沙发上，偶尔动下胳膊，表示自己的存在，表示自己还活着。

“吓死我了，说晕倒就晕倒，去医院又能把你怎么样啊。你说要再有个三长两短，我可怎么活啊。”莹莹来了以后，老太太有些撑不住了。

“妈，别急。老年人身体都这样，也跟我爸血压高有关系，平时起床一定要慢。家里还有药吧，明天一大早我再拿点药送过来。我们把他扶到床上去睡吧，沙发上太窄，也不舒服。”

莹莹想要给婆婆搭把手，把公公扶到床上去。从客厅到卧室还有段距离，公公说啥也不动地方，不让莹莹搀扶：“我躺够了自己就回去了。”

“还是我和我妈扶您去卧室吧，这么晚了，到床上好好睡一觉，明天早晨我把药带过来。”

“不用不用。”公公似乎有了点精神。

“你就听莹莹的吧，一会儿莹莹回去，我一个人可摆弄不了你。莹莹，这么晚了你就别回去了，我也不放心你一个人走夜路。你在这儿，也给我壮壮胆。”

“行，我不回，我不回也得让我爸在床上睡啊，沙发睡着不舒服。来，妈搭把手。”

老爷子听了莹莹的话，只是还有些不大情愿。在扶老爷子进卧室的工夫，莹莹不经意间看到公公的睡裤隐秘处有黑乎乎的东西在那四散逃窜——成熟人体都有的隐私处的体毛，莹莹的脸刷地就红了，红到赶紧去看婆婆的头顶，那头发是灰白的，老了，心里不禁一酸，他们老了，他们的影子就是自己和申家奇将来的样子，于是就有一点悲观。偏如今申家奇又离自己这么远。

安置公公在床上躺好，她赶紧躲避出去，却一想病人在医生面前就算是穿着衣服，那遮蔽的肉体在医生眼里也是一览无余的，就又觉得算不上什么了。

面前终归是自己的长辈，在公公面前，莹莹也是医生。想到这里，脸就不红了。

老辈人说，年龄大了，病了好得也快。第二天早晨莹莹还没起床，公公就把早餐买回来了，她惊讶于他身体的修复能力。

可不管怎样，她希望申家奇尽快调回来的想法却越来越强烈。

“申家奇，你赶紧调回来吧。我一人害怕，哪天要是我也倒下了，倒在二楼药店里，谁能知道我倒下了？公公倒下了，身边还有婆婆，电话打过来还有我。我倒下了，身边连个喘气的都没有，连个给我打电话的人都没有。”

“媳妇儿，不如我们不住二楼，把原来的房子要回来吧，商用两住的房子，原来我在家还行，现在我不在，你一个人住，我真不放心。”

“有啥不放心的？别人家不是也在住吗。”一说不让她住药店，她又来了精神。

“你晚上打烊那么晚，一个女人家的，我还是不放心。房子要回来，你早点关门，早点回家，也能好好休息休息。隔壁全是做生意的，晚上也休息不好。”

“局里给那房子，租给别人了你又不是不知道，那房子我不想回去住了，那两个人把东西放里面简直把它当仓库了，没法儿住。我还是在这里凑和吧，你们爷俩又不常在家住。又省钱，又省事，还不用来回跑了。”

“就是觉得窝在楼上太委屈了。”

“委屈？你以前又不是没在这里窝过，怎么没喊委屈？现在不在家门口工作，倒觉得委屈了。对了，今天看到李之恒，他还问起你。”

“他还是科长吧？这几天我也要回局里办点事，见见他。他老婆死了这么久了，他又找了吗？”

“没有，今天看到他，我倒想给莉娜介绍介绍。”

“别说，还真行，你能当好红娘吗？别把自己给推销出去了。”

“切，得了你。你啥意思？你是不是巴不得把我推销给他？也不错啊，没有后顾之忧。”

“你敢。”申家奇在电话里故意狠狠地说。

莹莹就充满了甜蜜。

等到第二天晚上，申家奇再接到莹莹的电话，听出莹莹电话里很急迫：“我那个高中同学要来看我，你也认识的，薛程平。”

“他来干吗？他不是也和老婆两地分居吗？他是不是回宋庄看老婆，顺便看看你啊。”

“他看老婆来看我干吗，你傻不傻啊，他刚打电话给我说要来药房看我。都这个时间了，他不是从自己家里出来，是从秦皇岛特意赶过来，自己开车回来的。我跟他说你不在家，他说不看你，就来看我。”

“这小子是安的什么心呢，等我打电话给他。”

过了没多久，申家奇的电话又打了过来：“没事了，他不来了。他电话里说主要是回来看我，我说我在大兴不在家。这小子好像才知道我调到大兴区了。”

“他早知道，上次我在公交车站碰到他，那次是我去大兴看你，他问我干吗去，我就说你调到大兴了，我去看你。他当时把我电话要过去了，谁想到这都小半夜了，他还会打电话要过来看我。”

“真不是东西！回宋庄不回家看老婆，看别人家老婆，什么东西！”申家奇其实早就明白那男人的意思，只是不想往那上面想而已。

莹莹的眼泪忽然就冲了出来：“你赶紧调回来吧。你爸那天病了，把我吓坏了！关键时刻，家里连个男人都没有。”

……

# 第九章●其实我们都会煮面



## 1

周末，申家奇回来了。这一个周末莹莹的同学也从杭州回北京，莹莹和申家奇商量好把她请到宋庄来聚聚，几个人有一年多时间不见了。

莹莹的药店没人给照看，所以不能陪她去吃饭，只好求助小曼："小曼，你现在没事吧？那就好，你过来陪我同学吃个饭吧。对，申家奇也在，我没时间去，我嫂子家里有事来不了，我又不想关门。一顿饭的工夫，没准还能挣点呢，关门就可惜了。"

汝小曼说什么也不去，她告诉莹莹，她不会喝酒，不会在酒桌上说话，没有可笑的段子讲给别人听。酒桌上人一多，她就会变得太安静，这样如果一直冷场，会显得对客人很不礼貌。

"没事没事，你来吧，她是我同学，也是离过婚的。你们没准真还有话题可聊，没准给你提供点写作的素材呢。你不陪她，也真没人陪她，就申家奇和我们一个邻居，是莉娜的表弟。来吧，好曼。"莹莹差不多在求小曼了。

小曼嗔怪她太肉麻，说过之后，也只好赴宴。出去之前一定是要打扮一番的，小曼很少有正式的约会，和男人单独约会的次数屈指可数，除了曾经和冯伟业之外，就没和别人约过。正式的赴宴机会也不多，有这种机会，自然要好好修饰一番。

她用了Adidas绽放女香，瞬间感受到那种迷人的运动香型气息。小曼是个喜欢运动的女子，自再也不去汗蒸馆，少了那近一个小时的运动以后，仍然每天运动。每个早晨，她都会听着凤凰传奇的《最炫民族风》这首音乐跳上好几曲，每次都跳得浑身是汗。

她一直觉得，身体出汗其实就达到了一定的锻炼效果。春节那会儿，她曾经练过瑜伽，听说瑜伽可以把人体练出汗，可在她这里从来就没有过，当然每次会有一种热血沸腾的感受。她听那个台湾人、网上瑜伽教练说过，说这种运动只要达到自己身体能承受的限度就可以，当时她想，纵使自己没有练出汗，也是达到自己的量了，那就行了。

她觉得自己变了，以前洪大周没离开她的时候，她是方方面面都不注意。香氛也用，但是最贵的也就是丁家宜，一般也就是十几二十几块钱的，喷在身上抹在耳后，香氛很快就在身体周围散开。

而现在不同了，她可以选择二百块钱左右的香水。她发现离婚以后的女人，比如她，才开始懂得心疼自己。尽管她现在赚的钱不及当年的几分之一，可她注重自己的修饰，明白怎样对自己更好。

她喜欢那种淡淡的香气，不浓且绝不刺鼻，给她全新的感受。买香水的时候，导购就告诉她，香水要抹在肘关节部位和耳后，动起来，那种味道会四散开去，很美。

当时她想，要是和自己的爱人一块儿出去运动，那香味也许会更迷人吧。

对着镜子，汝小曼莞尔一笑，其实只要心情好，她经常这样对着镜子顾影自怜，她发现自己笑的时候才更迷人。包括冯伟业也说她，笑起来才更好看。她听出来了，言下之意，她必须得笑，不笑的时候就太丑了。所以，为了留住美，她也得笑着过生活。

话说回来，不过是几个成年人一块儿吃个饭，用得着这么费心吗？自己也在心里说着自己，同时又说服自己，管见谁呢，打扮打扮对谁都是一种尊重。

他们吃的是火锅。

女人昨天从杭州赶回来，曾经在宋庄长大，和莹莹是初中到高中的同班同学，后来家搬到了海淀。饭桌上一共两男两女，其中一男的小曼似乎在哪里见过，想了好半天也没有想起来，倒是人家提醒她："我们在哪见过吧？"

"在哪？"小曼一阵吃惊，心想，自己认识的人非常有限，毕竟来宋庄的时间才没有几年。她大多数时间又在家里做着宅女，莹莹说她是粉领，她说她自己没领，每天在房间里穿梭，着睡衣招摇过市，无人管理。有快递公司来取货，她才披件宽大的衣服，少有机会认识更多的人。那么，这个男人竟然认识他，他会是谁呢？一定是对方认错了。

"见过，一定见过。我想起来了，你是不是经常去汗蒸馆？"

"哦，想起来了。是的，我前段日子经常去。"小曼想起来了，这男人叫温盛江，是令莹莹和莉娜格外反感的一个人。

"你们认识啊？那我就不用介绍了。"申家奇笑着说，"那介绍下二位女士，这位是汪莹莹初中到高中的同学，同时也是我和汪莹莹的介绍人，有名的才女，地球人都知道。这位是汝小曼，汪莹莹的好朋友，也是一个才女，地球人也都知道，还有火星人也知道，我就是来自火星的。我本人就不用详细介绍了吧，大家都认识。"

"就是，你如今是名人，大家都认识你。"温盛江接茬。

"你别在这乱捧臭脚，你捧我也踢不进去球，我说的大家指的是你们三个。"

"你，你还是介绍介绍自己吧。你要不介绍我还真忘了你如今是当局长去了。原来我们是发小，都光着屁股长大的。"温盛江说。

"你别在这恶心我了，本来汪莹莹要来的，她嫂子今天家里有事，店又不能关。"

"所以要我来陪酒，可我事先声明，我不会喝酒。莹莹请我作陪就是个错误，生怕有得罪。"小曼接下话头。

“没事，我也不会喝。”刘君浅浅一笑。

“你不会喝谁信啊。老同学，你来我的地盘就不要客气了，今天也把温盛江请来了，回家来了，客气就见外了不是。满上。”

刘君只好听命，小曼杯子里倒了雪碧。大家吃吃喝喝，一会儿就混熟了。何况除了小曼以外，三个人全都熟，大家也就不怯场，聊得很融洽。只有温盛江总想刺探刘君的婚事，问她如今有没有新的目标，刘君显然不想提这个茬，就转移话题。

汝小曼知道这个女人一定是不愿意提那两个字，就像当初自己刚离婚的时候一样，离婚二字从来说不出口，每次说起来都要用英语单词代替。要知道，她的英语水平并不高，或者干脆直接说我和那谁分了。

“其实我也是，我也分了，现在一个人带孩子。”汝小曼是想给那个自以为孤立着的女人一个眼神上的拥抱。

女人惊异地看了一眼汝小曼，显然放下了所有戒备心理，接了温盛江的话聊起来，说眼下没想过再找男人。申家奇看温盛江一个劲儿盘问刘君，就说：“以后真不能把离婚的介绍给你，你怎么就对离婚的这么好奇呢。”

“你不懂了吧，你别忘了，我也是离婚的，我要给自己找寻目标，万一找到合适的呢。”

申家奇觉得他说得似乎有道理，也就没再说什么，于是忙着用小漏勺盛了好些菜放在汝小曼和刘君的小盘里，两个女人都对这个体己男人表示着感谢。

“话说回来，我一个星期五天在单位宿舍住，搂不着老婆，跟你们单身的有啥区别？”申家奇也有些喝高了。

“区别大多了，你是已婚且有家男人，一定要检点自己。还有，这五天你是觉得自己如同单身，那你想想你老婆，她在家不是和你一样吗？她也在单身。你心不能草，你心草了，你想想你老婆是不是也草了？家花没有野花香，当然，适量地采些野花也无伤大雅，主要是你得安排好老婆和情人的关系。”温盛江有些喝多了。

“你啊，你可别在这胡说，要是老婆在这，可有我受的了。”申家奇的舌头有些硬了。

## 2

等到小曼见到莹莹时，已是月上柳梢头。小曼没喝一口酒，一行人出了酒店还在药房坐了一小会儿。

莹莹见到刘君和小曼非常高兴，唯有见到温盛江的时候有些迟疑，本不想打招呼，可还是勉强地招呼了一下。她心里倒奇怪了，这男人怎么来的呢，申家奇怎么会邀请他？她心里非常不满，遂转向申家奇："穆凡呢，不是说请他陪刘君吗？他怎么没来？"

申家用眼睛剜了她一眼，嗔她在温盛江还没离去的时候就提这个话茬："穆凡出车了，没时间过来。"

温盛江听不出话外音，继续侃着："汪莹莹，你现在可变得富态了，官太太就是不一样。"

"啥叫富态啊，你直说我胖不就得了，你倒是真会措辞。"汪莹莹也觉得刚才说得有些唐突，遂露出笑模样。

聊了一会儿，先是刘君和温盛江离开，由于汝小曼经常过来，莹莹见刘和温都走了，当着汝小漫的面就不愿意了："你还是不是个男人啊，都说好了让穆凡陪刘君，怎么又把温盛江给弄来了。他这种人你不是不知道，躲都躲不及，你还往他身上贴，你是不是格外欣赏他啊，不是想拿来当着活榜样去学吧。"

"你喊什么喊，当时我正愁穆凡来不了，我想也不能我一个大男人和小曼陪她吧，正巧碰到温盛江在街上闲逛，他跟我打招呼，我就顺势把他给喊来了。他有什么不好？不就是有了那段历史吗，那段历史也不能跟他一辈子吧，做错一件事还把人家打下地狱啊。"

"你还敢评价他有什么不好！就那一段历史，他这辈子都甭想翻身了，不信你看，还有谁肯嫁给他。不管男人女人，如果生活不检点，给他相应的报应是应该的。”

汝小曼看两个人有点不对劲儿，赶紧要告辞。

“别急啊，有几天没见你了。”莹莹留她，显然觉得刚才说申家奇的话有些重了，毕竟自己的男人也只有周末才回来，“你去上楼歇会吧，喝点茶水解解酒。见酒没命，一点也不像个局长。”

“局长不是人？你们聊，我上楼休息会儿。喝高了。”申家奇不再恋战，顺着窄小的木质楼梯咯吱咯吱地爬上去。

“你说男人咋这样呢，喝醉酒就不说了。明知道那种男人作风有严重问题，竟然还请了一块儿去吃饭。我看这男人的脑子就是太复杂了，不知道都怎么想的，是不是都这山看着那山高，吃着碗里看着锅里。”

“不管怎么说，你当着我这个外人的面说申家奇，还是有些过分。以前这一点我也特别像你，口无遮拦，其实有些话，应该两口子关了门再说。你刚才没怎么给他留面子，现在这会儿多半在恨你了。不过话已经说了，跟水泼出去了没啥区别，说了也好，让他心里有个数，以后交友慎重点。”

“是的，我有话就爱直说，我不想藏着掖着。我汪莹莹一个人守着家，守着药店我容易吗？他应该多想想我的不容易，就没有什么恨与不恨的了。我现在算明白了，男人都一个德性，都巴不得多娶几个老婆才好。”

“明天你去买点种子，把你家门前的地砖全给撬了，然后把种子贴上老公的标签种在地里，秋天丰收的时候，你会收获很多老公。到时候，想使唤哪一个还不是你说了算，想损哪个挖苦哪个还不是你汪莹莹说了算。关键是现在你只有这一个老公，你把他的心给弄远了，他上班的地方离家又这么远，这会很麻烦的。”

“哦，你说得有道理。男人倒是都喜欢温柔的女人，刚才我当着你面说他，他可能也挂不住脸了，关键我不是没把你当外人吗。”

“快去说说软话，我先走了。不管怎么样，原配的还是好。何况申家奇本就对家特别负责，别弄到最后自己被动了。”

“被动不至于。其实我也经常说他，当然一般都是我们两个人的时候。他提醒过我，说有什么事要说他，一定不能当着外人的面指责他，他会下不来台。天，刚才怎么就兴奋过头给忘了。还有，你们几个吃饭的工夫，我挣了二百多，够你们这顿饭钱了。”

“天啊，莹莹，你太厉害了。”

“对了，我忘了问你，那个一米八五咋样了？”

“还能咋样，还那样。”话没说多久，电话响起来，看着杨一士的名字在手机屏幕上跳动，汝小曼的脸上就爬满了笑，“我先走了，你别送我。”一边说一边往门外急走，生怕她要接听的电话被要送她出来的莹莹给听了去。

“她走了？”申家奇下楼上卫生间。

“走了。”

“你说你这女人，我咋说你好呢。当着温盛江的面提穆凡，当着汝小曼你又损温盛江，你能不能藏点话跟我私下里说。”

“我跟你还藏什么话？有话就说啊，真是的，你有话藏着我？”

“我藏你什么啊，我一天除了单位就是家，就这两点一线的距离。”

“胡说了吧，明明是单位和宿舍两点距离，还偏说家。你一个星期回几次家？就算每周都回，也要在外面晃五整天。还有，你最近怎么两三个星期才回来一次，你小心我去探班。”

“探你的班，你以为我在外面做坏事啊。单位事多，我又刚去不久，肯定有很多事情要处理。”

“我就信你一回，但是温盛江这种人你以后离他远点。”

“今天真是巧了，穆凡说他最近事多，心烦来不了。我犹豫请谁呢，偏刘君和温盛江也熟，这不事都赶上了吗。你啊，以后记住了，别当外人面损你老公，你脸上有光？你见我啥时候当别人面说过你？哪次说你不是背着别人说。”

“啊，你倒有理了，你背着别人没少说我。我一个人在家，每天开店开到十来点钟，我容易吗！”

“都说过了，晚上早点关门，你不早点关，我在外面也不踏实。现在这世道这么乱，少挣点钱就少挣点，别为了挣钱玩命。”

“刚才你们吃饭的工夫，我又赚了两百多。”莹莹笑呵呵地说，“今天晚上好，不用我给你做饭了，可是我吃啥啊？”

“我给你煮面啊，你还不知道你老公我最会煮面了。”

“是，你除了煮面，你也不会做别的。我还要一个荷包蛋。”

“喳。”申家奇边嬉皮笑脸地看了眼莹莹，边走向过道的小厨房，“你别忘了，我煮的面晶莹剔透，别人都煮不出我这效果来。”

看到自己男人得意的样子，汪莹莹撇着嘴偷偷地笑着。

## 3

对于申家奇给自己打电话要去他那儿喝酒，穆凡没有一点心思。

本来和宁小平两个人只是吵了个架，平时他们也经常吵。最初宁小平只是抱着孩子出去玩儿一会儿。等到她再转回来，穆凡一般都是一个人喝闷酒。

“给我煮点面。”穆凡回头对宁小平说。

“没见我抱着孩子啊，自己煮。面又不是不会煮，别什么事都指着我。”

“你还是不是我老婆？你是我老婆就得伺候我。”

“谁规定我必须伺候你了，我生孩子的时候你伺候过我几回？要不是我妈来了，我看我连顿饱饭热饭都吃不上。”然后又压低声音说，似乎不想让穆凡听到，“被自己妈伺候惯了，少把我当老妈子。”

穆凡是家里的独生子，从来都是衣来伸手饭来张口，几时做过饭呢。娶了老婆，好赖会煮个面了。如今自己正在气头上，老婆乖乖给煮个面，给个台阶下来，那他也就不再提先前的话题了，偏宁小平不理他这一套。

宁小平一副不打算吃晚饭的样子。

“孩子的晚饭你都不管了？你还真狠心啊。”

“放心，我让她吃饱了。我是她亲妈，还不至于让自己的孩子饿着肚子，也许让你照顾她还真就说不准了。”

宁小平不打算吃晚饭了，这种争吵已经让她心寒，这样吵来吵去地过着还有什么意思呢。很多时候是因为面子的问题，让两个人争论得不可开交。

有人敲门，宁小平不动，穆凡也不动。穆凡等女主人去开门，宁小平偏不理。敲门不开，门铃就开始不间断地响起来，继而穆凡听出是自己母亲的声音。

“开门。”穆凡低吼。

“你没长手。”宁小平偏不动。

穆凡冲上去就给了宁小平一个大嘴巴，心想婆婆来了你做媳妇的都不主动开门，还等着我去开？宁小平捂着半边脸，女儿没有看到，早蹒跚着跑到一边玩去了。宁小平的眼泪刷地就冲了出来，一声不吭地冲进卧室。

穆凡打开门，和自己的母亲打声招呼，转回身继续喝。

“妈，你咋又拿这么多菜，我们菜够吃。”

“够吃那不是得花钱吗，我种的不用花钱，小平呢？”

“死里屋去了。”

穆老太太看向卧室方向，门关得很紧。

“说啥呢你，不好好过日子，又吵了？你能不能改改你这牛脾气，唉，都怪我这么多年把你惯成这样，也怪你那死去的爹，扔下我们苦命的娘俩。”说着眼睛便湿了。

“妈，你看你这又是怎么了。”

“妈守寡多年，不给你找后爹，还不是不想委屈你。你要知道，女人这一辈子不容易，怀胎十月把孩子生下来，又要养孩子还要照顾家，还得去上班，你能让就让着她点。有啥过不去的啊，别一天老打架，越打越生。”

“上班怎么了？上班就比我高一等了？就牛了？我偏不信这个邪，她爱跟谁牛跟谁牛去，我没工夫伺候她。”

穆凡想补一句：“我的媳妇就得听我的。”想想在老妈面前就不说这话了，但是，他当这句话是他自己的真理。他认为媳妇就得听老公的，只要不听，那就休了她也毫不心疼。打她只不过是小菜一碟，以前又不是没打过，每次打完就好，女人抗不住两句半好话。

有几个男人不打老婆的，穆凡心里一直这样认为。和哥们儿在一起，有一个算一个，没有一个嘴上怕老婆的。让她往东就往东，她不敢往西。凭什么你宁小平就不吃这一套?

“老婆就是用来修理的，你不修理，她就像杂草一样没边没沿地疯长，最后把你缠得想逃想施展拳脚都施展不起来。夫妻刚开始，你给她惯什么毛病她就是什么毛病，以后想改都不好改。从开始就得给她打好底。”那次和几个哥们儿一块儿喝酒，别人无意的一段话，却深深地刻在了穆凡的心里。可他哪里知道，这些嘴上乱跑车的男人，回到家里，其实才更会做男人呢，根本不会舍得把巴掌落到自己女人身上，他们只是在外人面前把自己的形象塑造得伪高大些而已。偏穆凡就是个实在人。

宁小平如今敢和他顶嘴，对他越来越不温柔，穆凡认为，显然自己没有把她修理好，她仗着自己是国家公务员，就不把老公放在眼里，时间长了还了得了? 趁现在好好管理她，晚了就更麻烦了。

“小平啊，快出来，晚上去妈那儿吃饭吧。”穆老太太隔着门喊儿媳。

“妈，我不去了，我吃过了。”宁小平尽管装得平静，可那声音让穆老太太听了，还是为之一颤。

“凡儿，去，叫媳妇把孙女抱上，到我那边吃饭去吧。我都做好了，打你们电话一个个都关机。”

“妈，不去了，你自个儿回去吃吧。我这里啥吃的也没有，也没人做。”

“作孽啊，你咋又惹她了呢。三天两天地闹腾，宝宝听了也不好。她那么小，别吓着她。你也老大不小了，懂点儿事吧。”

“妈，我怎么不懂事了，我要是不懂事，这世上就没有懂事的人了。好了，您快回去吧，一会儿就好了。明天我保准带她们一块儿回去吃饭。”

看儿子说得坚定，知道儿子心里有数，禁不住使了个眼色：“媳妇是用来疼的，别没事老欺负她。”

“妈，你快走吧，我没欺负她。”

晚饭两个人谁也没做。宁小平哄孩子睡了以后，一个人睡在卧室里，把门关得死死的。看着沙发上的被子，穆凡明白，这是让他睡沙发了。

沙发那么闷的地方，怎么可以睡觉呢。穆凡夹着被子，用钥匙打开卧室的门，把被子扔到床上。宁小平翻了个身，脸冲着墙。穆凡用力扳过宁小平，很粗野地剥去她的衣服。宁小平拼力反抗，终是敌不过穆凡的力气。

她知道自己的身体在穆凡面前是弱小的，她想大声喊叫，又恐惊了孩子，何况她自己也知道，他们是婚内行为，这些都是正常的，也就任他剥了去。她像一根白白的葱呈现在穆凡面前，可她看都不看穆凡。

她自己只觉得自己的身体如今非常丑陋。那个运动的身体，更比她丑陋无数倍。“小俩口打架不记仇，床头打架床尾和。”穆凡终于明白了这句话的真谛。继而动作格外粗野起来，嘴里也含糊不清地呻吟着，说着脏字。

以往这个时候，宁小平也会觉得无限受用。平时穆凡在她面前其实也不怎么说脏话，但是在这种特定时刻，那种脏话刺激得宁小平血脉贲张。她尽自己的力量配合穆凡。

可她恶心口交，绝不接受这种做爱方式。

这一次穆凡又在格外高兴的时刻让宁小平亲那个地方，宁小平不从。穆凡强行按着她的头，把她按到他的生殖器上。宁小平的唇碰到了那个敏感地段，穆凡的身体一激灵，而宁小平趁他放松的一刻，早拼死地挣扎开来。

她躲在角落喘着粗气。

“怎么了？谁家娘们儿不亲她男人。”

“你能不能不这么恶心。”

“我恶心，你不恶心，你不恶心刚才都跟我干什么了？少装纯洁。你以为你嫁别的男人就不这么干。”

“你给我闭嘴，你还是人吗！”宁小平带着哭腔。

“做爱就不是人了？你知不知道，动物也做爱？低等动物他妈的更喜欢做爱。我是高等动物，我做得更要有质量。”

# 第十章●柏拉图

## 1

没有一天，他们不缠绵的。

缠绵的时候，汝小曼就会向杨一士倒苦水："今天有两个人跟我倾诉他们的感情生活，我现在都成垃圾桶了。"

"呀，他们说的都是垃圾啊。"

"那倒不是，反正都是他们最难受的情感，他们心里盛不下，就要倒出来，熟人不能倒，就全倒给我了。他们也知道我是免费的听客。"

"又听到什么故事了呀。"

"不能告诉你，我已经给他们疏通好了。可是，这些事情要是落在我的头上，我就不知道怎么给自己疏通了。"汝小曼心里面也很乱。尽管别人在讲他们的情感故事的时候，她听得清清楚楚，也能给他们打理得非常满意，可是她一想到这些事情如果放在自己身上，她自己其实也不知道该怎么处理。

有一个大学生对她说："汝老师，你怎么看待婚前性行为？我和我女友相处了很久。在一起以后，我觉得她这样轻易地就给了我，是不是也会很轻易地给别人。我非常矛盾，不知道怎样继续以后的感情。”

“她给了你，说明她相信你，也爱你。而你呢，你也特别想要她。那么既然要了，就要好好相爱。且不说责任之类的道德问题，单说你们之间的爱情，因为有爱，才会这样往纵深处走，既然走了，还有什么可以怀疑的呢。”

如果是我，我会不会在婚前把自己给他？汝小曼想到这里，其实自己也迷糊。

会给吧，她这样对自己说。

这些她不能讲给杨一士听。

“今天有个女人对我说，说她怀孕生子的时候，老公却在别的女人床上，太可恨了。”

一夜情、婚外情、三角恋、多角恋……这些不正常的感情，搅得汝小曼头都大了。打开窗户，望向窗外，一只小狗奔跑在雨水里。雷声、闪电，把汝小曼吓得赶紧关了窗户，转身又关掉了电脑。

她和杨一士在电话里互相倾诉着。她的语速很快，讲了好些别人当天讲给她的故事。不把自己知道的东西分享给杨一士，她总觉得就跟缺了点什么似的。

结果导致每次电话里她都过剩地讲了别人的故事，而忘了讲他们两人以后的故事和现在的故事。两个人电话里怎么就不说两个人的事呢，偏掺合进来那么多不雅的角色。她有好几次放下电话，就开始后悔自己的夸夸其谈。

他们柏拉图了这么久，她连嘴巴和手都没有让他碰过。他想碰，可他一次次地往后拖延时间，他忙。

“谁不忙？该抓紧就得抓紧。如今生孩子要趁早，结婚也要趁早，什么事都趁早的好。不是有句话吗，趁热打铁，热恋是好玩，热恋是有趣，可你等着热乎劲儿过去了，那铁石心肠的东西，你还能把它打弯吗？”莉娜总这样数落小曼。

“就你厉害，你现在都和谁趁热打铁了？就会说我，说我总是一大套一大套的，你给我们打一个看看嘛。我倒想看看你能和哪个男人谈一场恋爱。”小曼起哄。

“打，打，打你个头。”莉娜砸了一下汝小曼的肩膀。

“天啊，这单身女人单久了，都单疯了。”汝小曼佯装往前跑，莹莹早在后面笑岔了气。和这两个单身女人在一起，她觉得很快乐。

“你们是快乐的单身汉。”莹莹补了一句。

“大姐，打住吧，你也晕了？我们是女人，我们不是爷们儿。”

说到这儿，汝小曼一下子就愣住了，她的脑海里一下子就钻出了冯伟业。冯伟业比汝小曼小，处处想当大男人，汝小曼也是想把他当男人来看的，喜欢称呼他为爷们儿。

而冯伟业不喜欢这样的称呼。“爷们儿多难听啊，就像娘们儿两个字，你喜欢啊。”

是啊，汝小曼不喜欢听娘们儿这两个字。冯伟业也从来没有这样叫过她，杨一士就更不可能这样称呼她了。冯伟业的专用称呼除了宝贝、亲亲，此外偶尔会管她叫老婆。

杨一士称呼她小狐狸、小女人、丫头……有的时候，会说，我同事来我公寓玩儿了，我跟他们说让他们别捣乱，我在和媳妇聊天呢。

每次一听到这里，汝小曼就抿着嘴偷乐。杨一士尽管没有直接称呼她媳妇，可是她心底已然把自己当他媳妇看了。可这场柏拉图，不知道何时会落到相见的日程上来。拉拉手，接个吻，有了肢体上面的接触，她才更踏实。

“女儿又给我张罗了好几个约会对象，我说我坚决不去，自从上次约见了那个电脑先生，我就觉得相亲是个累人的活儿。你说你从来没见过那些男人，你至少要为了约见他们事先打扮一下，你又不知道对方的喜好，怎么打扮我都觉得有失败的成分在里面。虽说女为悦己者容，可是你不知道人家的口味，只顾着打扮成自己喜欢的样子，那成功率就差了好几层。”

“不管差几层，该约该见还是得见。”

“你也就嘴好，你也征个给我们看看。”

“谁说我没征？我征得比你早多了。只是我征的，除了先把冯伟业给征来，再就是发给杨一士，就套上这支股了。也不知道有没有升值的潜力，就这么在手里搁着。虽说是没花现钞，可是也用了不少的力气。”一想到春节的时候发的征婚启事她心就一紧，尽管冯伟业信誓旦旦地让她等他，可她还是说要去看他，终究是让冯伟业招架不住，后来就得知他有了那个女同学。

“爱的确需要力气，你的一米八五再不来，你的力气耗尽了，该怎么找他算账去呀。”

“破莉娜，就会拿我寻开心。你的电脑先生，我看你应该继续。离我们宋庄这么近，有房有车的，你以后进个主板买个显示器的，找他不知道要打多少折给你了，还能免费送货。”

“你还别说，女儿陈陈后来跟我说过，说这电脑先生还跟女儿通过两次邮件，想跟女儿要我的电话。女儿征求我的意见，我说不给，给什么给，见一面就想继续啊？门儿都没有。”

“你这人真是，见一面不能继续，那得见几面才能继续啊。有第一次，才有第二次啊，难不成见了一面，就直接入洞房啊。”

“天啊，小曼真是可以，你是不是想见了你的一米八五直接就拐洞房去啊。”

## 2

“你的心也太花了吧！还拐洞房呢，我拐什么拐，人家是说过来看我，可一直都请不下来假。我看你一直不想找男人，多半都是假的，现在陈陈提起来，正好顺了你的意吧？”

“得得得，打住，什么顺了我的意啊，我根本就不想找，我还不是不想扫了俺闺女的兴。”

两个女人不知道缘于什么，说着说着就有要翻脸的意思。

“你们俩真行，你说你们要是为了争一个男人打起来也能理解，也值得我同情一回，你说你们就因为这柏拉图这也能打得起来，有意思吗？学学我吧，如今有老公，也还不是形同摆设？”莹莹拽过两人的手，在各自的手背上轻轻地拍了一下，然后把它们放在了一起。

两个人相互瞪了一眼，然后就扑哧一下都笑了。

实在没有哪个男人可以断了女人之间的友谊，何况对于张莉娜来说，男人本就是可有可无的一个人形。如果屋里忽然多个男人出来，她想她一定不会习惯。多年养成的独居生活习惯，让除她以外屋里再多一个人都别扭。除了女儿陈陈回来。

网吧里没有几个人，三个女人说话的声音也干涉不到别人。那几个人玩兴正酣，扭着身子随着电脑左右摇动，根本没有时间关注三个女人在说什么。

“小姨，您怎么来了？”

“莉娜啊，你快去把小平接回来吧，她一个人带着孩子回廊坊娘家去了。也不知道啥时候回来，连班也不上了，这可怎么办呢。”

“您慢点说，到底怎么了？”莉娜被说愣了。

“昨天穆凡这个浑小子把小平给打了，今天一早小平抱了孩子，拿了孩子的衣服走了。看样子，是不打算回宋庄了，班也不上了，这不是折腾吗！刚才我去你家跟你妈说了，你妈让我来找你，看你有没有时间去廊坊把她们接回来。”

“我肯定没有时间啊，我网吧这一摊没人管，我姐也不能有时间，她最近在进修，可怎么办呢。”莉娜显然非常着急，“先打电话和小平沟通一下，看她到底是什么意思，唐突地过去接她也不好。”

“我让穆凡打电话去接她们回来，他不打也不去接，生生是想气死我啊。”

“小姨，您不能急，这不是急的事，您急也没用。他们年轻，打架跑回娘家也没什么，气消了也就回来了。”

“可她把孩子衣服全都拿走了，一件都没留，你看她像是要回来的样子吗。”穆老太太显然经受不起这个打击，一下子就老了很多。

“您急也没用，把心放肚子里，一会儿我给小平打个电话，问问她到底是什么意思，您别急。”

安慰好老太太，莉娜就拿着那个电话号发起呆来："这女人要是铁了心不跟你过，谁能挽救得了呢？"

"孩子吧……如果跟她说孩子将来不是缺爹就是少娘，我想她心就软了。"说到这儿，她一下子就想到了远在广州的宝宝，内心不知怎地就一疼。她忍着不给那孩子打电话，可她能忍多久呢。

只要申家奇周末在单位加班，她心底就有说不出的懑闷。她也想过要去探班，可是这样又显得太兴师动众。再说去了又没地儿住，申家奇和单位另一个职员住在一起，她总不能和他们住在一间房里吧，又不能去酒店开房，这样子，好像她莹莹就冲了两口子那点事儿去的一样。臊也把人臊死了。一想到这些，申家奇纵是三四个星期不回来，她也不能去局里乱晃，好像就是为了炫耀她的局长太太身份一样，还是个副的。

罢了，在家老老实实待着，尽管不能相夫教子，那也是守家待业等男人和女儿归。这个年龄的女人，除了守家，没有别的事可做了，再有就是守业，有这份小事业，莹莹也算满足了。

看着两个好友至今未嫁，找不到合适的，她也替她们着急。想不到的是，眼前又要多一个离婚女人，这让她的心里生出说不明道不清的滋味。男人女人啊，你们为了爱走到一起，就不能为了爱继续坚持坚守吗？

"莹莹，你发什么呆啊。这是我家，你看你，把你折磨得六神无主的。"

"你家亲戚和我家亲戚且不说有没有区别，我只是在难过，怕这世上又拆了一座庙啊。"

"老话说得好，'宁拆一座庙，不破一桩婚'。拆庙不怕，我是真怕他们会离了。我了解穆凡的性格，如果这事被更多的人知道，他是肯定会休了那个小女人的，所以，这事知道的人越少越好。你们一定为我保密，就像我当初，除了我姐，我谁都不说，包括爸妈。"

"你的嘴那才叫严呢，你这事搁了多久才跟我说的？根本不把我当朋友。"莹莹表示不满。

"不是跟不跟你说的问题，离婚说出去多难听啊，那两个字在我的字典里原来根本就不存在。我用了多久才学会说这两个字的你都不知道，真张不开嘴。我是想全世界的人都不知道我离了才好，就这样终老了，把这事带到棺材里去。”

“你给小平打电话吗？”小曼问。

“先不打，我先想想怎么能挽救他们的婚姻。我不能眼看着他们走到离婚的边缘，离婚女人多难啊。”莉娜的表情一下子凝重起来。

“可是，你个人又怎能挽救得了。”小曼表示无言。

“这是我给你们送的货。”一男人推开门走进网吧，“是一个叫陈陈的女孩让我送的鼠标、鼠标垫、硬盘，还有视频头。”

“是，她说能给我淘到便宜的电脑配件。”莉娜仔细地看着来者，原来是在北关环岛小竹林里约会的电脑先生，“怎么会是你？”

“怎么会是你？哦，我明白了，陈陈是你女儿。她跟我说她要挣点外快，现在兼职在网上卖东西，她是从我这里进的货，我负责给她送货。”

“你送几家了？”莉娜追问。

“你这是第一家，还指定必须我本人送到，还说必须张莉娜签收。她要说花独尔签收，俺就明白是你了。”电脑先生开心地笑。

“估计也是最后一家，这小丫头片子，不好好上学，做什么生意。”张莉娜小声说，心里就知道了女儿在搞什么名堂了。

莹莹和小曼明白以后，用眼睛偷偷地看着他们两人，暗笑。先前被穆凡和宁小平的婚事搅得不开心，现在都被冲淡了。

## 3

美术馆有活动，老尤的作品被送去好几幅作画展。

汝小曼最近也没少画，她喜欢随意画些静物画。上一次，也就是半年前，她和冯伟业去美术馆看过两次展览，那些线条精细的绘画，令她深深地陶醉。

她欣赏这些干净的画面，她无法忍受那些很夸张很作呕的作品。有些女画家专门画女性生殖器，曾经有一个这类的小型画展，老尤带她去过。汝小曼想，自己再少进化几十年，也不愿意欣赏这类作品，非常隐私的东西，为什么还要露出来呢。当然，女人的乳房除外，那毕竟是哺育用的。全天下的男人女人都需要它。

“我还是不理解某些画家的作品。”从美术馆走出来，小曼阐述了自己的看法。这个时候，她想起了小丫头，小丫头画的乳房，她还是很欣赏的。那种美，有一种母性的饱满情绪在里面。就连小丫头画的向日葵，那花芯中的乳晕，也是画得恰到好处，充满了女人味和女人的美感。

“这毕竟是一小部分画家在画，其实，怎么看这类作品，我想每个人都有一个不同的尺度吧。我是这样认为的，人类的存在，是少不了性的，但是又不能过分追求这种东西，欲望无止境，积累太多的欲望就是罪恶。当然，他们这种画法，不是过分追求，只能说是她们的一种呐喊，或者是一种挣扎。她们生活中也许很沉闷，没有别人想象的那么开放。她们想表达，怎么办？只有借助手里的画笔，不要以为一个画家画出来的东西让人看上去极为开放，这个人的私生活就一定很糜烂。”

“你的意思就是，就像作家用笔描写两性关系，其实它们是一个意思？只是一种表达？”

“差不多吧。”

汝小曼还是第一次和一个男人面对面谈有关性的问题，有一点不好意思。或者说确切些，有一点不自在。

“洪大周都结婚这么久了，你也不考虑考虑个人问题？”老尤话锋一转。

老尤第一次和汝小曼谈这种极私人的话题。

“这人也需要碰，没有合适的，还不如一个人过呢。现在洪大周想要儿子的监护权，我在犹豫阶段。我也知道，孩子就快到青春期了，是应该跟爸爸，能学到和妈妈学不到的东西。可我又担心他跟了爸爸，又得不到该从妈妈那里应该得到的爱。我知道洪大周的意思，那个小丫头如今两年内无法生育，两年后能不能生育也不好说。他想把孩子要过去，可能跟这个有一定的关系。”

“你怎么打算的？”

“我问过明明，他也愿意和他爸生活在一起。可我担心他们在一起相处得不好，所以，我准备给孩子一个缓冲的时间。如果明明过去就在他们家生活，三个人能相处得非常融洽，我可以放手。但是，我必须告诉明明，妈妈的大门随时向他敞开。”

“和孩子说了？”

“只是提过一次，还没有真正和他说这事。洪大周现在就想更改协议，我绝不答应。孩子到那边毕竟不是和他一个人生活，如果真的难以融入他们那个家庭，我是不会让孩子在那里受气的。”

“你做得对，无论何时，都要以孩子为中心。话说回来，你啊，也该考虑个人问题了。几年都过去了，女人有多少时光可以任你一个人虚度？”

“一个人怎么就虚度了？多自在啊。”

“胡说，一个人的日子哪有那么好过。你嫂子他们没从沈阳过来的时候，那些年我一个人也不好过。一个人是自由了，可也少了和家人在一起的柴米油盐的快乐。何况，你就算不想结婚，也该有个红颜蓝颜的吧。”

“我又不是潮人，哪有那么时髦，不想那些。”

“晚上我们在外面简单吃点。不回去，孩子有人给做饭吗？”

“他姥姥在家，自从我妈来了以后，我省了不少心，很多家务她都包揽过去了。”

“这样多好，你可以写字，可以画画，还能经营淘宝店。”老尤说着边示意汝小曼和她一块儿进眼前的餐馆。

“那倒是，钱虽不多，倒还充实。”汝小曼随其后走进这家餐馆。

“你的画也很不错了，再下点工夫，以后有展览也可以送过去。你就任意画，不要讲究什么技巧，也不要刻意去学，那样就匠气了。刻意地学会把你圈住，有时候，画作越随性越好。以后有一天你也可以单独搞个画展，将来就算只给你自己的文章配插图也不错。”

“老尤，那两个女的好像刚才在画展的时候碰到过，你跟她们打过招呼的。”

“她们啊，姐俩，只画女人裸体……我去打声招呼。要不然一块儿吃？没意见吧？”看汝小曼没有阻拦，老尤走到那两个女人面前，“小菁、小芩，你们好，我们又碰上了，并一桌吧，我买埋单。”

两位女士点头表示同意：“好的，我们一块儿热闹下。谁买单不重要，重要的是我们坐在一块儿开心。”

“这次展览的作品都挺有实力。二位小姐的作品更是深刻地表现了你们平时的功底，我看有几个老外非常欣赏。”

“老外欣赏，就是不知道国内的人欣赏不欣赏了。当然，我们姐俩画出来的作品也不是供国人欣赏的，尤其我们家人，我不希望他们看到我的展览。”

汝小曼听她们这样说，想起曾经看过她们的画，心底就格外地排斥起她们来。

“你父母他们会来吗？”

“不会，他们一向对我们的工作漠不关心。我们只消给他们钱就好了。孩子嘛，能和父母搭上话，给他们钱治病、养老过上好日子，这就行了。”

“哦，你这么一说，我倒想起来了，你老爸那手术还算成功吧，开颅手术一定需要很多钱。”

“很好，手术以后恢复得也不错。只是没少花钱，全是我们姐俩拿的。弟弟小，还在海淀读大学。”

汝小曼脑子里一下闪现出汗蒸馆那一幕：一个穿着男士汗蒸服的老太太，手里拿着扑克，正一张张地在地板上摆着，而她的老伴每次都等在外面。

那老太太说她年轻的时候没少挨她男人的打，如今老头脑子里长了瘤，刚做了手术，偏那智商就回到了从前小的时候，整天跟个孩子一样跟在她身边，生怕老伴甩了他。

男人，在这个时候竟然脆弱到这般地步。

老尤喝醉了，汝小曼还是第一次看到老尤喝醉。但是他仍然抢先付了账。两姐妹先打车离开，剩下汝小曼和老尤站在餐馆门前的马路边。老尤挽着汝小曼的胳膊，汝小曼的身体一抖。他的身体和她靠得很近，那五根手指已经碰到汝小曼的手指，似欲交错过来。

汝小曼如捧到了烫手的山芋，赶紧甩掉。老尤仍拉着她的胳膊不放：“想吃冰激淋吗？我想吃，我热得异常，我要降降温。”汝小曼最终还是挣脱了他，心里就有些不悦。

街上没有多少行人。时间已经很晚了，近午夜时分，可是很多店铺都还是灯火通明，展示着这座不夜之城。他们都渴了，都需要一点冰激淋或者一点凉的东西降降温，也许是酒精让人的身体更需要水分。

在找寻冰激淋的过程里，汝小曼再次强行挣脱了老尤的胳膊。她不想被杨一士以外的男人拉着或者搂着，包括从此不再和冯伟业拉手。尽管她还没有和杨一士真正见面，可她为他守着她的一切。她有时甚至很悲凉地想，难道她和杨一士的柏拉图之恋只能这样柏拉图下去吗？

越是这样，她越觉得不甘心，她想杨一士如果知道她的想法，也一定是不甘心的。他们如此相爱，相爱到不允许别人沾染她的手指，不允许别人沾染她的每一寸肌肤，她是那么爱那个柏拉图里的男人。

那个一米八五的男人，那个比她高了二十多厘米的白马王子。白马王子，她知道只有在少女的梦中才可以出现，她觉得自己都老了，这么老的女人，怎么还能够拥有一匹白马呢。

走在宋庄的街头，那双男人的大手仍然想乘机穿过汝小曼的手指。她不理，和他拉开一定的距离，不让他再有可乘之机。

“怕我吃了你啊，你看你，多大的人了还跟个纯情少女一样。你就不能活得现实点？珍惜眼前所拥有的。”

“眼前的？眼前什么？眼前的所有都不是我的，不是我的，怎能谈到珍惜二字呢。”

## 4

汝小曼把当初和小丫头拍的合影送到了回收站，然后粉碎。她以前一直舍不得删除它，那女孩看上去那么姣好，怎么就可以做小三呢，她不理解这些孩子是怎么了。

她绝对不可能和情敌成为朋友。是的，汝小曼觉得小丫头就是她的情敌。她一定在汝小曼未搬到北京之前就和洪大周勾搭在一起了，让洪大周迷失了方向。

听说小丫头被接回来以后并没有出去工作，在家里给洪大周做助手。明明和他们在一起吃过几次饭，每次回来，她总有意无意地问一下那边的情况，而明明似乎特别不愿意讲那边的事情。

有一段日子明明没去洪大周那边，因为洪大周似乎很忙，没张罗让儿子过去，两个人只是偶尔在网上视频。这天，汝小曼把电脑让给明明，自己说是跑到一边去洗衣服，其实一边洗一边竖着耳朵听明明在和对方聊什么。

等到他们聊完以后，她急着问明明他们都聊了什么，明明说："他好像后悔了。"

"后什么悔？"

"就那事，他好像后悔了。"明明想把眼前的事情叙述得很轻松，表面他想笑，却有眼泪从眼里要滚出来。小孩子忍着，用做出来的笑忍着，"就你们离婚的事。"

他跟孩子说什么了？他后悔了？三年了，他后悔了？可他已经再婚了，他后悔？汝小曼的心一下子就神伤起来。他后悔要跟这么小的孩子说吗？你一个成年人做出来的不计后果的事情，讲给一个这么小的孩子让他来承受？

她发现，这么小的孩子，他承载了太多本不该他这个年龄承载的东西。

他承载了他妈妈发脾气倾泄出来的怨气。有的时候，汝小曼的烦躁，会不经意地倾泄给明明，她其实很想好好爱这个孩子，这是自己的儿子，即使他做得不好，能不能好好和他说？事后，她也懊恼自己的脾气，青春期的孩子跟你顶嘴，你身为长辈好好疏导，你不能忍吗？可她没忍，他们经常一对一地顶牛。她也委屈，没有个男人跟她扛这些事情，凭什么，所有的事情要让一个女人来扛？

有一天，明明像忽然想起什么似的说："妈，我爸犯了这么大的错误，好像我爷我奶没啥感觉啊。"

在明明眼里，离婚是一个天大的错误，孩子一定是这样认为的。可是他的爷爷奶奶在这个孩子面前又都说了什么呢？汝小曼不知道，这些东西，不可能从明明嘴里问出来。她其实也不想问，总之，他们给明明的信号就是，他爸爸犯了这么天大的错误，竟然没有人阻拦他。他爸爸的父母对这么大的事情竟然可以无动于衷。

汝小曼一下子就难过起来，不知道怎样告诉明明。

“快去洗澡吧，一会儿水凉了。”汝小曼借机打断明明的暇想。

洗过澡的明明躲在自己的单人床上，汝小曼把自己画好的画拍下照片，正往BLOG上传。

“妈，我这长东西了。”

“什么？我来看看。”汝小曼放下手里的东西，打开拉门，连跑带颠地跑过去。

明明却又一副不想告诉她的神情。

“怎么了？哪里长东西了？”汝小曼表现得很急迫。

明明把小底裤边打开一角，指着睾丸上的一根黑长的毛对汝小曼说：“这呢，这还有。”明明又把短裤角再多打开一点。

汝小曼心说你是我儿子，一个小屁孩，怎么这么磨叽。她帮他把小短裤扯下来，明明脸红了，极不情愿地使劲往上提短裤。

“不就长了几根黑毛吗，这个谁都长。”汝小曼告诉他谁都长，是不想让他太紧张，“这说明你是大人了，不过，你胡子还没有长出来，嘴上没毛办事不牢。听过这话吧？你现在是青春期了。你老妈我现在更年期，可不能跟我对抗啊。男人都大度，要让着女人的。”汝小曼笑，在明明面前，她总想营造一股儿子是大男人的气氛。

明明把短裤穿好：“更年期要给青春期让道。”

“谁说的？我偏不让。”汝小曼跳到明明的床上，把明明举起来，明明不愿意，挣脱以后自己坐在床头。

以前明明洗澡，汝小曼还可以随便出入卫生间，如今，汝小曼再也进不去了，明明在里面把门插得死死的，任何人不得入内。他洗澡的时间越来越长，不许别人进去倒也罢了。每次，家里洗澡的次序是这样的，先是汝小曼，再是明明，然后是姥姥。姥姥每次都是无怨无悔，甘愿垫后，一切都让着小曼和明明娘俩。而汝小曼又常常是让着明明，明明说第二个洗，她就只好第一个去洗，想让明明第一个洗，他也不愿意。尤其是冬天，总要有个人先去预热，你要让他最后一个洗，他也不愿意，他总担心最后一个洗让他擦地。事实上，明明还真从来没干过这些活。

“明明，把沙发后面你的杰作处理一下。”

“是处理，三声，不是处理，不是四声。”

“行行行，处理，不是处理。你看看你，吃的东西有多少垃圾扔到沙发后面去了。我看家里只留你一个人，都得垃圾成山了。”

“那你也不可能从垃圾山里把我拽出来。”

汝小曼一愣，以前她说洪大周不爱收拾房间，洪大周也说过类似的话。看样子，对于孩子的教育，真还是言传身教，有什么样的父母，就有什么样的孩子。

不管怎样，汝小曼觉得自己的情绪比以前好了很多，只是仍然免不了急躁。比如每月那几天，她觉得自己的脾气真是躁得不行，无端地就发火，这让明明潜移默化当中，遭受了不少的间接创伤。

在他写作业的时候，偶尔就会体现出来。如果碰上有必要让汝小曼听写的作业，只要一有不顺心，就会吵汝小曼，说她读快了或者读慢了。汝小曼就压着火，尽量把速度调得不要太快，也不要降得太慢。

即使这样，仍免不了明明的爆发，他的爆发是把那张作业纸撕得七零八落，然后扔四散扔开。汝小曼压着火，警告他快些收拾，他也听她的，但是每次都说一会儿收拾。

最终爆发的结果就是，汝小曼把明明痛打一顿，打过以后，明明哭了，她关上拉门也跟着哭。明明小的时候，她都没有打过他，如今懂事了，反而要打他。想起自己又当爹又当妈，免不了又一阵心酸。

他们之间没有男人来调解，如果洪大周在他们身边，汝小曼想，至少她和明明之间有战争，会有人来灭火。可事实上，她也明白，洪大周那种人，就算在他们身边，也不会把事情处理得格外稳妥。更免不了大哭一场，又怕被明明听到，只能压抑着自己，不要哭出声音来。

明明有的时候会主动示好，汝小曼回复他的声音已经带了哭腔，她恨自己怎么就做不好一个好妈妈呢。是不是儿子大了，必须要跟父亲才能生活得更好？是不是自己的知识水平已经无法满足孩子了？是不是这个孩子在想爸爸？只是他不说出来？

汝小曼觉得孩子离不了父爱，也离不了母爱，只是两种爱不能两全的时候，她想有必要考虑让孩子游走于两者之间，给他时间让他去感受父爱，也给他时间回归到妈妈身边感受母爱。汝小曼总觉得男人的视野比女人宽，觉得明明和洪大周在一起一定会很快乐。可她不愿意撒手，尽管洪大周说过，说可以让明明去他那里。

那明明怎么感受母爱？

她想放手，又总在犹豫之间。心想这儿子一撒手，还能再回来吗？

可是，她知道儿子不是自己的私有财产，放他出去，是为了让他更好地学会飞翔。

又一次洗澡。

“妈看看，又有什么变化没有？”

明明一天天地大了，再也不让她看他隐私的地方了。以前小曼出门，他都像个跟屁虫，现在她出去，央求他他都不跟她去。

汝小曼想，如果儿子和洪大周在一起，两个男人肯定可以一块儿进浴室。事实上，男孩子在青春期的时候一定有很多困惑，需要男人讲解给他听。眼下，洪大周没有她运气好，儿子这么隐私的事情，洪大周却无法和孩子一块儿分享。

可是，汝小曼也将面临着明明不再讲隐私的事给她听的苦恼。

# 第十一章●比如男人

## 1

汝小曼把调色盘扔到水盆里，原本清澈的水立刻被各种各样的颜色弄得一塌糊涂。那株百合、那枝翠竹、那叶芦苇，在汝小曼的手里，野性地绽放着。

而她，觉出了自己的潮热，用手摸摸额头，有些发烧。刚要关电脑，淘宝上有人在和她讲话，对方看上了老尤的一幅画，跟她一番讨价还价，对方答应先拍下来，回头付款，说是支付宝里钱不够。

拍下来对于汝小曼来说已经没有了刚开淘宝时的欣喜。那个时候，看到有人拍她小店里的东西，总是乐不可支，尽管那钱还没有划过来，可对她来讲，这就算是成了一单生意了。

洗干净双手，汝小曼准备去采购。

这个时候，洪大周的电话打了过来，要和她谈谈明明的事。从老尤那里，汝小曼间接地知道洪大周最近没少卖画，手里应该有点钱。和她谈明明的事，不是不可以谈，可刚刚明明才把她气了个半死，她其实也能理解明明，青春期的孩子可能都有点叛逆。她这都过了青春期多少年了，都后青春期了还和自己妈叛逆呢，何况一个小男孩了。

明明瞪着眼睛说她更年期，她气得鼓鼓的，自己才三十多，怎么就更年期了？如果两个人心情都好，汝小曼就会慢声细气地说："儿子，你说我们如果真的一个是更年期，一个是青春期，你说别人家有大男人帮着开导，先开导你，再开导我，你说像我们俩，就用不着找别人开导了吧。"

"我们自己开导自己。"

"咋开导？前几天你还让我找朋友，那一刻你知道妈妈怎么想的？哎呀我儿子真乖啊，懂得给妈妈找幸福了。现在咋样？还跟妈说我们家不能多一个没有血缘关系的人，你一个小孩子家家的，还知道什么有血缘没血缘的。"

"妈，你找个北京的，直接把我户口都给落上了。"

这孩子也太世俗了吧？汝小曼被卡得差点说不出话来了。妈妈哪那么巧给你找个北京户口的？她细想，也怪不得这么小的孩子说出这样的话，自己每次和朋友通电话，无意间的话可能都被他听了去。的确，闻菁菁劝过她，劝她现实些，找个北京土著嫁了，孩子将来高考也不愁了。可汝小曼说，她不想把婚姻押到一个户口本上去，那样将来很危险，有理也说不清。

"你呀，你就是死心眼。就不能找一个相互真正爱着的，然后再迁户口？明跟他说你不是为了户口。"

"可是，户口还是一个引子，不行，这事我做不了。"

"懒得管你，你看着办吧。"

"你呢？你登记了？还不登，你留着何年何月再登？"

"不想登了，以前就跟你说过，我结过两次婚，都很失败，这一次，说什么也不想再结了。能过就过，不能过就散。"

"不是我说你，你这种态度就是没往好里过。"

"我真是在往好里过，他儿子，我待他比我亲生的还亲。每次我和他儿子闹成一团，他都躲在沙发里偷偷地笑，他觉得我们真的成了一家人了。"

"那就登了吧，早晚的事。"

"不，我现在怕了那页纸，没有那页纸，我们一样有保障。"

“那怎么能算有保障呢，不结婚不登记，相互之间形成不了义务和权利的关系。而且不伦不类的，这算什么组合？我要是你，一定结了。”

“你还算不得新派女人，瞧你画的画写的字都很新潮，可怎么骨子里就这么老派呢！我以为你有多时尚呢。”

“婚姻爱情这方面要不得时尚，传统些好，要不是当年洪大周提出来，不管心底有多苦，我都不会选择离婚。”

“你现在还这么想吗？”

“此一时彼一时，失去他后，我得到了本该属于我、却不可能在他面前去追求的东西。”

“比如男人？”

“是的，比如男人，比如写字，比如画画。这些我在他面前都不曾追求过，而我现在都可以追求到，我曾经低估了自己的能力。”

“你还很感激洪大周哦。”

“谈不上感激，只是他让我明白，失去也是得到。”

洪大周穿得很新潮，似乎在把自己往小里打扮。汝小曼偷偷一笑，以为他洪大周不过是在使劲地往小丫头身上靠拢吧。毕竟两个人一个70后，一个80后，差了一个时代。都说如今三年一代沟，那他和小丫头都不知道有几条鸿沟了。洪大周势必要紧赶慢赶地追人家小丫头。就算是自己房里的女人，他不和她往一个时代上靠，也是一件很麻烦的事情。

洪大周的胡子依然很长，皮肤看上去不错，有一点红晕，似乎每天都在喝红枣蜂蜜，给人留下一种很会保养的感觉。

如今汝小曼也很会保养，自离开洪大周，情绪上蹉跎两年以后，她也知道在饮食上关照自己了，每天晚上睡前要熬红枣、银耳、冰糖粥喝。老妈不喜欢喝，说黏乎乎的，没有好的口感，明明更是连看都不看。她一个人每天晚上喝得却有滋有味。好像喝了那黏黏的粥，皮肤立刻就会好起来。想杨一士将来看到自己这个样子，一定也是喜欢得很。

## 2

两个人相约在北关环岛见面，那里有多路公交车，交通极其方便。汝小曼下了930公交车，远远就看到洪大周等在街边。两个人无言地向小竹林走过去，那里，有石凳，可以歇息，方便交流。

“把明明给我吧，你不是三番五次要把明明给我吗。”

“我是提醒过你，我只是在提醒你，提醒你以前说过的话。我并没有准备好把明明给你。你现在想起要明明了？当初你走的时候说过，两年后你无条件地抚养明明，实际怎么样？实际上两年以后你先养老婆，养了老婆孩子没生出来，这才又想起要自己的亲骨肉了？”

“你什么意思？我要儿子，跟这些有什么关系？你能给他什么？你说说，你能给他什么？你是能在知识上给他更多的补充；还是能在物质上给他更多，还是能解答他的十万百万个为什么？”

“我能给他母爱。”汝小曼气得直抖，她控制着自己，想想分开这么久了，没必要再和这种人动气。

“不是你一再说我两年以后该养儿子吗，你提醒我无数次了。我现在要养，你给我，我就养。但是必须跟我签更改协议。”

“想得美，我不会跟你签的。”

“你不签，我怎么养？”

“他是你儿子，你想养就养，你随时可以养，不签协议一样养。现在马上放假了，他可以在你那里待一个假期，看他能不能适应。你自己心里也清楚，你现在不是一个人，你如果是一个人，我把他交给你也算放心，毕竟是亲生父亲，再对他不好能不好到哪里去。先别说我现在是不是自欺欺人，我想说的是，你现在不是一个人，如果明明和你们相处不好，到那个时候他怎么办？”

“他可以回去啊，他待不好，可以随时回去。”

“对，我也是这个意思，所以没有必要签。我要给他一个缓冲的时间，如果他能和你们相处得非常好，那么，我放手。我的孩子，我只希望他好，只要他好，怎么都行。”

“不管怎么说，交给我，协议必须重签，你要懂这个道理。”

“我不懂，为什么要重签。”

“协议书你还有吧，至少那上面的条款如今我们要调个个儿吧。”

“哦，明白了，是说每月生活费吧。你当初不是说两年后无条件吗？这都三年了，还跟我谈条件？”

“你别怕，我不跟你争房产，但其他条款至少要调个个儿吧。”

“签是不可能的，他以后适应了，我才有可能和你签。如果中途回来，怎么算？重签？你以为你干吗呢？何况，就算我给生活费，你不要忘了，要算起来的话，你还欠着一年的生活费呢，顶也够顶一段时间了。再往前说，你在红庙住了有两年多，没拿一分房租，你当初可是答应给的，还是自己给定的价钱。房子后来我租给别人一千块一个月，你非说你给三四百，可是就算三四百，你给过一分没有？”

“姓汝的，你还有点人性没有！我那时没钱，我有钱，我住你房？我受你气？你现在又在逼我。”洪大周跟受害者一样，要暴怒，横眉冷对汝小曼，汝小曼偏不看他。

“人性，我当然有，我给你气受，我让你在那房子里受气吗？你可以不在那里受气，我没有请你。我只想告诉你，我们分开了，就什么都没有了。我当初为了挽留你，故意说只要你说离，我就不会借给你房子住。可实际上，我能让你睡大街上去？你说离了，和我住一个屋檐下，我让你走，你当着明明面说是我撵你。我就算撵你，我还不是把你撵到红庙去住了。别忘了，那房子是我的，是你大发慈悲留给我的。我让你流落街头了吗？我是把你当孩子爹才让你住在那里；我如果把你当路人，我可以无视你的存在。就当初说借住半年，实际你住了两年多，你没有拿过一分钱，两年多的房费我也可以不要，但我要提醒你，不要以为什么都是你说了算，离婚你说了算，这一次更改协议不可能还是你说了算。你想要他过去，就让他过去，我不可能签。不然，我就不让他去。”汝小曼说话的语气一点点在加重。

“你吵什么吵，你能不能不吵，你看谁不看你！”

“我怕什么，是我要吵吗？是你做得太过分了。”汝小曼看着身边走过的路人，都在往这边看。

她不在乎，怕什么，谁认识她呢。她看着洪大周的脸，即使不看他的脸光听到他的声音，她都无法自控，做不到心平气和。已经有一年的生活费没给明明了，洪大周在短信里对汝小曼说：“你想要生活费，我给你，但是你得先答应我的条件。”看到这条短信，想着洪大周的嘴脸，汝小曼就特别伤心，好像她在跟他讨小钱。她一直想删掉它，却没删，她的手机里有好几条洪大周发过来让她不想再看的短信，却一次次地看着，伤心着。有的带有攻击性，她不知道她留了它们有什么用，看了只有加倍神伤。

“是给我的生活费吗？”

“不是给你，是给谁的？”

“洪大周，你太过分了。说不好听些，没有明明，我怎么会花得着你的钱。我以前花过你多少钱？我不是你爹你妈，你凭什么给我钱。你是给明明的，你明不明白！”

“明明小，这钱就是给你的。”

汝小曼气得浑身颤抖。

## 3

汝小曼不想再和洪大周纠缠下去，抬腿就要离开。

洪大周偏摆出一副话还没说完的架势，欲留她继续讨论。

“我还没有说明白吗？你不接受，我没有办法，就这样吧。你想儿子，随时可以见他。”

“你等等，别急，我还没说完。”

“什么还没说完？你说。”汝小曼站下，听洪大周继续在那儿叙说。

“行，我降低条件，我们就签半年的。”

“什么？半年？你以为你买菜呢？你以为你做买卖呢？你还要签半年？

我明白了，你是不是回去没法和那个女人交代啊？放心，只要我儿子能和你们相处得很好，我会和你签的。但目前，只能让他在你们那里过渡，我会做好他随时回来的准备。”

“签半年你也没损失啊。半年以后他不愿意住，我们再重签。”

“办不到，我走了，我还有事。”汝小曼实在不想再看到洪大周了。他那一身鲜艳的T恤和短裤，让她觉得当年洪大周的着衣风格一定是随了小丫头的胃口而变化了，那一身衣着，没有一点美的感觉。或者太过于前卫了。总之，汝小曼在心底已经不知道怎样评价面前这个衣着格外鲜艳的男人了。她觉得他此时缺少了四十岁男人该有的沉稳。

她不清楚洪大周为什么非逼着她签这白纸黑字，她的智商跟不上洪大周。而洪大周也不可能把自己最真实的想法讲给汝小曼听。看着汝小曼走过天桥的背影，洪大周在心底骂了一声：“娘们儿。”然后头也不回地走向回家方向的车站。

“老洪，你怎么跑北关来了？”洪大周回头一看，是温盛江。

“老温，你啊，你去哪？”

“去798，约了朋友，陪他去，他在郎家园等我。你去哪？”

“我回方庄，刚才跟个画友见了一面，他要请我去吃饭，我说我还有事。哥们儿，好久不见了，最近怎么样，搞几个画展了？发财了？”男人撒起谎来脸不红不白的。”

“我倒想发财。你知道的，我涉画时间短，再说画画要有个清静地方，我的地方人倒不杂，可是地儿太小，画不了大画。最近常到燕郊一哥们儿那画画，可是最近听说他媳妇要从老家回来了，以后也不方便去。你咋样？有工作室了？哪天去你那儿画？给我留一间啊。”

“整了个工作室，租的，老婆在家里帮我裱画，我现在一般都在工作室。就在西马庄，房子挺大，画大画没问题，离这特近，现在有时间过去看看？你说的哥们儿是哪个？”

“冯伟业，认识吗？画油画的，和老尤熟，我记得你认识老尤吧。行啊，TMD，要不是今天约好了陪别人去798，我还真跟你过去看看。西马庄离这儿还真近，那儿有电话吧？”

“有，拿笔我给你记下来。”洪大周掏出笔，从温盛江手里接过一张纸片，几笔写好，递还给他。

西马庄的房子刚定下来也没有几天，他是在那里租的房子，还没来得及跟明明说，更别提说给汝小曼听了。如果说给汝小曼，她说不定以为他又赚了多少钱了，更得逼着他掏生活费了。现在想想，一个月一千块的生活费，还不如把明明接过来自己带。

凭什么一千块交给她汝小曼呢，他拿着钱，她养着孩子，到头来，孩子离她近记着她的好，能记得我的好吗？一想到这里，洪大周就特别想把明明弄到自己手里来。

何况，他觉得男孩子毕竟跟了父亲才更合适，她一个女人能给孩子什么呢？他始终看不起汝小曼，不知道为什么。在她面前，他总想扳倒她所认定的一切所谓的真理，汝小曼该一切听他的才对，今天她怎么可以不签协议呢？她怎么就不听自己的呢？这让洪大周极其郁闷。

她应该始终听他的才对，洪大周以为，离了婚以后的汝小曼应该什么都像以前一样，就算嘴上不听，实际行动也得听他的。就像当初他要离婚，她不想离，他就跟她说，如今离婚也有复婚的，他这是在给她一线希望，她懵懵懂懂就听了他的，签了字，然后她在那儿傻等他回那个所谓的家。

现在，他要孩子，要更改协议，那她为什么就不听他的了？别看以前她嘴硬，可她嘴再硬，每次跟他叫完喊完，什么事还不都是依了他洪大周的。

离开这么久，想必这女人也有了变化？是不是身边有男人在支持她？给她出招？这也难怪，自己都再婚了，男人耐不住寂寞，她能耐得住寂寞吗？

再说，她为了谁去耐这份寂寞呢？女人又有几个能耐得住寂寞的。世上唯小人和女人难养也，洪大周感慨着。幸好他从来就没养过汝小曼，也只记得当年汝小曼怀孕回老家东莞，他在广州混的时候，给她寄过五百块钱，简短附言：随便花吧。那是一个大男人对小女人的呵护，当然，那一刻也体现了男人对女人的大度。

他洪大周养汝小曼的机会太少，她不给他机会，何况，他画的画卖钱很费劲。如今，他绝对不相信汝小曼能闲着，她这样的女人哪能闲着呢。何况，她是晚熟型，又是晚熟加闷骚型，这是洪大周给她下的定义。30岁以后才懂得性之美好意义的女人，这三年，她怎能闲得住，洪大周撇了下嘴。

“哥们儿，想啥呢，我先上车了。回见。”温盛江跳上公交车，洪大周这才反应过来，赶紧向他挥挥手。

新的一轮上车下车拥挤着每位乘客，洪大周看车上人太多，拒上。想自己如果有车，何必在这挤得跟孙子似的。城市，让他欢喜让他忧，在小城市的时候想自己要是有辆小QQ也不错，现在的洪大周，买车一定要买好车，就算不要车，也不能开那种低档车，让人笑话。

一辆奇瑞QQ从身边滑过，那里面是两张陌生却单纯的笑脸。

## 4

“小曼，你不能在家吃晚饭，出来陪我吧，不然我也不去了。”

“去哪啊？大姐，我不想出去，下午憋了一肚子气，那个洪大周要跟我要孩子，还要签半年的更改协议。什么人啊，他以为他做买卖呢。”

“那个一起开花邀请我吃晚饭，我说我不去，他就说那天为了告诉我有来查网吧的，耽误了他自己通报那几个未成年人，让他挨罚了，就为这，说我应该请他吃饭。当然，今天晚上我请客他买单。我说我不想去，他就说我不给他面子。小曼，你要是不去，我肯定就不去了，我没和男生单独吃过饭。”

“你没和陈秋冰单独吃过饭？这么大的人了，还怕人家吃了你啊。他在追你吧？他是不是单身？”

“是，正因为他是单身，我才更在意，不想单独和他相处，以免落下话柄。何况，我根本不想给他机会，我现在还是没做好和别人在一起的准备。”

“得，姐姐，还说没做好，上次陈陈给你介绍的电脑先生，你不是去见了？人家还送货上门，这事你都忘了？不会吧，这才几天的时间，我还都替人家电脑先生给你记着呢。你们都是当事人，可人家那个当事人想必比你记得还清楚。”

“就为这事我恼呢。我警告了陈陈，让她不要乱点鸳鸯谱。一个学生，不好好学习，一天老想着保媒拉纤的，你说这是正经事吗。”

“绝对正经，想趁着自己妈还年轻，把自己妈给嫁出去，这是多孝顺的女儿啊。我要是赶上你们家陈陈一半就好了，我妈也不至于总说我，说老大不小了，一点不省心。”

“敢情你给你妈介绍一位大叔，你老妈还说你是孝顺的女儿了？”

“我妈不这样说我，我妈真要这样说我孝顺，我真给她找一老伴。少年夫妻老来伴。可她不要。我要是现在还给我妈找老伴，她得恨死我。上回就一句话没说好就和我翻脸了还抹了眼泪。就是因为找老伴的事，我说老年人还不如找个老伴，想说什么说什么，她就不愿意了，说这么多年，还不是怕我受气才没给我找后爸，现在老了，让她找，就是在往外推她。天地良心，我绝没有那想法，我只是想她有一个自己的天地，省了跟我唠叨，彼此都烦。不过你得这样跟你家陈陈说，你要感激她，感激她替你抓着这青春的小尾巴，你这尾巴和我一样，跟兔子尾巴一样，没有多长了，赶紧能蹦多远就蹦多远吧，等老胳膊老腿的时候，你心里想蹦那腿脚也是蹦不起来了，就算那个时候你想蹦，还要顾及脸面，估计蹦起来的机会少之又少。”

“可我还没准备好，我不知道我的房间里多一个男人会是什么样。这么多年，一个人都习惯了。”

“慢慢准备，这不是一天两天就能让你接受下来的。你们也需要时间相处，别长一身怕碰的肉。和男人在一起，有什么不好吗，阴阳是需要调和的，男人缺女人不行，女人缺男人也不行。”

“不行不行。”

“又怎么了？”

“我还是不敢单独见他。我们一起去开过会，那时候人多，混在一大群人里，打声招呼很正常，现在两个人单独相见，总有些不对头，怎么跟约会跟相亲似的。”

“怎么不对头了？男人和女人约会再对劲儿不过了。一男的和一男的约会，一女的和一女的约会拉手，那是同志，是拉拉，那才有违正常规律。赶紧，快走吧，可别跟我磨叽了，我也得清静清静，这明明的事我还愁呢。”

“不行，小曼，今天你必须陪吃陪说，不然我不去。”

“不去拉倒，我吃西瓜去。”汝小曼站起来，到冰箱里拿了块西瓜独自啃了起来。”

“可怜的小曼，你就不能心疼心疼我啊，也心疼心疼你的胃。我们去吃火锅，你看，你的胃吃那么多凉的，你不拉肚才怪了。”

小曼白了她一眼，踢掉托鞋，穿上高跟鞋，背好包，陪张莉娜去赴一起开花的约会。

男人等在角落，桌上摆着两套碗筷。见到汝小曼，男人赶紧喊服务员，又添了一套餐具。

莉娜如同淑女，一声不吭。汝小曼只好把带来的嘴利用上："您好，路上碰到莉娜，我说我还没吃饭，莉娜就说朋友请她吃饭，让我也一块儿来了。不好意思啊。"

“看你说的，她的朋友就是我的朋友，以后我们大家都是好朋友。是吧，莉娜。”一起开花用手指碰了一下覆盖在头顶的长发，那稀疏的长发下已经看得到头皮，显然有些地界已经寸发不生了。

莉娜浑身一紧，冷汗就出来了。这男人怎么这么自来熟呢，好像他们的关系早就不一般了。看小曼看自己的眼神？那是啥眼神啊？莉娜两个字也是他叫的！张莉娜心里不爽，却不知道为什么不爽。想当初陈秋冰也是叫她莉娜，可如今她怎么就听不了别人这样称呼她呢？

男人的话让汝小曼浑身多了不自在，心里问自己来这里到底对不对。莉娜的本意是不好意思一个人来赴宴，肯定也有让她参谋一下这男人的意思。自己能给她什么意见呢？一个男人，第一面可以看出大致印象，顺眼或者不顺眼，以后只有相处时间久了才知道这人的品行，至于好与不好，能否对你好一辈子，谁也不知道。

婚姻其实是一场赌博。下对了，你就赢了，下错了，你就输了。两者各占百分之五十。

她汝小曼有什么权力参与张莉娜的幸福呢。其实，这男人乍一看，就不是汝小曼喜欢的类型，有点女气，当然，那缕女气也不是太重，倒似乎因此多了一些亲和力。有的女人也许会喜欢，可她汝小曼不喜欢。至于莉娜什么心理，只有她自己知道，她如果没有一点意思，相信她也不会赴约，也没必要邀请她来相陪。毕竟他们也是相熟的，曾经在一起开过会，又都是同行。

“小曼，其实，你知道我，离婚这么多年一直耍单儿，主要是女儿原来小，我不想给她找后爸，至于现在呢，我还是不想找。你说你介绍的那个大雷，我倒也看了，觉得不错，哪天让这位先生去帮我们参谋参谋？他追得紧，要不然我就试着处处？”

汝小曼一愣，旋即明白了什么：“好啊，大雷对你印象不错，他说请我们一块儿去全聚德吃烤鸭，他还说这个假期，他要带你去他们家。”

“哎呀，你不知道我不喜欢油腻啊，你让他在川菜馆订就成，麻辣我倒是不讨厌。”

“你觉得怎么样？哪天我们就去川菜馆吧。”张莉娜看向一起开花。

一起开花不知道怎样开口，看服务生端菜上来，干干巴巴地示意二位女士赶紧动筷。

## 5

张莉娜和汝小曼走在宋庄的街头，一起开花早消失于他们眼前。这男人消失得很快，没照顾两位女士怎么回去。他说他先赶紧回去，怕网吧人多网管照顾不过来。

张莉娜为刚才的谎言狂笑不止。

“淑女淑女，讲究点，不然真嫁不出去了。”

“我还真从来没有打算把自己嫁出去，你想过？”

“我当然想过，我要把自己嫁出去，还一定要嫁个好人。”

“什么样的是好人？”

“必须爱我，还必须是我爱的。当在我们婚礼上，牧师问他：‘无论贫富贵贱，你都愿意娶汝小曼为妻吗？’他会说：‘我愿意。’还不等牧师再次问他：‘无论何时，你都能做到不离不弃，永远爱她吗？’他早急着说：‘永远，她活多久，那个永远就有多久。’我要这样的男人，哪怕他很丑，很穷，但他一定宽容我，一定爱我。”

“喂，牧师的下一句还没出来，你的他就抢他的话。这样的男人，好可怕啊，凡事抢风头。”

“抢爱我的风头有什么不好。”

“天哪，小曼，我错了。”莉娜大惊失色。

“你哪错了？”

“我回绝了这个开花，可他不会把我的事传给别人听吧？我不想别人知道我的私生活。要是别人传我又要和什么所谓的大雷约会去的话，天啊，我非崩溃了。”

“和大雷小雷是你的自由。你是单身，你又不是有夫之妇，你怕什么。我真服了你了。”

两人分手，各揣心事，各回各家。

一回到家，就看到老妈在镜子前左照右照着，看到汝小曼回来，老妈有些不好意思：“明明睡了，你怎么才回来。”

“吃完饭和莉娜又说了会儿话。那个人相中她了，她又不愿意，让我陪她挡他。”

“她这么大的人了，不愿意一口回绝不就得了。都老大不小的了，是她能陪你一辈子，还是你能陪她一辈子。天天在一起黏乎，自个儿的正经事一点儿不着急，你以为你们都还年轻啊。”

“陪不陪的不说，我们在一起娱乐，有什么不好。她是回绝了，人家偏还追啊。人家执著。”

“你们年轻人的事真麻烦，我去睡了，那几本书，快递拿走了。”

小曼这才想起来，淘宝店有人买书，走的时候给快递公司打了电话，快递单早就填好，书也早已包好，这些东西，她必须一个人办好，交给别人做她还真不放心。前些天，老尤那幅画卖了个好价钱，为此，老尤要请她吃饭，她拒绝了，说事情太多，有稿子要赶，还想画点画。

其实，她清楚自己的时间一大把。年龄比以前大了，时间过得越来越快，只是她懂得为自己挤时间出来。但是对于无谓的安排，她还是尽量不去触碰。想想上次晚上那次手指尖的碰触，她觉得不是老尤品质的问题，那些酒精，的确在特定场合容易让人想入非非。当然，她也想过，是自己的单身给了老尤想入非非的念头。

冯伟业的短信在她躺下的时候不期而至，她没回。杨一士没有短信，如果是杨的短信，她会巴心巴肝地回复。想到这里，她沉沉睡去。

莉娜却睡不着，被女儿陈陈抓着不放。

“妈，你怎么回事吗？是不是有新目标了？”

“什么新目标，没有新目标，你老妈我就想一个人过，你回来，我们住着也方便。你说咱家冷不丁添个大男人，你将来回来怎么住？关键是你老妈已经不习惯了。一个人的生活，充满了轻松和自在。”

“妈，我看你是高烧了，我找莹莹阿姨问问，让她帮你张罗张罗。你说哪有你这样的，说好了和电脑先生再见一面，你怎么把人家晾着就不去了？这比第一次见面不见还恶劣，你说你这给人家留下个什么印象啊。你知道人家说什么，说是不是你病了，跟我要你的手机号，要去网吧看你。”女儿一口气打了一大堆字，看得莉娜眼花缭乱。

“你老妈的网吧很忙，没有时间处理这些事情，你不要再捣乱了，行不行，我昨天也没跟你说我一定要去啊。你说我和他之间的关系，也就顶多就是一买家和卖家的关系。我哪天再进鼠标和键盘，你告诉他，给我送过来，这行，其他事，免谈。我都听了你的，去约会过一次了，你还想怎么样？”

“老妈啊老妈啊，你才三十九岁，你干吗要尘封自己呢。你的美好生活才刚刚开始。你说你，老公不在身边了，女儿长大了，你更应该像花一样地开放才对，花季到了花就得开，不要总觉得自己过季了，你永远不过季。老妈，别把自己裹在套子里好不好，那样累不累啊，天冷你裹着行，这天热了你还裹着，不得捂出一身痱子啊。”

“得，闺女，好好学习，天天向上，不要为妈这些破事瞎操心。”

正准备关门打烊，温盛江出现在她面前。

“能包夜上网吗？我实在是没地儿去了。我家门钥匙丢了，现在这么晚又找不到开锁的。”

“开什么玩笑？现在网吧谁敢包夜，等着查封呢。”

“可我真是没有办法了啊，您行行好。您只管回家，把店交给我给你看着，签个合同也成。”

“我行好没用，我这就要关门了，您不出去，我怎么关门？”莉娜有些急了，“我给您推荐个好去处，现在好多小旅店都安有宽带，你又能住宿，又能上网。快去吧，你再不走，人家真有来查的，我该撇不清了，罚死我。”莉娜此时无限反感。

温盛江的钥匙确实丢了，第一个想起来的就是莉娜，也想借此机会来和莉娜套个近乎，拉拉关系，想不到，她把他给轰了出来。心里恨恨的：“知不知道，那神秘送花人，是我是我还是我。”

可他不知道，神秘送花人还有网吧老板一起开花的功劳。如今看来，一起开花已经凋零，他在张莉娜的QQ里永远是黑着的头像；而温盛江一直没有浮出水面，他等着一个合适的机会，以为今天是个好机会，无奈网吧如今管理太严，不让包夜，否则，他至少可以做一宿护花使者。管它是什么花呢，管这花是不是过气了呢。

无奈，温盛江给冯伟业打了电话，听说老婆还没来，打了车直奔燕郊潮白人家而去。

# 第十二章●旧情难忘

## 1

宁小平还没回来，工作也不要了。气动得如此之大，让穆老太太只要背着没人的地方就流眼泪，就哭自己命不好。

“凡哪，你去把小平接回来吧，她一个人带着孩子不容易。别闹了，孩子这么小，闹啥啊。”

“我不接，自己能走出去自己也能走回来。”

老太太一个人哭，只要面前没有人，眼泪就像断了线的珠子一样。穆凡从小没有父亲，她一个人把他养大不容易，偏现在她说的话他就当没听见一样。

老太太不顾脸面，跑到穆凡丈母娘家。先前，穆凡丈母娘说要给老太太找个老伴，为这，穆老太太没少生亲家母的气。心想：“个人过个人的日子，用得着你来操心给我找老伴？我又没吃你姑娘的又没和他们一块儿住，她到底是安的什么心？”这些话她也只能闷在心里和自个儿说说，她不能说给儿子，更不能说给媳妇。老太太总觉得年轻的时候都守着没找，老了老了还去找老伴，觉得不够丢人的。

一个人过着也自在，工资虽不高，但够花。平时和院里的老大姐遛弯回来，每次都能有收获，她们笑说是自由环保人，其实她们是心疼那些瓶瓶罐罐，有很多可以家用的东西，都被那些年轻人给扔掉了。废物回收，又能换回钱，他们年轻人咋就不懂这个道理呢，老太太总这样问着自己。

她不会讲道理，只知道，像她这样闲不下来的老年人还真不少。他们有的没工资，是从外地来京住在自己的儿子或者女儿家，闲不住，就算是给自己找点营生干。有的有工资，而且工资还不低，院里有个大姐一个月开近两千，也一样捡瓶子回家。有的还去垃圾箱里翻，她绝不，那样才给穆凡丢脸了，即使这样，儿子也不让她做这种事情。

“小辈有小辈的生活，我们有我们的生活。”几个老大妈走在一起，自有她们的话题。她们中间有好几个是独居着的。

那次，她的袋子里装了不少矿泉水瓶，走到一处工地，有一个年龄差不多的老爷子喊她过去，给了她不少空瓶。她心存感激，给过几次空瓶以后，老爷子问她是不是一个人过。她说是。他就有心想搭伙过日子，让她以后不要再捡那些瓶子了，一个月给她固定交多少钱当生活费。

穆老太太自然没同意。不过，回到家里，也偶尔会想这事，心里也在盘算这人到底是一个什么样的人，胆子怪大，敢张口就说出这些话来。心想，这男人和女人还真就是不一样，女人万万是说不出这些话来的，何况都一大把年纪了。想到这，老太太竟然抿嘴笑了下。

老太太想这些事情一般都在白天想，不像年轻人，年轻人更喜欢在夜深人静的时候独想。年轻人觉多，但是年轻人属夜猫子的多，如果是一个人，多半会孤枕难眠。

老太太年轻的时候也有过孤枕难眠的时候。那个时候穆凡还小，毕竟她还年轻，也有不少提亲的，可她全回绝了，她想给孩子一个温暖的家庭，她认为别人的介入一定会打破这种格局。

那个时候年轻，孤枕难眠的滋味也不好受。没有老公这么多年，她已经适应了。没有男人，家里很多事情，应该男人做的，她现在全会。当初换煤气、买大米、安螺丝、拧灯泡，她从咬着牙去做，从不会到会，经历的过程，现在已经觉不出有多痛，似乎很自然了。

现在儿子大了，有媳妇了，自己又有孙女抱了，就更不想再找男人的事了。那个工地男人的话，也不是没有撩拨过她尘封多年的心，可是自己还是摇了摇头。老了，她自己给自己下了定义，那些事情不想了。

就算想事情，老太太也都是白天想，累了一天了，一到晚上电视一打开，声音再大也能当催眠曲，一沾床就能呼呼大睡。年龄大了，不想那么多了。年轻时候迷恋的情呀爱呀，在这个年龄看来，全都可以放得下，也根本不想再拿起来了。

可这几天不行，她翻来覆去每天跟烙饼一样。她想孙女，想媳妇儿能早点回来给儿子一个完整的家。这些天，让她度日如年，偏那媳妇就是不回来。找大姐，又找莉娜，可是莉娜说没有时间去接小平，还说打过电话，小平不搭理她。

这让她很没办法，只好求助亲家母。

宁小平的母亲当时正在阳台上浇花，手里拎着花壶来给老太太开门。

"亲家母啊，孩子小，小平又要工作，让她快回来吧，我们打电话她都不听啊。"

"儿大不由娘，我也劝过她，我说孩子小，不要没事瞎折腾，别的不说，工作得要吧。我真搞不懂，这个穆凡怎么回事，老婆带着孩子离家出走，他不去找，倒派老妈当说客。"

"不是这样，不是穆凡让我来当说客的。"

"不是？不是那就更严重了。老婆孩子都被赶跑了，就不心疼？就不知道自己去找找？是，就算他知道小平在姐姐家，那他也得去接她们回来吧，男人有这么做的吗！我们娘家把房子抵押出去贷款给你们买车，到头来怎么样？你们家房产证上是别的女人的名字。这先不说，孩子这么小，就气得老婆带孩子离家出走。"老太太越说越气，也因了气愤，连花也不再浇了，坐在沙发上喘气，也不喊穆老太太坐下。

穆老太太就站在客厅中间，站也不是，坐也不是。

"你说说啊，你说说你们办的这叫什么事？我闺女住着他们自己的房子，房产证上却写着别的女人的名字，这事能没有疙瘩吗？也不知道当初你们怎么处理的这事。媳妇没本事娶到家，那她走的时候也该把产权证上更个名吧？真搞不懂。”

“亲家，你别生气了，把小平叫回来吧。这样下去，对她也不好，时间长了不去上班能行吗？”

“你们也知道急，当初干吗去了，回去好好管管你家穆凡，太不像话了，如今连自己的老婆都敢打了。媳妇娶回家，给你生孩子，是要你疼的，不是打的。小平要离婚，就让他们离去，我还不管了。”

“别，您不能不管啊，您跟小平说说，穆凡没时间，我去接她。”

“他没时间？他没时间就让小平在那儿住一辈子吧。”

穆老太太不知道再说什么，穆凡哪里是没有时间，她那么求穆凡，可他就是不去。

脑子里闪过穆凡前女友的身影，禁不住摇了摇头。

## 2

张莉娜跟莹莹讲那晚上和一起开花吃饭的事，说幸好小曼和她配合得好，主要也是自己临场发挥得好，不然，那男人肯定还要没完没了地骚扰她。

“他从网上送假花到现实生活中送真花，我以前是没收到过任何鲜花，可我真不愿意接他的鲜花，说不上理由。”

“你心里还有陈秋冰。”

“没没，没有，人家都结婚了。这都多少年了，早都忘了。”

“不管人家结没结，你就是没放下，你要是放下了，早该打理自己的个人生活了。女人青春就那么几年，好好珍惜吧。你花钱买这个胶那个粉的，不如找个好男人给你补补。”

“你别提了，那天快递把鲜花送到网吧，当时我特奇怪，以为送错了呢，谁想是一起开花送的。”

“你和他一起开花，没什么不好啊，大家住得不远，方便了解。”

“我就不想找离过婚的男人，我对离过婚的男人就没有好感。是，我是离过，我自己也本是贴了标签的，所以，我干脆就不能再找了。别人找我也一样，离婚的女人头上顶着这顶帽子，一样不好找。”

“离婚又不是个人的错，你老是走不出来，哪能找得到幸福呢。你就狠下心来，把眼前陈秋冰这棵树砍倒，你会发现一大片森林。”

“哪有什么森林？不想了。”

“哦，对了莉娜，你看我这几天忙的，前几天申家奇还跟我说，说他原来单位有个同事，特适合你。丧偶，还没有孩子，这最难得，你不是不想要离婚的吗，这个太合适了。”

“他们原来单位的？谁？”

“李之恒，小的时候就在宋庄上学，保不准你们还认识呢，认识更好，更便于了解。”

“何止认识，我们以前是同桌。前些天我妈过生日，我小姨竟然把他领到我妈家，说是我小姨的远房亲戚，当然，够不着血缘的那种，好几杆子也够不着的。”

“这不结了。再说近亲不近亲又能怎么样？你们又不可能再生孩子。我觉得他条件很好，虽然他现在不过是一个小科长，可将来你省心啊，没孩子多省心，又没有老婆在那边扯着，有的夫妻是离了，可那种藕断丝还连的情结一般人受不了。女人难得图个省心，莉娜，听我的，去恋爱吧。”莹莹给买药的找零钱。

“不恋了，就这样了。还那句话，变成老太太再说。前些天去赴约，实在是因为女儿命难违。”

“陈陈给你就介绍了一个？网怎么也要撒大点啊，这样才能捞到鱼。你就见一个，不顺心也没关系，继续看，继续网，总会网到你要的那一个。”

“小姨，您怎么来了？”看着抱着孩子推开玻璃门走进来的老太太，莉娜赶紧迎了过去。

"孙女病了，给她买点感冒药。"老太太似乎又显老不少，从兜里费劲地往外掏着钱。孩子没睡，可是没有精神，不笑也不哭。

"小平回来了？我上次打电话，她不理我，说她在忙，就挂断电话了，这孩子。"尽管莉娜和小平是平辈，可小平是80后，莉娜是70年代生人，在小平面前，莉娜自然觉得自己是老大姐。可她说完这孩子，又觉得不对劲，毕竟是在小姨面前说着小姨的孩子。"呵，小姨，你看我，我就是不会说话。孩子怎么还感冒了呢？"

"让穆凡去接，穆凡这臭小子就是不去。我求他，我那么求他，哎……"老太太说不下去了，"他就把媳妇儿接回来了。媳妇去上班了，孩子扔给我们不管，她下班回娘家住去了。"

"孩子小，她心疼孩子，早晚会回来的。别上火，姨。"莉娜劝她。

老太太抱着孩子走了。

"现在的年轻人可真是，动不动就离婚。孩子多可怜啊，还这么小。"莉娜说。

"有些人活得太自我了，哪怕有一点牺牲的精神都不会妻离子散。在一场失败的婚姻里，我看孩子是最大的受害者。"

"是的。"其实，莉娜想说痴情女人一样是受害者。一想到自己相亲、约会，将来还要和一个陌生男人睡一张床，同吃一桌饭，她的心里就格外地抵触。

"我刚才说的事你可得往心里去，碰上这么合适的男人不容易。"

"算了，不看了，我也不是不认识他，我要同意，上次小姨介绍给我就答应了。我现在真的没有心思再相亲了。女儿逼着我，我是没有办法，照顾她面子，就算照顾她面子，那个电脑医生跟女儿说还要和我约，第二次我就没去，把他晾那儿了。女儿因为这个还好顿生气。"

"这你就不对了，人家对你上心，你怎么也得给人家一个理由，要么处要么一口回绝。"

"我是回绝了，可女儿那边不回绝啊。听女儿说，她竟然还给他成了几单生意了，两个人如今成了生意上的合作伙伴，你说网络有多奇妙。"

“是很奇妙，你家陈陈可不是一般的小孩，忒聪明了。”

“呵，遗传。陈秋冰就很聪明，会经商。当然，我可希望我闺女将来的婚姻能一帆风顺。别遗传了她的爹，也别像她妈这么波折。”

“还想得了那么多，把眼前过好，是我们的职责，孩子的将来是他们自己的将来。我家奇奇，我巴心巴肝地想她，到人家学校怎么样，话说不上几句就撇开你扎同学堆里去了。很多时候，他们眼里没父母。”

莹莹电话响了，接通电话，是妞妞。妞妞的电话又勾起莹莹思念那个小孩子的酸楚，这种酸楚，唯有她自己能体会，她不能跟莉娜和身边的任何人说。当初妞妞假装怀孕，在宋庄住了那么久，真怀孕的莹莹，却要在生产以后，谎说自己的孩子夭折了，那种痛苦无人能知。尤其婆婆看到生了孙子，那种不愿意送给女儿的样子，不能不让她心痛。这一切也只有跟申家奇絮叨絮叨。

打烊以后，拨通申家奇的手机，却提示关机，这让她火烧火燎地难受。有高中同学打电话过来，接通以后，暂时忘却了女儿和老公，可挂断电话，仍是无限惆怅。高中同学说开车过来接她去后海喝酒。她拒绝了。

“老土，我们喝个酒怎么了？申家奇把你看得那么严？他如今不是调大兴去了吗，不是每周回来一次吗？你就不能放松放松？”

她再次拒绝。准备睡觉，却翻来覆去地睡不着。

## 3

冯伟业发来的关心短信，包括他对她说抱歉的话，以及他说他这一生最对不起的就是她。他这些话让她心里潮湿，可瞬间又让那颗逐渐硬起来的心风干了。让汝小曼觉得不可思议的是，既然情已断，为什么还要再联系。只是那些花花草草一直都还没取回来，实在是不想见到他，不想见到从前的点点滴滴。

自己要不要去接花草回来呢？去吧，她告诉自己。它们的确该回家了，在外面流浪了这么久。就那样，整日整夜地摇曳在旧情人的厅堂里，她的心里总有一种说不出来的难受滋味。

离开了，就让所有东西都离开吧。就像洪大周，她如今不想知道有关他的一点点东西，也不想再见到他。分开还能成为朋友？骗鬼！除非你们当初根本就不曾真的爱过，否则，再次相见该有多别扭。

汝小曼就这样想着走到了930公交车站。车站没有几个人，等了有半个小时，仍然没有等到去燕郊的车。虽来了一辆930，可已经站到车上了，售票员却告诉她是白庙调头的，她很郁闷地跳下来。冯伟业的短信又冲进来两条，问她在哪里，他好去酒厂接她。

她告诉他没车，对方就又发过来一条，说打车吧，打车他给报。她还是想心平气和地等车，打车和坐公交的性价比差太大，汝小曼没什么大事的话，一般只选择坐公交车。

燕郊第一站就是酒厂，他们以前经常在那里见面。每次都是差一站地到燕郊，汝小曼就给冯伟业的手机震一声，他不接，然后就出来接她。时间相差不了一分二分的，准能在车站就相互看到对方。每次，冯伟业都站在自己的山地车旁等汝小曼，最迟也是她一下车，他就从路对面推着自行车往这边走。

路上车很多，她就会和他比画着让他不要过来，他偏固执地让她在路这边等着，他穿梭在来往的车辆中，慢慢走过来。他总是穿着宽大的裤子，肥大的衣服，天热太阳毒的时候，眼睛上会架一副墨镜，天凉那墨镜就会顶在头顶。

“你怕热啊，还是怕眼睛冷啊。”

“我是怕看不清你，怕认错人，呵呵。其实，我是想让你更清楚地认出我。”最后一句，一般是附在汝小曼耳朵上说的。

近一年的时间，汝小曼真的好像看清了冯伟业，可她还是觉得看不大真切。有的时候，她连自己都看不真切。其实，花儿完全可以不要了，就放在那里算了。她不清楚自己去取花是不是一个说辞，是不是借此机会两个人可以再见上一面。

“你老老实实在这边待着，车那么多，瞎跑啥啊。”以前如果汝小曼下车，看到冯伟业从街对面往这边走，她就打手势跟他说她直接过去，不然两个人也得再走到路那边去。他却不肯让她一个人过马路，非得过来把她接到自己的自行车后架上，或者和她一块儿再顺着原路走回去，才算安心。

这一次，汝小曼还没下车，就从车窗看到站牌下靠着自行车站着的冯伟业，冯伟业好像瘦了，当然，他要是瘦了，也不大看得出来。他长得很高大，显得块头不小。不过，汝小曼发现了一个变化，冯伟业的长须没有了。

以前老尤的小姨子逗他的时候，喜欢顽皮地揪他胡子，这让汝小曼在旁边看了直吃醋。在别人面前，汝小曼撒不起娇来，她觉得自己这么大的人了，总不能跟二十岁的小女孩比。其实背着别人，那胡子也不知被汝小曼揪过多少次了。

怎么想起老尤的小姨子了呢？走到冯伟业身边的时候，那女人才从她脑子里消失。毕竟冯伟业展开了笑脸，让她不得不暂时忘记其他。

可她不想说话，不知道为什么。冯伟业推着自行车，偏又把自行车横在汝小曼面前，像故意挡她的路一样。

“比以前漂亮了。”这是冯伟业见了汝小曼以后的第一句话。

“漂亮个鬼啊，没把我的花养死吧。”

“养不死，过年那阵我没在，全是老尤给浇的水。”

“他在我不好意思来取，不然早把花拿走了。你在家里挺能待啊。”

“没办法，爹妈不让走。”

“胡子不见了？”汝小曼没话找话。心说，是爹妈不让走吗？是你的老同学兼情人吧。心下有一丝不易察觉的酸。

“有点麻烦，每次穿带拉链的衣服，老是夹得疼，就给剪了。”

两个人边往前走边说话。冯伟业骑上自行车，汝小曼抓着后架往上跳，要是以往坐他的自行车，肯定先搂了腰再往上跳。

如今，她和他之间生分是正常的。刚才冯伟业跟他嬉皮笑脸的样子，倒是缓和了气氛，先前她还愁，两个人这么久不见，见了他会不会尴尬，现在看来还好，毕竟冯伟业不能像洪大周那样让她从心里不舒服。心底不禁一抖，难道爱冯伟业比不上当年爱洪大周那样用力？爱洪大周真是用尽了气力，也耗尽了力气。洪大周是当初她想用一生去爱的男人。难道冯伟业不是？

“搂我腰。”冯伟业故意扭下腰，晃着自行车。

“今不是昔。”汝小曼赶紧抓住自行车架子。

“啊？”冯伟业没听到。

“啊什么啊，不搂，神经病。”汝小曼在后面骂了一句。要不是冯伟业，汝小曼还真没有机会坐自行车，如今坐在他身后，手真是无处可放。刚才冯伟业为了让她搂他，故意使坏，把车子骑得直晃荡，汝小曼说他敢再这样，她就跳下去了，他这才罢休。

冯伟业就嘻嘻地笑。汝小曼想，这男人都三十岁了，怎么还这么贪玩。

骑到美院大门处，有人和冯伟业打招呼：“媳妇来了？”

要是以往，他肯定答应了。如今，他支吾了一下：“啊，不是，是朋友，到我家取东西来了。”

汝小曼就有一点尴尬，心想，过一会儿怎么迈进冯伟业家的大门呢。

## 4

“进来吧，还看啥呢。”冯伟业把自行车推到厅里，看到汝小曼还站在走廊。

“没别人？”汝小曼心里有点虚，不大敢进这个门。她很矛盾，其实她希望有人，这样，她拿了花就可以走人。可她又怕有别人，这样，冯伟业没办法介绍自己。

“哪来的别人，没有，快进来吧。”冯伟业一把把汝小曼拉进去。

和冯伟业如此之近，嗅得到他身上汗的气息，那种汗味是她曾经非常熟悉的一种狐的味道，她身上也有一种淡淡的狐味，她喜欢那一首有关狐的歌曲。

曾经有那么几天，在得知冯伟业重新开始另一段感情的时候，汝小曼每天都沉浸在那首狐的歌声当中，有时免不了自己唱着唱着就流下了眼泪。她会想到她和他在一起的所有细节，那些细节，像一根根尖细的针，扎进她的肉身，痛到最后，她已无泪可流。

“我以为我再看不到你了。”

“我有什么好看的，要不是花，我也不想再来。”汝小曼看着自己那些花儿，那扶桑开得正艳。莉娜一直告诉她，说家里不可以养这种花，扶桑是夫丧的谐音。

“我又没老公，怕什么。”只是，扶桑的花期太短，开过一天一夜，早晨爬起来再看，它已经收拢了怒放的姿态，早早地合拢在一起，花瓣早已掉在泥土之上。

汝小曼一看到凋零的扶桑，就会想到昙花一现。她想，她和冯伟业尽管在一起有一年的时间，可是，他们的恋情就是昙花一现。

“你比以前更好看了。”冯伟业凑近仔细看着汝小曼。

“得，你别在这瞎捧。我得走了，花在你这长得还真快，谁料想这一个冬季，半个春天，它们会长这么高。”

“行，一会儿我送你。”冯伟业把汝小曼的肩膀扳过去，紧紧盯着汝小曼看。汝小曼的眼睛看向别处，她不想和他对视，“你能不能看看我？求求你，看看我。”冯伟业像个孩子在大人面前耍赖。

汝小曼转过眼睛，不错眼珠地看着冯伟业：“我看你，我看你想怎么样？我没你这么嘴贫。你还是那么丑，你把胡子全拔干净，也还是那么丑。你别以为你比我小你就觉得你有资本，我和你在一起的照片，我朋友说我们年龄不相上下，这个你知道。”

“我知道，我知道。”冯伟业把汝小曼揽进自己的怀里，紧紧地抱着她。汝小曼不回应，两只手和胳膊无处安放，就那样在空气里举着，就权当这拥抱是冯伟业跟外国人学来的礼节吧，汝小曼这样告诫自己。

想以前，他们也没少这样拥抱过，这样的拥抱是他们的家常便饭，又不是没被他抱过，她于是也不想挣脱，但绝对不回应。她感到自己在冯伟业面前就是一截木头，没有感情的木头。这不单单跟杨一士和他那个女同学有关。其实，她是自己无法过自己这一关，是的，她已经不爱他了。

她傻傻地想，就算这木头再遇到雨露，也绝长不出木耳了，更别说重新再长出绿叶了。她知道，他们之间早完了。

"她怎么没和你一块儿来燕郊。"

"过段时间吧。小曼，我对不起你，我欠你太多，我不知道怎么跟你讲。"

"不用讲了，该说的全都说过了。"汝小曼要挣脱冯伟业的怀抱，拼力推他，可她推不动。冯伟业长得高大，汝小曼在他面前没有一点力量。她索性不再挣扎，只是当冯伟业要吻她的时候，她才醒悟过来，用头顶使劲顶冯伟业的胸，总算是挣脱开来。

"我也是没有办法，过年回家，家里人把我看得死死的。那天在我叔家喝多了，打电话给你，他们向我家人告密，我就跟他们直说了。我妈就说别人找了个离婚女人，带着孩子，挣的钱全都给孩子花了。"

汝小曼静静地看着他，那是一种蔑视和不屑混合的表情，让冯伟业不敢和她对视。

"我说没说过，我说儿子明明有他爸。再说我也用不着你养啊，儿子也用不着你养啊。你挣钱发展事业，我有阻挠你吗？"说到这里，汝小曼又一阵悲凉。她不明白自己为什么还要和他理论这些。

"现在挣钱费劲，自你认识我，你看我啥时候拿到钱了？我就算将来挣到钱，孩子要用钱，我能不给拿吗？我又想发展自己的事业。曼，我真的对不起你，不是我不想和你们在一起，我真是怕，一大家人，我不知道怎么面对。"

"怕你的去，没谁说要赖着你。你现在不是挺好吗，我也挺好，大家都挺好，何必说以前。"

冯伟业有些颓废，但转瞬，他还是不想放过汝小曼。当他的嘴唇掠过汝小曼的嘴唇的时候，汝小曼战栗一下，是杨一士在心里干扰她。她早就该明白，她和冯伟业早就完了。

"我真该走了。我这么久没来拿这些花，其实，我就不该来，要不是你这次又发短信，我真的就不想要它们了。权当这花花草草在你们家扎根发芽，开花结果了。于我，其实它们早就没有意义了，我应该重新开始，重新去花鸟鱼市场买一些。"

他们以前一块儿去八里桥的花鸟鱼市场，一块儿买鱼，买花。那时候，他们手指交叉走过所有的街道，他们是幸福的。冯伟业走累了，就要吃，嘴里嚼着包子，走在她身边，跟个没长大的孩子一样。

有的时候两人约会见面，他一看到她，就兴奋得像个孩子一样朝着她的方向跑来。他高大，又有些微胖，跑起来的姿势，让她总是忍俊不禁地想笑，说他胖得像小猪。

他那样子，不能不让她疼惜，他太像一个大孩子了。也正因为他没有长大，他才更想在她的疼爱下度过每一天吧。

如今，时过境迁，他再也勾不起让她疼爱的劲头。她心里现在除了杨一士，再也容不下其他男人。而那个未曾谋面的男人，又总不免让她无限惆怅。

"我也有他了。"

"我知道，我天天看你的博客，我天天都在看。"冯伟业心底升起一股说不出的酸楚，"他父母同意吗？"

"他说，他的爱情他做主，他说他是成年男人了。"汝小曼显得无限自豪。是的，她曾经认认真真地把自己所有的条件讲给杨一士听过，她怕他们将来走她和冯伟业相同的道路。而杨一士的豪情万丈总能让汝小曼心里小小地踏实些。

# 第十三章●逼婚计划

## 1

“五一”，杨一士没有抽出时间来北京。汝小曼想，她过生日他一定会来。她的生日在6月2号。从“五一”算起到这一天也有一个月的时间，她想，他就是再忙，这个相亲的事如果他能看重，他是一定会来的。

他如果再不来，她想，自己一定放弃他。

一边想着放弃，一边就接着了杨一士的电话，就把那放弃的想法抛得远远的。两个人在电话里没完没了地说着各自，嘱咐着对方，她越来越依赖这种每天形成的习惯。

胡思乱想间，电话忽然响起，是陌生号，一个女人打过来的。显然是第一次拨通热线，说了没两句，就哭着挂断了，唯留下汝小曼独自空惆怅。

自开通情感热线，她感受着对方的情绪，诸如女人怀孕生子，老公却在别的女人床上，再比如，大学生和女友第一次性行为，让他忏悔，又让他无法接受女友的轻易付出。再比如酒后一夜情……和网友一夜情……离婚后，和同学一夜情……所有的苦水，很多人愿意倒给汝小曼。他们这种事情，绝不会说给相熟的人听。

汝小曼成了最佳的倾诉对象。

汝小曼接听电话的时间是有限的，她不希望儿子明明在家的时候接听。所以，她在BLOG里标注：热线只在周一至周五上午八点半到十一点半这段时间开通。星期六、星期日明明在家，她绝不接听热线。当然，明明无论在不在家，只要杨一士的电话响过来，她都是要接的。

汝小曼接听杨一士的电话，声音非常柔软。明明就故意笑嘻嘻地对她说："男朋友？"然后做出一副要挨打的架势，赶紧跑掉。

汝小曼的心里却是甜着的，看样子明明并不反感她交男朋友。至少冯伟业给孩子留下的伤害，表面看上去并不是太深。这也只是她自己的想法，她无法看到孩子的内心。

接听完杨一士的电话，汝小曼看到明明画了一幅画。画上画着两个人，其中有一个人肩上背着一对翅膀，手里执着一把弓箭，箭头所指是一个女人的画像，箭头旁边写着一行字：老冯；在女人头像边上，则写着：我妈。

汝小曼的心里一抖。孩子还在想着冯伟业，他还是在意的，他在意着冯伟业曾经给过他们的情愫。她想，这孩子一定也如她一样伤过，可她不知道怎么跟孩子解释。

她告诫自己，在以后与杨一士的相处中，无论如何是不能再让儿子介入了。如果真的有结婚的那一天，再介绍他们认识也不晚。她不能让儿子陪着自己再恋爱了。等到合适的机会，不只安排他和孩子见面，更要给他们时间在一起相处。

她之所以必须在家里接听热线，是因为家里安静，便于开导对方。想如果走在大街上，身边行人熙熙攘攘，让她开导别人，她总觉得不大正规，在室内，就有一种像模像样的感觉。

"像什么样，一天没事就接了电话聊，有什么聊的。有那工夫坐会儿，出去玩儿会儿也比这强，也不嫌耳朵有茧子。"

汝小曼的情感热线，没有和老妈说，老妈最近不知道为什么老是反感她做的一些事情。老太太也出去，可她出去回来以后情绪更不好。有时候会跟她说，这人老了就不中用了，说院里谁谁瘫了，老婆或者老头伺候着。要是她哪天像他们那样，那日子就不好过了。遂逼迫汝小曼把房子卖了，买个一楼。

“我添钱还不行吗？哪天我真有事，你怎么把我弄出去？你是抱得动我还是挪得动我啊。”

“哎呀，想法怎么这么复杂，能有什么事。我是抱不动，就算真有事，现在120都是现成的，你怕什么。”

“我能不怕，家里连个男人都没有。”

“姥姥，我是男人。”明明把胳膊举过来，亮着他的二头肌。

汝小曼假装用手使劲捏着明明那块肌肉：“哇，真是大男人了，就是，我们家有大男人，谁说没有。”

“跟你说过多少次了，有合适的就找一个，等啥呢？等老了？老了，就没心思了。到老了连个伴也没有，多孤单。”老太太边说边走向自己的卧室。

“妈，您愿意，我上次就说，您怕孤单，我给您找个伴。”汝小曼跟进卧室。

汝妈妈眼圈就红了，差点有眼泪冲出来：“你这就是在撵我。”

“好好，又来了，我再也不提了。”

汝小曼一阵惆怅，看样子，老妈肯定是想起老爸了。她孤单她寂寞，可她就是拒绝再找男人。她以前说过多次，她这一辈子就这样了，只是心疼自己的闺女，再不能这样耽误青春了。

汝小曼摸了摸儿子明明的头。儿子明明不知道又哪里找出那张冯伟业射箭图，这让汝小曼心里莫名地刺痛了一下。

电话铃骤然响起，一个陌生号，这个时间不是情感热线的时间，会是谁呢？

## 2

“汝老师，不好意思麻烦您。我是刚从网上搜到您的长篇小说的读者。

我这几天在闹离婚，我想问您，怎么才能不让她离开我。”

看看明明，然后对话筒里的男士说：“对不起，现在不是我的工作时间，您最好选择星期一至星期五的上午打过来……急？那也没办法啊。那好吧，网上打字说。”汝小曼无奈，打开电脑，等待她验证好友的信息铺天盖地地砸过来。

对方打字很快，没用多久汝小曼就明白了，这个男人26岁，老婆24岁，孩子不到两岁。她还看到了他女儿的照片，很可爱的小天使。汝小曼的心里尽管挺揪心，可这毕竟不是自己的事情，可是她想，若能挽救一桩婚姻，她会想办法用上自己的力量的。

这是一桩纯粹因为网恋引发的失败婚姻。他说他把要做生意的钱放在老婆那儿，她竟然拿着七八千块钱去会网友，而且那网友是离婚又复婚的。她如飞蛾扑火一样扑向那个男人的城市。

汝小曼告诉他，和老婆多谈谈，最主要的目的是先让她戒了网瘾，把注意力引到其他事情上，比如带老婆孩子去旅游……最主要的是他要多关心她，汝小曼问他，是不是对老婆关心不够。他说，是的，因为工作太忙，照顾孩子的事情他一点也不管。而且因为老婆要闹离婚，他把她打了。

看着那个可爱孩子的照片，她心里还是一疼，她想到了明明。

有个女孩子发好友请求：“我想离婚。”

汝小曼加上她。她似乎已经没有力气接通这个情感热线。所有人的情感都在纠结着，痛并坚持或者欲放手。所谓情感热线，接到的信息不是要离婚，就是已经离婚，都是些要跟她吐苦水，想得到她精神上帮助的男人或者女人。

女孩子的头像是个大海豚，这是汝小曼的儿子明明最喜欢的海洋生物。他们曾经去过大连，在老虎滩海洋公园，明明曾经和海豚零距离接触过，在他们家，也有一只海豚毛绒玩具，那是洪大周在明明小的时候买给他的。那个时候，他们还在广州。

搬家来北京，所有的东西都可以不要，但是明明喜欢的东西，汝小曼全都给带来了。作为主妇，用过的，沾着她的气息和她家人气息的物品，她都稀罕。当初，她想洪大周也一定都喜欢，毕竟是自己家人曾经用过的东西。

这个时候不合时宜地想起洪大周，这让汝小曼心里又有了一种莫名其妙的感觉，也许是因为刚才明明在眼前晃了一下的缘故吧。因为他的眉眼像极了洪大周。最近，明明也很奇怪，又翻出了浅蓝色海豚，有好几次汝小曼发现，他竟然搂着它睡觉，她就笑他，说都多大的孩子了，还搂玩具睡。

“他在想爸爸了？”她静下心来这样想，心里不免一痛。

想想他和洪大周已经很久不见了。

海豚头像在电脑右下角跳动着。她看了对方资料，85年生人，纯粹的80后。汝小曼身边80、90后太多了，似乎他们的问题格外多。当然，也有伪80，明明70年代生人，偏在资料里填写的是八几年生人，何必呢，汝小曼对此表示不大理解。

“您好，不知道会不会打扰到您。”

“没关系，你说吧。”

“我结婚一年多，快到两年了。可我们家房产证上还是她前女友的名字。”

汝小曼忽然想起不知道是莉娜说的还是莹莹说的，总之，莉娜的一个亲戚家就是这种状况，似乎听说要闹离婚了。对面跟她说话的不会就是莉娜那个亲戚吧？能有这么巧的事情吗？汝小曼的心不知道为什么狂跳起来。

“您说，他是不是还爱着那个女人？不然，他为什么不把她找到，把名字改过来呢。”

“这个，我不清楚，他实际上去找过吗？”汝小曼不知从何问起。

“不知道，他从来不跟我说，他不说找没找过，也不告诉我那女人如今身在何方，他对我就是避而不谈他们的曾经。其实，我挺想知道他们从前到底是什么样的，那女人为什么房产证都写了她的名字了，却又走了呢？”

“没跟老公好好谈谈吗？”

“没法儿谈，他根本不愿意我跟他提这事。我不能提，一提他就跟我吵，歇斯底里的。因为房产证上是别人的名字，我们要抵押房产都没有一点办法。上次家里要买大车，考虑到他没有了父亲，只有老妈，我们娘家条件又比他们家好，就把我娘家房子给抵押了。现在我们闹得不可开交，我娘家妈妈也埋怨我，说我没大脑，我怎么就没大脑了？”

汝小曼感觉到对方非常痛苦，其实，她也能理解这种痛苦：“我能感受到你爱他，也爱这个家。既然已经这样了，你就好好过你的日子，他不愿意说他和那女人之间的事，自然有难以开口的道理。你要是爱这个家，就不要再跟他提那个女人，相信他也不是木头，也知道你付出的这一切。”

“什么道理？难以开口的道理？和我是一家人，还要藏着掖着，有意思吗？我要不是为了这个家，为他好，我能让我妈把房产证拿出来？现在我妈见我一次埋怨我一次，我知道，我妈是心疼我挨男人打。是的，自从挨了他的打，我真的灰心了，这日子没法儿过了。可我心疼孩子，我要是不心疼孩子，我就不回来了。”

“你离家了？”

“我带孩子回老家了，现在我们回来了，孩子在婆家，我在我妈家，我要和他离婚。我真的没有办法再和他生活在一起。我一想到我要挨他的打，心就灰。”

对方不再说话，汝小曼猜测，可能她在对面哭。

汝小曼想等对方平静以后继续和她说话，可对方的头像黑了，她没打招呼就下去了。

## 3

温盛江收买了个上网小青年，让他从张莉娜那里把QQ号骗了过来，如今加成好友也有段时间了。

偏他不知道他在频频的送花过程中，其实一起开花也在送花给张莉娜，而且人家升级到了在现实当中送鲜花，甚至还把他们共同追求的女人请到酒店里就了餐。

当然，他更不知道，其实张莉娜一口回绝了那个和他一起交叉给她送花的人。如今，温盛江一次次地在网上做着神秘送花人，可对方迟迟不理他，这让他极其郁闷。心想，哪怕回复一条短消息也好，也不指望着她能礼尚往来，至少说句话吧，这样他也踏实点。

可受花者跟个哑巴一样，这让温盛江极为恼火。于是不断想着对策。本来他惦记着张莉娜的同时，其实也惦记着汝小曼，无奈在冯伟业的电脑里竟然看到汝小曼和冯伟业的合影。他这才清楚原来她是洪大周先前的老婆，又曾经是冯伟业的女朋友，这就让他不得不断了惦记这个女人的念头。

朋友妻不可欺，尽管她只不过是洪大周的前妻，如今也是单身一个人，可是在他眼里，那也是不可侵犯的。何况，冯伟业又和汝小曼曾经有过瓜葛。他们这两个男人谁也没有想到，在汝小曼的电脑里，已经看不到有关冯伟业的一丝线索。不是她忘得干净，是她强迫自己必须忘掉。只要一看到有关冯伟业的痕迹，她的心情就会变得很坏。而且她觉得既然和杨一士联系，就不能再和其他男人有瓜葛。

她有几个专门存放照片的BLOG，那里面收藏的全是家人和朋友的照片，在那里甚至可以找得到洪大周，有他和孩子明明在一起的欢乐照，那些放照片的地方，她没跟任何人说起过。

至于洪大周，也曾邀请过温盛江。洪大周在西马庄的房子很大，温盛江去过一次，最近他没有画大画的打算，在自己的蜗居里也可以勉强画下去，所以他也就没去洪大周那边。何况冯伟业如今一个人住着，他尽可以去他那里作画，他习惯去冯伟业那里，多半也是由于他们可以尽情喝酒，胡侃；相反，洪大周那边有女人，他去也就不是特别方便。

当他在冯伟业的电脑里看到汝小曼的照片后，他脑子里立刻告诫自己，这个女人说什么也不能沾，直到现在，他都把她视为朋友妻。

“好女人，你说你怎么不好好把握。”

“她是个好女人，我也没有办法，年龄比我大，我家那边我说不通。只好找了个以前的同学应付家人，和我同龄，没啥感觉。一直也没个窝，其实我也想买个房子，可我要是娶了汝小曼，我家里肯定不支持我。我现在找这个，我家爸妈说了，我在燕郊买房，首付他们帮我付。”

"哥们儿，你也太现实了点吧。据我侧面了解，汝小曼是个很顾家的女人。从洪大周那我就知道，他有过后悔的感觉。只是离了，想回去，很难啊。"

"她是个好女人。"冯伟业神色有些苍凉。

"离婚了再回去，这是很难的一件事。结了婚，就稳扎稳打，不到不得已千万不要走这条路。不能像哥们儿我，他妈的我那叫干的啥事啊。"温盛江说到伤心处，禁不住悔恨交加。

"老温，上次那码子事，你咋干得那么傻呢，小姐本就碰不得，碰了也不能留字据啊。"

"老冯，你不知道，我们那天就是在足疗城做了个足疗，手里的卡不能在那刷钱，大家说写条，我就给写了。有个哥们儿起哄，说足疗小姐那么可人，问我敢不敢写老公老婆的话，我说那有啥，我就写了，写得暧昧了点，就他妈的想显摆下文采。想不到那娘们没等我来送钱，竟然跑台里找我要钱去了，她纯粹是拆我的台。他妈的也是巧，那天我出差不在，这事就弄得台里众人皆知。真是要想人不知，除非己莫为啊。后悔，晚了。"

两个酒友，除了喝酒讨论女人讨论画，两个人又是"斗友"，他们喜欢收藏烟斗。温盛江最贵的烟斗价值上万，要问他最便宜的是多少钱，他会告诉你，也算无价，当然，也可以说不值钱，是他自己精心打磨自己制作的。

"现在不光我觉得收藏烟斗是一种精神上的享受，我身边不喜欢吸烟的朋友差不多也被我熏染了。我们比不了美国通用电器公司的总裁杰克，人家用的最贵的是非洲产的烟斗，价格在8000美元左右，虽然我们无缘一见那只烟斗，但是它高昂的价格，一直勾着我想看一看它的真容。"

"胡须、烟斗、剃须刀是男人的最爱。他妈的，我如今被女人管制得，不许留长须。"冯伟业眯着眼吸烟。

"这事不好办，看来你还真听她的。我觉得你原来留胡子挺帅的，哈哈。咋能被一个女人制得这么服服帖帖呢。"

"娘的，有胡子不让我碰她。所以我才更想汝小曼啊，那女人不嫌我，主要是她什么都尊重我。她说她原来也不习惯我有胡子，后来，我看她还怪欣赏喜欢的。”

“洪大周那人也挺好，够哥们儿意思。我们接触不长，这不，还让我去他那里画画。就是这人太有野心，还从来不把别人放在眼里，特狂的一个人。”

“知道他特狂，还特傻，不然不可能这么好的老婆都拱手让给别人。要我说，他就是一傻蛋，十足的傻蛋，这么好的媳妇都不要。他妈的傻不傻啊。”冯伟业显然喝多了。

“你也别说人家，汝小曼在你这里待遇咋样？也还不是和先前一个样。男人啊。”温盛江喝也有点多，心想自己也是男人，就不再往下说了。

“喝，不醉不休。”冯伟业舌头有些打卷，“烟酒不能戒，女人到底能不能戒。”

## 4

温盛江终于浮出水面，不再做神秘送花人。

最近张莉娜对那个送花人，已经麻木至极。心想，一起开花你就自个儿开吧，我可没时间伺候你。两个人尽管再去开会还会遇见，却只是点头一过，相互之间话都懒得说，这怎么还在Q上一遍遍送花传情呢。她觉得这个一起开花一定是病态的。

她觉得这男人一定有病，而且病得还不轻。

当温盛江在Q上跟张莉娜打招呼的时候，张莉娜惊得张大了嘴：“你怎么知道我的号码？”

“我神仙吧？”温盛江铁了心不想告诉她。

“神不神仙我不知道，你加我有什么事吗？”

“只有一件，就是把你追到手。”

“那我告诉你，别枉费心机了，追不到。关键是本人不打算结婚。”张莉娜其实想说，本人对你绝不感兴趣。

“能给我一个机会吗？我想跟你解释我曾经犯过的错误。”

“对不起，你的错误跟我没有任何关系，我的网吧很忙，真没有时间。”

“我真的特想告诉你，那是一次安插在我身上的错误。”温盛江现在有一万张嘴也说不清，郁闷极了。

张莉娜不再说话，她觉得她没有必要和一个不相干的人费口舌。

女儿陈陈最近功课紧，有一两天没在一块儿说话了。倒是电脑先生常和她联系。她的电话号竟然也被他不知道用什么办法弄了去，她心想，多半是这个丫头泄露给他的。只是，她不愿意回复他的短消息，可又碍着面子，每次回复也就相当简单。

电脑先生前几天从海淀给张莉娜带了几个硬盘。他在通州电脑城有店面，在中关村也有自己的商铺。这几个硬盘是陈陈替张莉娜在他的网店里订的，这东西本可以直接快递到网吧，偏陈陈要求他亲自送货。至于价格，电脑先生并没有额外再加。他和陈陈谈得很好，他甘愿为陈陈跑腿，如今他们成了忘年交。

他心里有自己的小九九，从第一次见过张莉娜，对她印象就不错。想着如果哪一天能成为他的妻子，相携着走完余生，那也是不错的一件事。

专攻韩语专业的陈陈，可以和电脑先生在网上直接用韩语简单对话。电脑先生韩语会得不太多，但喜欢乐此不疲地和陈陈用简单口语聊天。

陈陈如今在校外租房住，她觉得这样才更显示出自己是个成年人了。十八岁以后，或者说十八岁以前，她就把自己当成人看了。不知是不是父母离婚的缘故，她总觉得自己有别于其他小孩，有些早熟。

她和同班另一个女生租住在一个插间楼房里，那是一栋老楼，她们和另外一家使用一个防盗门，共用一间厨房，卫生间设在公共走廊里。这样的房子市场价相对便宜很多。她和同学一起勤工俭学，想自己获得更大的人生价值。

“咱们俩就不是一路人，你和我就是不一样。”两个人因为对一件事情有不同的观点，另一个女孩这样说。

“我和你其实没什么不一样，你有爸妈疼爱，我也有，只是他们不能住在一起而已。”

“你看你，我又没说你和我哪里不一样。我说的是性格，又不是家庭背景。你看你，敏感多疑的陈陈。”

“我其实一点儿不敏感，爸妈离婚，并没有给我带来太严重的负面影响，他们还照样爱我。我在初中高中，同学们都知道我是单亲家庭，这也没什么不好。我想，总比有些同学，因为家里有问题，父母偏在这方面遮遮掩掩要好得多。其实，我没事的，我真的没事。我倒一直希望他们两个人都能过得更好。我不管他们之间发生过什么矛盾，他们应该都有自己的幸福。现在的问题是我爸又结婚了，那个阿姨对我也挺好，可我妈还孤零零一个人。”

“让你妈征婚啊。”

“我是想让她征婚，可她就是不愿意。也不知道她心里到底怎么想的。”

“感情的事谁能说清呢。刚才我又看到花香了，那小丫头可真有趣，蛮有审美能力的，说我不适合用紫色口红，说紫色口红适合皮肤白的女孩。然后说她小姨就特别适合用紫色的。屁大的孩子，好像啥都懂一样。”

“那天天没亮，我就听到花香的妈妈在隔壁哭。声音特小，特压抑。当时你睡得跟小猪似的，我被吵得都睡不着了，想叫你，想想算了。你说，花香的爸爸为什么去韩国这么多年了也不回来，也不给娘俩寄钱，那男人到底是怎么回事？”

“天知道，这种事情外人怎么能说得清楚呢。”

陈陈很怕看到花香妈妈，一看到她，总会想起凌晨的哭声，想起她的哭声，不自然地就会想起自己的妈妈。自己离开妈妈这么久了，她会不会也躲起来偷偷哭？隔壁这个女人表面看上去特别坚强，可当孩子睡去了，当脱掉了白天的面具时，一个人竟然也会那样脆弱。

这个时候，陈陈不可能不想到自己的妈妈。父母离婚多年，原来她一直跟妈妈生活在一起，后来到父亲的城市读高中，在她上大学之前，她不是跟着妈妈，就是跟着爸爸，他们轮流着疼她。她也不是没有伤心，她也曾渴望着他们能在一块儿疼她。如今上大学，离他们都远了，其实他们两个人都在管着她，给她学费，时常打电话给她，或者QQ聊天，他们关心着她的每一个成长的细节。

爸爸可以不用管他了，他有另一个女人管着。妈妈不行，她一个人，又那么死心眼，陈陈想，她一定是没有从先前的婚姻里走出来。怎样让她走出来呢？

如今从电脑先生那里知道，他对自己老妈的印象还不错，如果自己做个推动力让他们再往前走上一大步不挺好吗，对，哪怕走上一小步，只老妈她肯往前走，相信不远的将来，他们没准儿真能成为一家人。

一想到这些，陈陈无比快乐。陈陈的心里，对老妈和电脑先生将来的交往充满了信心。

而张莉娜，最怕的就是女儿逼婚。

# 第十四章●爱情需要霸道

## 1

电脑先生给张莉娜送硬盘的前夜，曾经发短信给她，说她女儿从网上淘到了既便宜又好的硬盘，需要他给送过去。莉娜先前就知道，陈陈通过电脑先生的网店，已经做过几单生意。如今自己网吧需要什么东西，只要不经意告诉陈陈，或者陈陈刨根问底问她眼下需要什么，她肯定会把电脑先生弄来。如今网吧需要的各种零件，都不需要她亲自采购了，东西送上门，又好又便宜，这让张莉娜无比欣慰，心想有个好闺女就是好。

“等下，我去取钱。”

“不用了，陈陈用支付宝付好了。”

“支付宝是什么东西？”张莉娜一脸茫然。

“支付宝就是淘宝网上的一种支付工具。你现在东西收到了，只要没有质量问题，你就告诉陈陈，让陈陈在网上点下‘收货’，这样我才能真正地收到钱。”

“费那劲干吗啊。你现在不是还没收到钱吗？没收到我来付。让个小丫头付什么，她还在上学呢，那钱还不是得跟爹妈要。”

“可是她已经买了，付款了。”

“那你说还得点收货才能收到钱，那她还没给你钱，我给不一样吗，真是死心眼啊。”

电脑先生在心里乐，心想，你家闺女才说你死心眼呢。一天把自己闷着，也不知道谈恋爱。这么高挑的个儿，这么白的皮肤，他心里免不了又神游一番。

“我的意思是，她已经付了款，但是这款没到我手里，还在淘宝中间环节，只有对方收到货，认为没有质量问题，在淘宝店点击“收货”两个字，钱才能划到我的账上，这也是为了防止货品和实际不符。如果你收到的产品和实际不一样，你可以选择不接收，这样，你不会有一点损失。”

“这样啊，这样还真挺安全的。一直有人说在网上买东西倍儿方便，我还从来没买过，其实就是怕上当。”张莉娜恍然大悟的样子，然后忙着把洗好的豆子丢进豆浆机里，通好电缘。

“还没吃早餐？早餐就吃这个？”电脑先生看向豆浆机。

“是啊。这是纯绿色食品，知道你们男士都不喜欢喝这个。”

“未必，我还可以的。”电脑先生说这话，是指望着对方能邀请他和她共进早餐，尽管一大早他是吃了早餐才过来的，可是如果能和陈陈的妈妈共进早餐，如果有幸一睁开眼睛就能吃到眼前这个女人做的豆浆，那也是一种幸福。

对于单身男人来说，有的时候不被管是种自由，有的时候被管其实才更舒服。否则，那才真像一个没人要的孩子，多可怜。其实，电脑先生已经可怜了有两三年的时间了，也想找个伴，可是一直碰不到顺心的。

网上征婚，这是同学给出的招，结果见了几个，不是了杳音讯，就是他不想再联系她们。有些情节其实和电影《非诚勿扰》里遇到的差不多，尽管没有遇到一边跟他谈感情一边推销墓地的。可是，有好几个女人一见面就说，我结婚是为了我的孩子，我要给孩子落北京户口，你有能力，我们就考虑，没有免谈，还必须签协议，如果落不了北京户口，还必须赔偿人家一大笔钱。

一遇到这种状况，他的头都要炸了。

他至今还只碰到张莉娜这一个是自己带了北京户口的，用不着一开口就说给孩子落户口的事。可是，偏这女人对他就不感冒。单她闺女感冒没用啊，当然，也不能说没用，据那女孩讲，她在尽力促成他们之间这场姻缘。女孩子相信她能说服她妈妈来爱他，女孩子也说了，她妈是慢热型，离开她老爸以后，从来没有恋爱过，他毕竟是男人，让他还是主动些。

女孩子把电话给他了，偏这女人短信倒也回复他，只是总那么简练。也不知道她都在忙什么，难道多说一句两句话，会累着她?

本以为可以和眼前的靓丽女人共进早餐，可人家偏不理他。他知趣地说店里人手少，忙不开，要回去。临走前对张莉娜说："哪天我来请你吃早餐吧。"

"大老远跑宋庄来吃早餐？好啊。"张莉娜以为他在说口水话，不过是说说而已的。因为她知道他最近一直在中关村，通州的店铺一直交给亲戚打理。

偏没出三天，张莉娜网吧的门还没打开，电脑先生的短信趁着大清早就冲了进来，他告诉她，他已经从中关村赶过来，要和她共进早餐。人已经过了北关环岛，经过二道闸，现在正在龙旺庄。

她一下子有点懵，这算不算约会?

"我已经做好早餐了。"她回复他短消息。

"没关系，我估计你也不会邀请我去你那儿吃，我们还是在外面吃吧。"

"外面？哪里？我不想在宋庄和一个不熟悉的男士一起吃早餐。"

"那，那怎么办？我到驾校了。"

"没办法，你就停在那儿别动了。我等网管或者我堂妹来接我班，我再来找你。"看着即将煮好的豆浆，心里埋怨这男人，大老远折腾个什么劲儿呢。一把年纪了还这么有劲头，再说也不事先打声招呼。她哪里知道，电脑先生多聪明啊，他要是提前打招呼，那张莉娜肯定给否了。

"好。"电脑先生心里还是一乐，毕竟这女人肯出来了，这是她赴他约会的第一步。这次他行动了，她没拒绝，这是一个好兆头。原来约会是要行动的，以前只说我可不可以约你出来啊，哪天请你吃饭啊，却没动作，她都拒绝了。所有这些其实都抵不上你亲自杀过来，有的时候爱情需要霸道。

电脑先生把车停在路边，美滋滋的。没有老婆很多年，相亲也让他心生了厌倦，能找到一个顺眼的、合适的不容易，该抓还真得抓住。



## 2

小海豚又在电脑右下角跳跃着。

“姐姐，对不起，那天突然掉线了，后来也没上来跟您道别。”

“没关系的，这种情况我以前也有过。”汝小曼正在接听杨一士的电话。

杨一士骑着电动自行车，电话里汝小曼可以听得到破车子哐啷哐啷的声音，自己忍不住抿着嘴偷乐。她喜欢这样的场景，这个时候，杨一士不是那个正襟危坐着讨论当事人案子的严肃律师，而是一个普通的上班的小男人。

他回到自己爸妈家，骑着破旧的电动车，就为了去家外面的小菜市场给妈买根葱。此刻，汝小曼就好像正和杨一士在一起，耳朵听到的有关杨一士的所有，她都有一种身临其境的感觉。

仿佛自己就坐在杨一士的车子上，让他载着自己，走遍郑州大街小巷。

“士哥哥，我要你载着我去买菜。”汝小曼有时候心里软到会跟杨一士撒娇。她觉得自己无论多大，在自己的男人面前都应该是小小的。这在洪大周面前绝不可能，洪大周不允许她在他面前撒娇，他不喜欢她那种小女人情怀，说老娘们儿了，拽什么拽。

想当初两人刚恋爱的时候，他也是把她当宝的，什么时候开始改变的呢？心下禁不住一哽。岁月催人老，如果女人能永远在自己爱着的男人面前撒着娇，该是一件多么幸福的事情。

“捣乱。”如果接到短信的时候，杨一士正在忙工作，他会迟一些回复她，回复的时候他就会先发个捣乱二字，然后再说事情。说他愿意载着她去婆家、回娘家。一看到这些文字，汝小曼的心就早化成了一杯甜蜜蜜的糖水。

最近，汝小曼的任务重，常常没有时间给杨一士发短信，他就会偶尔发个短信过来捣个乱再跑。

小海豚仍然在跳动，汝小曼不舍得挂了电话，只好给小海豚发了个正在通电话的表情。

等到撂下电话，她看到小海豚的头像黑了。

她说她很抱歉，一直在接听电话。想不到对方还在，只不过是隐身了。

“姐姐，我现在心里很难受，我不知道我怎么办。”

“你现在在哪里？回自己家了吗？”

“还没有，我还住在娘家，现在是在网吧。我心里特别难受，他过来接过我，我不想回，可我又想孩子。我真受不了了，我无法在看到他的时候不想他曾经打我的事情。还有，我们在一起，有那么多的格格不入，这些都是我无力改变的。”

“有的人以为，只有离婚了，就什么都解决了。其实离了以后，你会面对更多的问题。比如孩子跟谁？离婚以后，你们这个年龄肯定是要再婚的，那么先不说孩子将来会不会幸福，你们重新选择的也不见得就比原来的好。有很多婚姻在解体以后，重新选择了，仍拿先前的婚姻作参照物。这个时候总会看到原来的好，那么如果一直这样下去，也是不会幸福的。我觉得你应该和你老公好好谈谈，至于房产证这件事情，你不妨就搁下它，事情过去多年了，现在毕竟是你老公和你过日子。如果可能，他将来是会和你说的，就算不说，那毕竟已经是过去时了。结婚慎重，离婚更要慎重，因为你们有了孩子，孩子是最无辜的，你要三思。”

对方没有回答。过了有三两分钟的时间，小海豚又闪动起来：“姐姐，谢谢你，耽误您的时间了。我想我会慎重的，为了我的孩子我也会慎重的。”

小海豚的头像黑了，汝小曼的世界看上去一下子安静了，实际底下波涛汹涌。

因为，她听过太多要离婚、已离婚、小三的故事。大体上，人们过得幸福的时候不会有时间拨打这个情感热线，只有残缺的时候，才会想起倾诉给别人，让别人帮着出些主意。就算得不到别人给出的主意，那倒出心里的不快也是好的。

汝小曼听了太多这样残缺的故事。她有一刻恍惚觉得，世界还有没有完美的爱情？她和杨一士会有吗？他们会是完美的一对吗？她曾经和洪大周那么好，最后怎么样？她和冯伟业也很好过，那两段感情，她都真诚地付出过，可结果还不是都失之交臂了。

在情感方面，在那些倾诉者面前，汝小曼是专家，她会把很多事情讲得头头是道，但轮到自己，她也有迷茫的时候。所谓当局者迷，可能就是说的这个吧。

有时候，她也审视她和杨一士的关系。虽然说如今网络普及了，大家可以把网络当一个相互认识的平台，但是真的在这上面选择爱人，她也有一种心虚的感觉。

无奈她如今已经和杨一士相爱这么久，从最初她对杨一士语言文字的难以接受，到最后她信服了杨一士说过的话，毕竟他们相隔遥遥，也只有通过文字互诉相思之情。

当她理解这些以后，他们相爱的速度就以极快的节奏升温着。

## 3

明明没有再喊豆腐（肺）儿。自洪大周离开他们，他就渐渐不再喊这两个字，先前是为了撒娇，让他们其中的一个去给他关灯。他这年龄本来还可以继续撒娇的，可这半年来，汝小曼觉出了他的变化。

他睡了，睡得无声无息。隔了木质门，先前的哭泣，先前的眼泪，石头一样砸在汝小曼的心上，她的心在痛。

汝小曼推开门，轻轻走到明明床前，听着他轻微而又均匀的鼾声。他睡得很香，是的，因为他是小孩子。汝小曼却睡不着，她作为成年人，脑子里要装的东西太多，而孩子是单纯的，在哭完闹完以后，他仍然能够安然入睡。可是，他的梦里会是什么样的呢？一想到这里，汝小曼的眼泪就滚了出来。

她是忍住不在明明面前哭的，可她实在忍不住的时候，她不哭又能怎么样呢。孩子在不听话和她逆反的时候，她会想到很多辛酸的往事。这当中自然有洪大周，那个负心的男人，让她一个人在这里管理孩子的教育和成长，让她有的时候难堪重负。

现在的孩子进入青春期的时间普遍要比汝小曼当年早三年左右的时间，就是说，汝小曼当年十五岁的时候青春萌动，看男孩子开始知道害羞，心底偷偷瞄着哪个帅气顺眼的男孩子，就知道心生爱恋了。而现在十二岁的孩子就会春心萌动了。她心里就知道，明明的心思肯定和以往不大一样了。

前几个月，还能跟她叫大姐，现在就说她是老太太了，说她磨叽、唠叨。洗澡再也不让她看了，上次告诉她长汗毛的事情，如今已成历史。她再也不知道他的任何秘密，除非偷窥，可她又没有本事偷窥，何况她认为，他所有的心思直接讲出来才好，她如果去偷看就没有意思了。假设说明明自己买了带锁的日记，汝小曼想自己一定不会想方设法偷偷打开看。其实，她是特别希望能想方设法地知道他的小心思，那么最好的办法就是明明能直接和她讲。

头一天晚上，明明回来心情非常好，而且说话的时候还有一点小小的兴奋和一丝说不出来的害羞，他说体育课的时候他跑步扭伤了脚踝，班主任老师蹲下给他揉了好半天。

要知道，那可是个暴力老师，能对明明这样温柔，让娘俩意想不到，免不了都有点小得意，看，还是我们孩子优秀，老师都喜欢。

明明的班主任是个二十多岁的男老师，脾气不大好，动辄就用脚踢学生。有一次用矿泉水瓶砸学生，结果砸偏砸到另一个学生头上，砸出了血，去了校卫生所。

明明的意思是，老师只喜欢学习好的同学，凡受到武力照顾的全是学习差的同学。如今明明同学受老师如此殊荣，母子俩备感开心。只是，汝小曼对老师的那些做法，还是有保留意见。

晚上明明回来当然也没什么不高兴的，一进屋就跑到姥姥房间去看电视，汝小曼喊了好几遍他才肯出来，一副很不高兴的样子："都说了喜羊羊一会儿就演完，一次次喊，烦不烦啊。"

"你多大了？多大了还看喜羊羊。你不是说这动画幼稚吗，怎么现在不幼稚了？作业还没写完，看什么看。"

"不是闲着也是闲着吗。"

"写作业！你还真有工夫。"

"知道写，别烦了。"

"知道写还去看电视，回来先写作业，写完再做别的，有多久没看英语沙龙了？跑大老远给你买回来，容易吗？以前写完作业还有个时间看英语，你看看你有多久没看了。"

"别唠叨了。"明明不愿意了。把作业本掏出来往桌子上很重地放着。

晚上他们真正的矛盾是在给明明听写汉字上，汝小曼一边浏览网页一边给明明听写。

"快点。"

"慢点。"

明明一会儿说她快了一会儿说她慢了。

"你写完不会跟我说一声吗？发个暗号也行，敲下桌子。"

继续念，明明仍是一会儿说她快一会儿说她慢。其中有一个词，汝小曼说了不止两遍，偏明明就说她没说，汝小曼的火腾地就上来了。走到他桌前就吼起来："你到底有没有听，你到底在干吗，我说了两遍，你竟然说我没说。"

"没说，就是没说。"

"到底说没说。"

"就没说。"

汝小曼的巴掌一下子就落了下去："我让你不认真。"

明明不哭："你就是没说。"然后把那页纸哗啦啦撕碎，"我自己照抄。”

如今明明会顶嘴了，已经不是一次两次了。在明明面前，她不知道怎样教育他才更正确。她觉得自己太窝囊，有两次和明明有纠纷，她没正面解决，而是给洪大周打电话。电话里，她其实想表达的就是，孩子不能在父母健全的家庭里生活，势必有一些问题，她一个人教育她，总觉得有种瘸腿的感觉。

找了洪大周能解决什么问题？她觉得没有用。人家过着自己的小日子，她和儿子明明早已经被排除在他的视线之外了。她越是这样想，有的时候越会觉得绝望。

孩子这么大了，青春期了，她却要一个人面对教育他的问题。有的时候很气馁，自己都不知道怎么管理。当初刚结婚准备要生孩子的时候，菁菁就说她，有张床给孩子住的，有他吃的，就生呗。可现实中养孩子远没有这样简单，如今教育孩子让汝小曼格外头疼。

“你还敢跟我犟嘴，你还敢撕东西了，我让你不认真。”汝小曼照明明的屁股就打下去。

孩子哭，她也躲起来哭，哭的已经不是孩子被打和气她的事情了，她开始哭自己的命运。给杨一士发短信，说她把儿子打了，打得心疼。

孩子睡的时候，她去给他掖被角。顺手又从明明的怀里拽出那个蓝色的海豚毛绒玩具，明明又想洪大周了。

孩子小的时候全是洪大周带，她一天天在外面跑来跑去忙着推销药品，逢洪大周打孩子，她就特别生气。她从来没动过手，如今自己带了，觉得费劲了，也知道动手了，才发现这个时候打已经晚了，孩子大了，开始记仇了。心里又忍不住恨起洪大周来。

孩子以前离开洪大周，好像还挺高兴。自他们春节语聊，明明说他爸好像后悔了，他眼里泪汪汪的，汝小曼就知道，儿子明明是希望父母都在一起的。他已经不像当初洪大周离开的时候，只是觉得跳出了牢笼，他现在似乎很想让洪大周像先前那样管理他，尽管那个时候，他会觉得他管得太严。

远的，才最亲？汝小曼特别迷惑。想着洪大周也提过要孩子，不然放手吧，男孩子在男人身边生活才更好吧，她一直这样认为。她没有本事立刻给明明找个好爸爸或者说好叔叔，那他愿意去洪大周那儿也好，只要明明开心就好。她觉得自己一个女人，的确有些力不从心。

问过明明，他竟然特别乐意，这让汝小曼格外失落。心想，那就让明明过去试试吧。她经常嘱咐明明，如果和爸爸相处得不好，可以随时回妈妈身边，妈妈的大门随时向你敞开。

两人都开心的时候，汝小曼会撒着娇让明明抱，明明快有她高了，足可以把她抱离地面。

## 4

“刚才莉娜她妈来了。”

汝小曼答应了一声，没再细问。

“你也不问问她来干什么。”

“她能来干什么，你们老太太之间的体己嗑，我不用问了。”

“人家是给你介绍对象来了，是个用电科科长，你明天找个时间去看看，说就在宋庄工作，离家近，以后家里有个事也方便照应。咱外地人攀个北京户口也不容易，将来给明明落个户，你也不用贷款折腾燕郊那房子了，还落什么河北户口，到时候把那房子卖了，一天做这房奴多累啊，那点钱全给银行了。”

“妈，我说你能不能不为我操心？我说过了，我不要谁给我介绍，我以后自己找行了吧。”

“年龄一天天大了，你不急我还急呢。哪天老了嫁不出去，才让你后悔。”

“我后悔什么，我才不后悔，得，我跟您说吧，我现在手里攥着一个律师呢。”汝小曼把杨一士一亮出来，不知道为什么，那嘴角的笑就再也掩饰不住了。

“我说一天没事老傻笑什么呢，他在哪个区？哪天领回来给我看看。”

“远着呢，在外地呢。”

“外地？外地你怎么认识的？在网上？不靠谱，趁早丢了这个念头。网上骗子那么多，你这么大的人了，还这么不懂事啊，小心被人家骗了。”

“骗骗骗，哪来那么多骗子。这社会又不是骗子社会。也不知道您脑子里哪来那么多骗子。”

“我是怕你被骗了以后，就晚了。”

“我有什么东西能被骗走的？钱？色？我要啥没啥啊，年龄倒是快一把了，人家骗我干吗。倒是您老要注意，现在有很多骗子专门盯着老年人，比如你去银行了，上楼回家开门了，后面要是有人跟着您，他们要是话说得多了，您可甭接招，保不准就惦记着您兜里那俩钱呢。”

“别我说你一句，你有八句等着，我是为你好。我怕什么，老太太了，一看就是没钱人，没谁会惦记我。你倒是把自己给看好了，你有老妈还有明明呢。”

“甭提明明，我现在头都疼。他晚上搂着海豚睡，明摆着是想他爸了。他爸要跟我重签监护权，我能签吗？他现在又不是一个人住，要是把明明弄过去，他们过不到一块儿，你说我咋办？明明倒是随时可以回来，可签了那个协议，到那个时候又是麻烦。”

“签什么签，不签。他要领他就领。当初离婚他要离，现在想要孩子，又要重签，天下全成他的了，他还想怎么着就怎么着了。”

“我要是跟他签，这中间要是明明待不习惯再回来，不够麻烦的。他后来说要签半年的，说不签没法让明明过去，他以为他买菜呢？”

“这个洪大周到底怎么想的？肯定是那小媳妇的主意，他可能怕领孩子回去，没法和那女人交代，所以要和你重签，不能什么都由着他。他要是真心想要儿子，不在乎签不签协议的事。何况，这是他的亲生儿子。”

“妈，我是真想放明明走了。你没看到他晚上睡觉要搂着那个人买给他的玩具，他是真想他了。可姓洪的到现在也没个信儿，上次我没答应他签协议，他可能也不想让明明过去了？”

“他要是真这样，明明还真不能撒手了，谁知道他到底安的什么心。”

“对，我先不放手，看他到底是什么意思。我看他目的就是不单纯。”

“他现在有好日子过了，想要孩子了，当初还不是说扔下就扔下，什么男人。不是我说你小曼，你这个年龄也不小了，怎么看事情还这么简单。就说那个律师，离得远不说，你对他了解多少？”

“妈，怎么又说到律师了，我的事不要你管，我自己又不是小孩子。两个人在一起重要的是感觉，没有感觉怎么在一起。”

“你和那个用电科长没见过，你怎么知道就没有感觉？找个北京现成的，户口都能给落下了，你还想什么呢一天。”

“俗，为了户口出卖自己，将来在一起，这事可有得说了。”

洪大周找到汝小曼，说给明明联系了离西马庄近些的学校，在北关环岛附近，这样，孩子上学回家都方便。听他的口气，他和小丫头应该是搬到西马庄来住了，但汝小曼一直没问，她不想提小丫头那几个字。

洪大周答应暑假让儿子明明和他们在一起相处，听他的口气，是铁了心要孩子，也没再提改签监护权的事情。也许他和小丫头协商好了也说不定，汝小曼这样跟自己说。只是她不明白，在方庄自己的房子住得好好的，怎么又搬到离宋庄这么近的地方来了，没有理由啊。

“没办法，这里租房子便宜，把方庄的房子租出去，在西马庄还能省下一千块，何乐而不为呢。主要是这里离宋庄近，和老朋友切磋画技也方便。”

这让汝小曼格外吃惊。想当初，他是排斥和那些画者们沟通的，觉得他们没有一个人的画技赶得上他。

新联系的学校要求父母都到场，毕竟他们这种家庭组合，学校有些事情要额外交代一下。结果校长不在，说午后让他们再过来，说是临时去教委开会。

大中午的，肯定要在哪里休息下。洪大周综合了一下路程，觉得去宋庄曾经的家里更方便。他又想家了？汝小曼直迷糊。

“上你们楼上坐会儿？没有意见吧。”洪大周头也不回地走着，身边跟着明明，后边是汝小曼。汝小曼走得慢，她觉得她也没有必要跟洪大周并排走路，而走在他前面，又有些不妥。跟在他后面，也觉得别扭，索性放慢了脚步。明明和洪大周走在一起，汝小曼有一刻备感失落。

“别去了，在哪坐不是坐，随便找个地方坐会儿吧。”

“怎么了？不方便？”

“我那里没什么方便不方便的，有什么可去的。”她和洪大周离婚以后，那段日子他回去看明明，差不多每次见了都要和她吵。这种生活，婚内她能忍受，婚外再这样，她坚决不能接受，离了，她也没有必要再让他踏进她的家门。再说老妈看到他们吵，心里也不舒服，她坚决拒绝了他。

“凭什么我就不能去，那一砖一瓦哪里没有我的功劳。别忘了，那装修当初都是花了我的心思的。”

“你装修怎么了？我让你走的吗？走了现在还抱怨这些，有意思吗？”汝小曼说这些的时候，看到明明一言不发，她心里难过极了。洪大周，你到底要干什么？来我家，我邀请你，你可以来或者可以拒绝。我没邀请你，你凭什么还要来我家？你如今已经有了自己的家庭，你到底在想什么？

“我家你随便去。”洪大周似乎极大度，头也不回地在前面走着，而且对汝小曼拒绝他去他们家，格外气愤，就好像那个家他随时出入才应该。

“放心，你家我不会去的。”汝小曼不想再和他就这个话题纠缠下去。在明明面前，好像是她这个做妈妈的不让他爸爸回他们家一样。可他们如今这种状态，洪大周有必要说这些话伤人吗？

汝小曼无限伤感，却又无处诉说，就像当初他们回广东离婚回来，他洪大周一时没有地方住，一直和他们住在一起，那段日子，让汝小曼觉得别扭。

洪大周给汝小曼的信号一直是离婚不离家，离婚会和她复和，可她还是觉得他越走越远。当他觉得洪大周没有和她复和的意思以后，她让洪大周离开，洪大周却当着明明面说：“你妈撵我。”

这所有的一切，汝小曼不知道明明怎么去想。

她这些郁闷，无处诉说。

说给杨一士，杨一士也仅限在电话或者QQ上安慰一下她。

## 5

张莉娜骑着摩托车出来的，今天她没坐公交车，毕竟宋庄到驾校的距离很近。

她戴着头盔，一副飒爽英姿的形象出现在电脑先生贾平峰的面前。她一般骑摩托车短途从来不戴头盔，可上次陈陈说老妈戴头盔太帅了。

“得了，我变态呀！帅是有所指的，帅都是说男人，我又不是男的。“

“帅，就是帅，我老妈就是帅就是靓。”陈陈却坚定自己的说法。当然，她在最后又补了一个靓字。

想到这，张莉娜抿嘴一乐，也不知道自己这一大早搞得这么帅要干吗。她差一点扑哧笑出声，笑自己的反常。

骑到新竹烤鸭店门前，她单腿支地，东张西望起来。这就是930公交车驾校这一站，她想贾平峰一定是在站口附近等她，因为她没说是坐车还是骑车。

贾平峰把头探出车门，向她摆手，原来他在对面。张莉娜没动。贾平峰发动车子，在路口等红绿灯，绿灯一亮，他想都不想以最快的速度穿过马路，停在张莉娜身旁："你看，我去接你多好啊，这样你就不用骑车了，我拉着你哪儿都可以去。现在，我们去哪里吃早餐？你来选。”

“是你要过来吃早餐，又不是我求你，我哪知道去哪儿。按我的意思，你不来，我现在可能都用过早餐了。”

“以前我在这边学车的时候，在“香辣诱惑”吃过饭，我们去那儿？”

“一大早去吃辣啊，不是疯了吧。”

“我们去看看，看他们开不开早餐。”

“好。”张莉娜发动摩托车，右转，向路北骑去。

贾平峰一手抚着方向盘，不紧不慢地跟在她的身边，不时抬头透过车窗看一眼车窗外的那个女人，禁不住就会抿嘴笑一下。

而张莉娜一直看向前方，其实她自己知道，那个男人一定在偷看她。禁不住就有了那么一点小得意，表面上却不动声色。就算是这样，她心里还是无法理解这个男人，一大早从中关村跑过来，就是为了请她吃一顿早餐?

“这边开早餐的还真不少。我们不在外面，灰太多了，进屋里去吧。”贾平峰把车停在“香辣诱惑”门前。

张莉娜也把车停好，就停在贾平峰的红色夏利旁边。

“知道你会保养，喜欢豆浆，点两碗豆浆。”

“不，我不要豆浆，我要豆腐脑。你这人是不是就爱替别人做主啊。”张莉娜想起第一次见面买水的事。

“没有啊，服务员，那来两碗豆腐脑。”

“不，我要两碗，我要吃一碗看一碗。”张莉娜忽然来了顽皮劲儿，小声说，“你上次买两瓶水，你根本都不问我喜欢喝什么水。”张莉娜想起第一次他们见面来，一边把头盔放在椅子上一边数落他。

“下次注意，下次注意。”贾平峰笑呵呵地说，仿佛被眼前的女士数落还很受用。

“我家女儿陈陈最近又和你有什么交易了? 你没少赚她钱吧。”

“没少赚，请你吃顿早餐肯定够了。”

“得了你，一个硬盘就不知道赚我多少早餐了。”

“你冤枉我，你去行上打听打听价，我给你的是什么价位。认识你们家陈陈，我都亏死了，她太会讲价了，我还不得不甘心为她服务，净免费的。”

“无力不起早，你凭什么这么心甘情愿。”

“我的心哪，拔凉拔凉的。你说，我大老远从海淀跑到这里来，咋就不能听到一句夸我的好话呢。”

“我夸你干吗，是你要来我们通州，又没谁要请你。再说，你通州电脑城有店面，还不是为了回那儿去，顶多也就是顺路来吃个早餐。”

“冤枉，我那边有人照顾，我不用经常过来的。来，吃个茶蛋，我给你剥皮。”

"自己动手，丰衣足食。"莉娜赶紧自己拿过一只茶蛋，生怕被贾平峰碰了自己吃不成，"俺有洁癖，不要别人伺候。"

"那敢情好，以后可省心了。"

"以后？哪有以后？拜托，以后不要大清早骚扰别人陪你吃什么高贵的早餐了。"

"对不起，我可以坐吗？"

张莉娜抬头一看，竟然是温盛江。遂用眼睛余光扫了一下其他桌子，每桌都有人，她知道温盛江要坐她旁边是成心的。

"随便坐，这又不是我们家的。"

"莉娜，你也来吃早餐了？怎么跑这么远吃早餐呀。"

"你不也一样，你不也大老远跑这里来吃早餐了。"

"我最近在学车，你不知道啊。对了，我忘了向你汇报了，我最近在学车，闲着也是闲着。"

"真巧。"莉娜说过之后不再说话，埋头吃饭。

贾平峰看到他们认识，就和温盛江点了下头。

"那个，我想问下，下次还什么时候有机会一块儿共进早餐？"贾平峰似乎是无话找话，这次早餐还没结束，就准备下次约会时间了，"你家陈陈要我多照顾你，我可不能违命啊。"

"你别听那丫头一天胡说八道，我这么大的人了，要什么照顾。早餐就不用照顾了，我自己在网吧磨豆浆。以后照顾午餐和晚餐吧，你最好选中国大饭店。别的地儿我不去。"张莉娜故意崩着脸，但还是忍不住笑了一下。

"成，你定时间我来接你。"

"行行行，开玩笑的话，你也听不出来，那地儿可不是我们老百姓去的地方。以后你请我吃麦当劳吧，我家陈陈和我都爱吃那里的甜玉米粒。"

"闺女放假，我请你们一块儿去。"贾平峰一高兴就说出了让张莉娜很吃惊的话。

"那是我闺女，你说话的时候最好在'闺女'前面加上'你'，以免让别人多想。"张莉娜用眼睛余光扫了一下温盛江。

“好好，听你的。说好了，哪天我请你和你闺女去麦当劳啊？”

“打住，我说说而已。那地方是孩子去的，我这等年纪，还是不要去那里现眼了。”

“说定了，等陈陈回来，我请你们。”

“我现在学得不错了，一会儿我开车送你回去吧。”温盛江插了一句。

“不用了，我有专车。”张莉娜站起来，手拿头盔往外走。

两个男人对视了一下，站起来，各自走人。温盛江有些不死心，想紧追几步，忽然想到自己还没吃完早餐，又回到桌前。

张莉娜骑着摩托车消失在贾平峰的视线里。贾平峰心里暗喜，发动车子要回中关村，车行至北关环岛，左行去通州电脑城转了一圈。

只有温盛江显得无比失落，那包子一口就塞进了嘴里，嘴巴胀得满满的，嚼不出缝隙。

# 第十五章●放荡不羁的画家

## 1

期中考试以后，明明顺利转了学，从此，明明住在了洪大周家。每天看不到明明，让汝小曼跟热锅上的蚂蚁一样，备受煎熬。

想想自己离婚几年，冯伟业只给了她那么一点点情感，却给不了她更多的爱。哪怕一个平淡的家庭，他都给不了，不禁郁闷了一下。难道杨一士可以给她吗？她只想有个家，一个温暖的家而已。

以往有明明的家，也像个家的样子，而今明明不在家，家里一下子缺失了很多内容。

从此，情感热线随时可以接听。无聊之人也不是没有，一般都是警告之后挂断。所有的电话，都激不起汝小曼的兴趣。她对别人倾诉的情感，总能一针见血地说中要害，唯有自己和杨一士，让她格外欣喜却又格外头疼。

以她劝解别人的思维逻辑，杨一士始终不来北京相亲，自是退缩了，她尽可以放手，不用再把自己的感情扔进去，说不定哪天这扔进去的感情收都收不回来，付出多了，反而惹得自己痛苦。

可是，她每一天又和那远在郑州的律师缱绻在网上。她不知道自己是不是在自欺欺人，她始终说他们不是网恋，他们只是文友关系，而且他是她征婚征来的。自上次冯伟业回复了她的征婚启事以后，她一直没再把这征婚启事发给任何人看，冥冥之中，她期待着冯伟业的回归。

直到有一天冯伟业告诉她，她和当年的女同学相处了，她才恨恨地把这征婚启事发到三个QQ群里，看到杨一士和她打招呼，也发给他一则。

从此，她和杨一士邂逅。她回头看了他们的聊天记录，很早以前他们就有过语言上的交流，只是每次他们都说很少的话，原因是汝小曼不大喜欢在网上聊天。

她写过无数篇文字说网络是虚拟的，可她又相信网络这个平台成全了很多相爱的人。凡事都没有绝对的，她又格外相信着杨一士对她的感情绝对是真的。

男人每天给汝小曼发短消息，打电话，唯有热恋中的男女才会这样吧。她相信他是足够真诚的，只是工作的原因才让他不能立刻来见她。汝小曼一边等一边盘算着，是不是自己真的去一趟才行。

眼下明明不在家，她的时间忽然多得不知道怎么安排了。闻菁菁电话里告诉她："小曼，不是我说你，你这个年龄了，不能太幼稚了。既然你们觉得好，你去一趟又有什么？去了，行就继续，不行就放弃。没必要在这浪费感情。谁有那么多情感在这里挥霍？我们又不是十几二十岁的小孩。他没时间，你就直接杀过去，突击检查。这样也看得更清楚。"

汝小曼倒也这样想，可是总觉得这样没礼貌，这事也就一直搁置下来。偏杨一士每天都要和她缠绵，让她心底软软的，对杨一士也充满了无限的希望，心想暂时不见又何妨？他总会抽出时间的。她对杨一士简直就没有不说的话了，她跟杨一士说过婚纱照、婚礼以及他们的孩子。所有这一切，让汝小曼心底就柔软起来。

"我会养我们的孩子和你的孩子，哪怕卖血我都养。"

偏她的身体有半年多的时间在和她捣乱，每月大姨妈都按时骚扰她，但是量极少，每次两天就没了，这让她觉得恐怖。

"会不会子宫里出什么问题了？估计孩子将来可能都生不出来了。"

“你啊你，这么大的年龄了还要冒险生孩子？”闻菁菁表示不解，“我是不打算生了，他也不可能再要了，他儿子和我们在一起生活呢。”

“他未婚，我们将来在一起，肯定要考虑再生啊。我感觉我得去医院看看了，是不是要绝经了。”说到这里，汝小曼就想到了张莉娜，一个女人不到四十岁就绝了经，难道她离着也不远了？

“找个未婚的就是麻烦，你不能直接找个离的或者死老婆的？你啊，小曼，不是我说你，脑子就是太浪漫了。”

汝小曼懒得和闻菁菁在电话里唠叨，她打电话给汪莹莹，约她陪自己去医院。她没说担心将来生孩子的问题，只说月经少了，想看看是不是子宫长什么东西了。

两个人去了通州那个最大的部队医院。

挂完专家号，两个人坐在长椅上，汝小曼显得格外紧张。等到喊她进去以后，该说和不该说的都说了。医生建议她做个内诊，再做个彩超，特别建议她做个阴超，说会看得更清楚。

汝小曼在交费的时候，才发现阴超比普通彩超要贵很多。

“医生还不是为了赚钱，现在他们就是太依赖仪器了，如果没有仪器，我看他们连病都不会看。”莹莹十分不平地说。

“我们银行不是也一样，如果断电没了电脑，所有业务都只能停留在瘫痪状态。”有一个声音传过来。

两人回头一看，见是宁小平：“小平，你来医院干吗？”莹莹看着来者。

“最近老是肚子疼，也不知道咋了。医生非说要憋尿做彩超，说黑白超看不出来。”宁小平抱怨。

“女儿呢？”莹莹问。

“还在婆家，我现在在娘家住，离单位近。”

莹莹明白，上次听莉娜说她在和穆凡闹离婚，恐怕一直都没回自己家。

“宁小平，谁是宁小平？”穿白大褂的护士出来喊。

莹莹还没来得及把宁小平介绍给汝小曼，宁小平就被医生叫进了诊室。

“现在得妇科病的真多，我妈说他们那个年代，也没听说什么B超，更别说彩色的，黑白的都没见过，身体一个个都超好。现在人太依赖医院和药品了。”莹莹说。

“不然，你的药房怎么生存？”小曼接过话头。

“也有道理。”莹莹笑。

宁小平出来以后，护士把汝小曼叫了进去。汝小曼躺在那张通体白色的床上格外恐惧，紧张得全身都差不多缩成一团了。

## 2

“放松，都过来人了，怎么还这么紧张。”医生显得有些不耐烦。

汝小曼看了一下那个阴超仪，那东西似乎比男人的阴具要长很多。也许它只是一种器具，因为没有温度才会让她有恐惧的想法。她吓得再也不敢睁开眼睛，并缩紧了身体。早知道不如不听医生的话，直接做个彩超，彩超只需将那滑溜溜的液体抹到肚皮上，用仪器在肚皮上面测一圈就OK了，眼下这罪不是她能受得了的。忽然，她感到有东西在自己的身体里强行搅动，差不多要直抵胸膛了。

“放松，放松。”医生愈加不耐烦起来。

汝小曼只好一副豁出去的架势，将绷紧的神经稍稍松驰了一下。如同自己就是那躺在案板上的鸡鸭鹅，将要任人宰割一般。一想，自己是为了一个新的宏伟目标在这里看医生，就特别豪迈起来。她其实挺希望将来她的肚子里再孕育一个小生命，那样明明就将有弟弟或者妹妹了。

以前她和明明对话过：“以后我们也要个弟弟或者妹妹，怎么样？”

“不怎么样！”

“为什么不怎么样？”

“不怎么样就是不怎么样！”

“有弟弟和妹妹多好啊，你的旧衣服，可以给他们穿，你不喜欢吃的东西可以让给他们。”

“不怎么样，要是妹妹，她怎么穿我衣服？”听到说妹妹，明明问汝小曼。

“那我们只好给她买了。你不是希望我们家再添个人吗，要是将来真添个叔叔，妈妈就给你生个弟弟，让他穿你穿过的。”

“没意思。”明明说完就跑一边去了，他不喜欢这样的话题，偏汝小曼偶尔会灌输给他一些这样的东西。汝小曼有她的想法，如果将来真的和杨一士结婚，那势必是要生孩子的。尽管现在还没有提到结婚的日程上来，可将来总是要面对的，将来让明明面对，不如现在偶尔给他灌输一些，也好让他有个思想准备。

明明在兴高采烈地玩着游戏的时候就会说：“随便你生去呗，弟弟妹妹无所谓。”他说这话，是因为他游戏玩得正酣。如果正襟危坐和他谈，他就会说“不怎么样”这几个字。

不怎么样，到底是什么样？汝小曼反正是铁了心爱那个杨一士，因为她觉得那个男人那么爱她。她想，他们互相配合着爱了好几个月了。

医生给的结果是，一切正常，但是建议做五项激素测定。如果激素水平不正常，就要做周期，如果想要孩子，更要做周期。医生说她这年龄既然有孩子了就不可能再生了，汝小曼就歪着脖子笑着对医生说：“您怎么知道我不要再生了？”

汝小曼不懂什么周期不周期的，医生告诉她下次空腹过来再测定。她只有遵医嘱。

“小曼，你将来真想再生个？”莹莹问她。

“那我要是和他在一起，人家又没结过婚，能不再生吗。”

“那倒是，你说女人的事可真麻烦。年轻的时候觉得月经多，嫌烦，现在少了也烦。像我，现在子宫没了，没有月经，不想还行，一想也烦。”

“我就是怕医生，怕得不行，总觉得他们跟老虎一样。生了明明以后，又怀过一次，后来就铁了心上了环。和姓洪的分开后，就把环拿掉了，铁了心这辈子不再嫁了。”

“你还年轻，不嫁是不可能的。我跟你说个事，你可不许笑，我和申家奇有一次在一起，他说好像有什么东西扎他，我说能有什么东西，到医院一检查，才发现是环掉下来了，是环扎他，笑死我了。”

两个女人在大街上笑成一团。

“想想，申家奇有两个礼拜没回来了。”

“他工作那么忙啊。”

“是啊，尤其他是新调过去的，事情多，凡事又想做到最好。这方面我理解。只是他有的时候会不理解我。上次他回来，我们和同学一块儿吃饭，就因为那个男同学主厨，上桌晚，我给斟了酒，那眼睛看我就不对劲儿了。故意搂着女同学在一起拍照片，那话说起来也是酸得要掉牙了。不就是给人家斟个酒吗，又不能损失我什么，我就搞不懂，他醋个什么劲儿。他和女同学拍照片，我还没说他什么呢。”

“他是不是在太在意你了，男人在意你说明你在他心里分量重；不在意你，你对别人好他理都不理，那他就有问题了。”

“你呀，你就会替他说话，他给你什么好处了。”

“不是我替他说话，我觉得申家奇是一个挺有责任心的男人。”

“他上次跟我说，说有个女人黏乎他，要和他去酒店开房。他才不会去，他说那女人醉了。其实后来他听别人说那女人故意装醉，就是看上他大高个儿，想和他好。他说他可不想在这方面犯错误，这女人不是一般人，到时候把他的事给捅出去，他还想做局长？做梦吧。”

“他啥都和你说？”

“是啊，他啥事都跟我说，我也和他说，我们都没有隐瞒的事情。”

“这多好啊。”

“唉，就是也愁啊。啥时候能调回来还不知道，还是在一块儿更踏实。对了，你的事也得抓紧了，趁年轻要生就赶紧生，年龄大了不好生的。”

“我急没用啊，人都没见到，我只是在这里做好准备而已。我这事要说给谁听都觉得荒唐，你就别给我往外传了。”

“我没事传它干吗啊，我是为你着急，碰到可心的不容易，要是合适就赶紧定下来。”

“他没时间嘛，案子多。”

“案子再多，那这婚姻也是个大事，他不急，你也得急啊，你年龄在这呢，他比你小，他当然不急了。男人刚过三十，正是好时候，我们可陪不起。”

想想莹莹的话，愈发让汝小曼郁闷起来。可她不知道怎样跟杨一士表达这些东西。说多了，好像她真的在急他们的事。就算真急，也不能太让男人感觉到，而杨一士早就该感觉到了。

听汝小曼提到去医院，杨一士就问她怎么了。头天晚上汝小曼故意说第二天有事情要在他眼前消失一天，他问去干吗，她就说去相亲。

当她等在医院门诊外面的时候，杨一士发过短信说捣乱，然后就撤了，当时汝小曼禁不住就笑了。想象着他淘气的样子，心底就觉得来看医生是值的。

肚子已经饿得叽哩咕噜了，才轮到她进门诊室。做过五项激素测定以后，说各项值都是正常的，听到医生说正常，汝小曼就固执地跟医生说既然正常，为什么月经量还那么少呢。人家医生当然愿意卖药，就给她开了三盒药，说是做周期治疗。

当时医生还问她，要开几盒。汝小曼傻傻地问，一个疗程几盒，说是三盒，那就开三盒呗。回来细看说明，才知道是激素类药物，这种药品副作用极大。

一回到家，汝小曼就决定不吃这种药，如果真吃出问题来，那不是更麻烦。汝小曼越想越觉得那医生可疑，还有问患者要开几盒的？有病治病，是必须吃几盒才对的，可见，这事不能马虎。

说给杨一士听，杨一士说不要吃了，可能是精神紧张，慢慢调理，以后会好的。再以后他们说起话来，杨一士就说他以后就是她的美容霜，就是她的药品。两个成年人心里都明白是怎么回事，只是不捅破而已。

出租半张床铺的图片他照发，汝小曼接过来就嗔怪他无聊，说归说，心里却又在憧憬二铺合一的日子。自己一个人睡大床这么久，的确需要有人来补充空缺了。

## 3

温盛江很气愤。一张欠条，断送了他的前程；一次婚姻，让他备受空床期的困扰。想找个女人再入围城，良家妇女却难求，也许只怪自己有了污点。

从那次早餐看到张莉娜有了另一个男人以后。他对她就不再抱任何希望了。心想，反正世上女人多，不差她这一个，他就把她给PS掉了。

又一次画展过后，他把目光集中在了那两个姐妹画家身上。他很清楚这两个女人都没有结过婚，但是在感情上是很看得开的。

空床期对于温盛江来说实是太难熬。有一天游荡在燕郊，差点被一个夜游的女人拉进暗房。对于这些女人，他还是有些害怕的，怕沾染上洗不去的病。可他多么想尾随她进到那个房间里去，他男性的生理需求格外旺盛。

那里面等着他的将是销魂蚀骨的纠缠。他喜欢和女人在一起的所有肢体动作。他极恼怒地想，当初为什么就没把那个足疗城女人给拿下来，如果那样，也不枉担这虚名。想完，心里就恨恨的。

他去姐妹画室的时候，看到妹妹小芩在作画。姐姐小菁不在房间，就说：“我能荣幸地邀请你去我的房间喝个小酒吗？”

小芩说：“酒精是麻醉神经的，我近来不常喝，担心自己走火入魔。”手里的画笔仍然没有放下。

“走火入魔是一种境界，男人要是都能像左冷禅一样，练了葵花宝典，挥刀自宫，那世上女人少了多少不必要的纠缠。”温盛江的眼睛里有火。

“实际上，男人都还没有自省到那种地步。”小芩画的乳房像一朵太阳花开在花布上。在另一幅画布上，则画着女人性器官。

“我想自省，可我又贪恋人间美色。”温盛江靠过来，小芩感受到那呼之欲出的沉重鼻息，温盛江夺过毛笔，在水杯里浸了一下，抬起来，在画面上方停留了一下，水珠坠落在画布上，淡淡地漾开去。温盛江顺势搂住了小芩，小芩肩上搭着半个披肩，另半边已经垂至肩后，“添上这滴水珠，这幅画才活了。”

“你觉得你很有男人味吗？认识你这么久，还真没看出来。想不到你也贪恋美色。”小苓的胸在耸动。室外是黑漆的一片，夜能掩盖一切吗？她暗想。姐姐一时回不来，她被她们的母亲喊去应付相亲。她比姐姐小一岁，姐姐未嫁，她不用考虑自己的婚事。

她小的时候经常看到父亲打母亲，对男人就有一种恨的感觉。如今父亲因为脑瘤手术变成了傻子一样，她想，如果全世界的男人都患了脑瘤，都做过手术，会不会都像她的父亲一样，只愿意傻傻地跟在自己的女人身后，就算自己女人拿着小鞭抽打在他身上，他也满脸是笑毫无怨言，仍然紧紧追随，唯恐被她丢弃？可是性功能都没有了，那还有什么意思，她想。

“我知道你离过婚，是她不要你。”小苓肯定地说。

“我所有的地方都能满足她，只是一次阴差阳错的错误让她离开了我。她的空床期，一定极度幻想我来补充，可她太爱面子。”

“你太自信了。”

“我没有什么不自信的。”温盛江丢掉手里的毛笔，搂过小苓，因为，他捕捉到她眼神里的迷离。

整个披肩滑落在地，他们陷在那张大双人床上。每天，两个姐妹都睡在这张床上。

……男人和女人，就这样在床上沉沦。

“你以后不要再来找我了，我们仅此一次而已。”小苓快速地穿着衣服。

“我还会再来。”

“你敢！”

“我有什么不敢。除非你姐姐也不欢迎我来。难道，你以后不会想我吗？”温盛江霸道地搂过眼前的女人，吻得她透不过气来，当他懈怠下来温柔地吻着她的唇时，小苓如一摊泥一样软在他的怀里。“是不是我前戏做的不够好？我应该在今天之前追求你是吗？”

“不，这没什么，直接更好，我喜欢这样。”小苓咬了下他的嘴唇。他轻轻地哎呀一声。

“小猖妇。”温盛江想再次把小芩揉碎在自己身下。

他俩都知道他们不用谈婚姻，大不了将来住在一起，有性就够，和谐就行，自由诚可贵。婚姻只是一张纸，有没有对他们来说都无所谓，尤其对眼下的温盛江来说，那张纸毫无意义。

有性，就是圆满的人生，温盛江现在如是想着，尽管有些累，但是他再一次把小芩扔到床上，剥青葱一样，把她刚武装好的衣服全剥去。他想，人生苦短，要尽情在女人身上潇洒作画。

他们太投入，以至于没有看到站在门口欣赏他们的另一个女人。

## 4

“小芩，做爱可以，谁让你把男人领回家来的？”门口站着的女人终于发话。

一男一女迅速穿好衣服，遮住自己裸露的肉体。

“赶紧从我眼前消失。”小菁转身走进卫生间，把门关得山响。

温盛江被小芩推出门外，他觉得自己像一只丧家犬，原本还帮主人看家护院，来了生人还曾卖力地一顿叫唤，却不曾想新换了主人，就被一脚踢出了院子。

他倒不颓废，只觉得双腿有些软，好久不做这事，冷不丁做得太多，有些吃不消。走在宋庄夜的路上，温盛江苍凉极了，先前做爱时的快感顷刻之间消失得无影无踪。

“哥们儿，怎么夹起尾巴做人了？”老尤骑着自行车从他身旁经过。

“夹个毛啊夹，做爱伤身啊。你跟你媳妇悠着点，这不是什么好事，影响寿命。”

“我媳妇根本对这事不感兴趣，十天八天不让我碰一回。”

“那你就和你情人悠着点。”

“没你富有。说真的，这次画展你卖得咋样？”

“屌毛也没卖出去。行了，哥们儿，回见，我得回去睡觉了，困死了。”

老尤拍了下他的肩，骑车远去。

张莉娜的网吧还在营业，从窗口看过去，人还不少。

“妈的，老子本来想要个合情合理的婚姻，可追个女人都追不到。以后这日子就这么过了。他妈的也没什么不好。”自己被自己说服以后，温盛江心里也就轻松多了。

而此时，网吧外面停着的红色夏利车里，贾平峰正在有耐心地等着张莉娜。而张莉娜对他说过无数次了，晚上吃过了，不想和他共进晚餐，让他不要浪费时间。何况晚上网吧人太多，需要她管理。

她这是一种托辞，她不想和电脑先生走得太近倒是真的。她静下来问过自己，她真的不想再结婚，这么些年，她真的已习惯了这样宁静的生活。

而贾平峰这么愿意接触她，其一是陈陈的原因，他喜欢这个聪明又孝顺的孩子；其二是想不到那个张海峡跟贾平峰还倍儿熟，他们在中关村有过业务上的来往，在一起吃过饭，彼此印象都不错。贾平峰心想，娶了他妹妹，那还真算是知根知底。女人嘛，是需要追的，张莉娜是个传统的女人，一定是多年没有老公，心生了太多的小女孩情结，他表示深深地理解。

而结婚对于张莉娜来说，就是和男人上床睡觉，给他做饭，此外，她不觉得男人对她有任何用处。再有就是感冒发烧的时候有个人陪着，能端个水递个药，除此之外，男人对于她来说，也就是两个汉字。

都说一个人难抵空房，可在张莉娜的想法里，空房并不空，有电视有电脑，空什么？她的住处其实只有一台电视和录音机是有响儿的。每次打开门换上拖鞋，她就把电视摁开，屋里没有声音她是坚决受不了的。那电视一直响到她钻进被窝，直到睁不开眼睛她才会放它休息。

所以，失眠对于她来说根本不存在。何况，前些天她和莹莹去葡萄园买了好几瓶红酒回来。临睡前喝上小半杯，晕乎乎的，睡得更香。

她想自己的余生大抵就是这种状态了吧。

偏贾平峰就在那破夏利车里极有耐心地等着她，他能等来什么呢？她想，其实什么也等不着，她不会再和他共进早餐、午餐甚至晚餐。那天早晨在驾校吃早餐碰到温盛江，她想这男人不知道会不会在宋庄宣扬她。她不希望自己和男人在一起的一丝话题被别人当茶余饭后的闲嗑说起。

他在破夏利车里什么也等不到，他却等得足够有耐心。她想，顶多他跟在她的摩托车屁股后面把她送回家。

“莉娜，陈陈跟你说那个好消息了吗？”

接到贾平峰的短信，一看是有关陈陈的消息，她于是追问：“什么？”

“她下学期被学校保送去韩国上学了。今天下午发飞信给我了。”

“这丫头，没跟我说。”张莉娜的短信回得特别快。

“她是要等开学的时候给你惊喜吧，是不是怕你给她存钱啊？”

张莉娜不再回短信，从网吧里快步走出来拉开贾平峰的车门：“陈陈啥时候和你说的？”

“就下午啊。下午她给我发飞信了，说学校初步定下十来个呢，有她一个。”

“完了，做女人做妈妈都太失败了，她怎么可以不告诉我？她怎么可以？”张莉娜打开车门坐在后座上，她怕被哪个熟人撞上。

“你别想太多了，她是不是怕你想别的，怕你给她存钱吧。她非常心疼你，我感觉。”

“那她也该告诉我一声啊，我还抵不上一个外人。”心下就难受得不成样子。

“我……”

“你说，你怎么骗得我闺女这么相信你？”

“我没骗她啊，我就觉得这闺女又聪明又孝顺，我们又能用韩语简单交流下。”

“我要学韩语，我要学韩语。”张莉娜打开车门，跨出门的那一刻，不忘回头看了贾平峰一眼，“你教我。”

“行，没问题。”贾平峰很开心，心里却在说，这女人怎么这么霸道呢。没办法，那也得等。等到张莉娜关门打烊，他把夏利车从对面开过来。

“还骑摩托车干吗，别骑了，坐我的车吧。”

“不用，我明天早晨还要骑来呢。你说说看，我怎么跟你学韩语。”

“去你家。”

“那不行。”

“或者去我家，我在海淀有房子，可惜通州没有啊，不过跑到海淀也不太现实，除非晚上你能早些打烊。”

“谁家也不能去，换一种学法。”

“那每天你坐在我车里学一会儿，然后我再送你回家。”

“嗯，这个倒还可行。那就这么定了，每天我跟你学半个小时。”

“老大，时间太短了吧，那能学到什么呀。想拜我为师，至少每天一个点儿。”

“那好吧，就先听你的。”

“什么叫就先听我的，要听就得一直听，不然不教。”

“咦，你还来劲了？那我去和小孩子跟班学去。”张莉娜戴好头盔，要发动摩托车。

“跟班也不大现实，都是小孩子，肯定教得量少，你跟他们学，那得学多久才能跟你家闺女对上话？跟我就不一样了，我晚上时间这么多，你想学几个点儿都成。”

张莉娜重新审视眼前的男人，想想：“那好吧，就从明天开始。你得准备下，不能糊弄我。我按小时付费，至于费用，我们回头研究。”

“没问题。你可以多给点劳务费。”

“想得美。”

两个人发动车子，电脑先生一路相随着把张莉娜送到她家楼下。想到明天要拜人家为师，在放好摩托车进楼洞之前，张莉娜跟车外站着的男人挥了挥手。

贾平峰看她进了楼洞，心里就美起来：“有门儿。”

# 第十六章●生命的脆弱

## 1

等到莹莹跑下药房逼仄的木质楼梯，才发现自己竟然忙乱之中连拖鞋都忘了穿。光着的脚趾上似乎还残留着被窝的温度。

这个时候，身边连个男人都没有。她想哭，可她抹了下眼睛，不能哭，她告诉自己。

外面天是黑的，她顾不了那么多了，把门锁好，她在门外等穆凡的车来接她。幸好还有穆凡，幸好穆凡买了大车以后，小车并没有卖掉。

街上已经看不到出租车了。她站在门前，觉得有些瑟瑟发抖，尽管夜里的温度其实也低不到哪里去，可如今让莹莹去感受，就如同掉进了冰窖。

不远处有男人口哨声传过来。莹莹很着急，穆凡怎么还不到呢，她心里一面默念他快些到，一面向远处张望。

穆凡的车在莹莹身边停下，莹莹赶紧跳上去。

再拨申家奇电话，还是不通，气得莹莹差点把电话砸掉。等到他们赶到莹莹娘家，莹莹感觉到了气氛的不对劲。这个时候申家奇的电话正好接通，他说现在没有车，只能到大街上去打车试试。那是郊区，出来能不能碰上车还不知道。

申家奇一边告诉莹莹别急，一边收拾好就往外面跑，这个时间，能找到车也是稀奇。

父亲坐在那一声不吭，莹莹望向客厅，没有人，跑到卧室，母亲躺在床上一动不动。

“爸。”

“你妈，人没了……”老爷子说完，就哽咽了。

莹莹扑到床前，大声喊着，可老太太没有一点回应了。

“送医院啊，怎么不送医院。我哥他们呢。”莹莹大声叫着。

“她摔倒了，就再也没起来，鼻息都没了，连句话都没交代。对门阿良帮我把她抬到床上的，就让她在自己的床上去吧。”老爷子背转过脸去，“你哥他们还没赶过来，电话打不通。”

“妈。”莹莹扑过去，大声哭起来。心里恨自己出来得太晚了，耽误了抢救母亲生命的最宝贵时间。

等到申家奇打车赶到岳母家，莹莹已经哭得没有一点力气了。

“申家奇，你把自己调得远远的，你一个人是舒服了，家里的事啥也指不上你，你啥也不管，要是我倒下了，你是不是就高兴了。”

“你看你说啥呢，别闹了行不行。我回来是晚了点，可是你们怎么不打120，让医院来抢救。”

“已经用不着抢救了。”老爷子说完，示意申家奇坐下。

“男人怎么都这么铁石心肠，你还有脸坐下。你说，我打电话怎么老是不在服务区。”

“我们公寓楼层高，我住的户型不好，对面就是一堵墙，可能影响信号，不光是你，别人有时候也找不到我。”

“找不到你？堂堂一个局长，住在一个别人找不到的房子里？”

“这不是临时借住吗，局里正要给我们俩换房间呢。你今天能不能不跟我吵，有气，我们回去再撒。”

“我有气，我轮不着跟你有气。”莹莹脸上挂着眼泪。母亲是再也醒不过来了。哥哥嫂子都还没到，自己作为唯一的女儿又迟来一步，她对这人生忽地一下子就看透了。

“妈，爸。”莹莹的哥嫂闯进来，然后是他们的哭声。

莹莹看都不看他们，也不再数落申家奇。她现在的气基本全是冲申家奇去了，如果申家奇不调到那么远的地方去上班，如果他能和她接到父亲电话立刻赶过来，如果能立刻送母亲去医院，她想母亲是不会这么早就离开他们的。

她觉得他们输在了时间上。

“莹，你不要再生气了，你妈是摔倒了就没起来。就是再来什么快车也是救不了她的啊。她这样也好，没遭罪。”老爷子一下子苍老很多，或许是夜的灯光下，人本身看着就有些憔悴，“他妈，等着我，我很快就来陪你。”

“爸，你不要难过。”莹莹这才想起老父亲无人理，其实他比他们这些做儿女的更伤心吧。

她觉得自己一时忽略了父亲的感受，父亲此时就像个失去母亲的孩子一样，坐在椅子里，显得很无助，尤其在哥哥他们踏进这间屋子以后，父亲就不像先前那样坚强。他何时变得又瘦又小了？听到父亲说很快追随母亲而去，莹莹心里不禁一疼。

这一夜，基本谁也没有睡觉，莹莹瞪着眼睛看着窗外，她怎么也无法想象，生命是如此脆弱，几个小时前，她和母亲还有说有笑的，可转瞬就阴阳两相隔了。想着，眼泪就禁不住又流了下来。

## 2

莹莹感觉自己的父亲一下子就老了。丧事办过之后，该走的人都走了，她却舍不得离开父亲。

由于单位事情太多，申家奇等丧事过后也要回单位了。在走之前，他和莹莹都很安静，莹莹不再和他吵。事实上，他们平时也很少吵架，就算是有吵的机会，申家奇也是让着莹莹，他一直觉得，好男不跟女斗这话不是随便说说的。自己的女人，就算她做得不对又能怎样，有时还不是为了自己好。

何况莹莹是一个既顾家又整天忙于事业的女人。她的辛苦，申家奇都看得到。

走之前，经过莹莹身边时申家奇故意撞了她一下，莹莹侧过身去，不打算理他。他觉得这样走出家门不合适，就用手背在莹莹的脸上贴了一下："记得晚上早点打烊，别太晚了，太晚我不放心，现在啥人都有。记住了没。"

莹莹的眼泪差点滚出来，现在除了父亲，也只有申家奇能实心实意地关心她了。而父亲不同于申家奇，父亲的儿子不可能像她这样贴心地对待父亲，嫂子就更别想了。从此以后，她要差不多天天回自己的父亲身边去疼他。

而申家奇不同，他除了有她，还有他的爹妈疼他。当然，申家奇是唯一的，而莹莹也是唯一的，想到这些，她心里面又酸又甜，禁不住就顺势点了下头，算是答应了。

尽管莉娜和小曼这几天都找时间来陪她，可她心里面还是有一股火无处宣泄。待到夜深人静，关门打烊的时候，她不再主动给女儿和申家奇打电话，奇奇倒也不理她，申家奇还是像以往一样给她打过电话来。

"莹，我们现在手机信号好多了，以后基本不会不在服务区了。我们从那间屋里搬出来了。"

莹莹听了，没有欣喜。在不在服务区，好像有一点无所谓的意味，她忽然觉得有一种很茫然的感觉，就想，感情到底是什么？老妈走了没几天，就有人来提亲，老父亲尽管是拒绝了，可看得出，他是想有个老伴陪他的。

要是我走了，申家奇会不会很快就找下一个女人？躺在双人床上的汪莹莹看着药房乱七八糟的小屋，忽然就有了一种大彻大悟的感觉。不能再在这里住了，这是人住的地方吗？这是窝，如果说申家奇和她窝在这里，女儿也和她窝在这里，她会觉得也还好，可偏偏现在只有她一个人，就免不了窝得有些辛酸。我一天挣那么多钱，为了谁？我死了，申家奇会新找女人，我的钱就会给另一个女人花。女儿会不会对另一个女人叫妈呢？

再一想到她自己的妈妈，平时省吃俭用，说去就去了，享受到什么了？

汪莹莹翻来覆去睡不着，有心想把租出去的房子收回来，可是她去收房租的时候，看到那两个小伙子简直就把那房子当仓库了，折腾得不像样子，收拾也得收拾一阵。想想自己手里有些钱，不如付个首付再买个大些的，这样老公女儿回家，有个住的地方，也有个家的样子。想想这一年住在药房里的日子，只要三口都在家，女儿和她睡大床，申家奇就要睡地板，想想也心疼他，那么大个子的男人，有些委屈他了。还局长呢。

禁不住一笑，好久都不笑了，心里笑过还是有些苍凉。其实申家奇倒是不挑，除了小时候父母溺爱他，给他吃了太多的糖，如今让他的牙齿不怎么好以外，汪莹莹怎么看申家奇都非常顺眼。

有了目标，莹莹忽然觉得自己充满了力量。她想打电话告诉申家奇，一想算了，已经很晚了。明天就去看房，看好了再告诉他。

有人砸门。她屏住呼吸，这么晚了谁还来买药？很多药房在门前写着二十四小时营业，申家奇在家的时候，她都没有这样敬业过，何况如今一个人住在这里，她更不敢一天二十四小时对外营业了。

她不说话，外面还在敲。想想自己如果不搭腔也不行，外面以为屋里没有人，会不会撬门啊？越想越怕，她悄悄爬起来，从楼梯口往下走，她走得很轻，木质楼梯没发出任何声音。

敲门声还在继续。

“谁啊？不卖药了。你去对面义仁堂看看吧。”

“汪莹莹，是我。”

“你是谁？”

“你高中同学啊。”对方说了自己的名字。

汪莹莹想起那个男生来了，她对他从来就没有过好感。那人喜欢喝酒，交女朋友。何况现在时间不对，就算对他没有过不好的感觉，那么她也不能给他开门。

手机铃声忽然响起，莹莹快速跑回楼上，是一个陌生的号码。

“不行，太晚了，我不能开门。对，申家奇也在。”

对方固执地说申家奇不在。

“不管他在不在，我们是不会这个时候开门的。你要聊天，白天来，你要买药，到对面去，对面药房一天二十四小时营业。不好意思，我们这个时候不营业，我挂了。”莹莹关了手机，心怦怦跳着。

砸门声消失了。她记起这个同学最近来买过两次药，不知道今天抽什么疯，估计是喝酒了。莹莹翻了个身，还是睡不着。这男人喝了酒，咋就没有理智了呢？看样子，酒真不是个好东西，幸好申家奇喝酒不多。不知道为什么，哪件事情，她都能跟申家奇扯在一块儿。

打电话过去，申家奇说都睡了。

“你没喝酒吧？”

“大半夜的，你就说这个？”

“你喝了酒，有没有半夜砸女人大门？”

“你发什么神经啊，你看我平时喝醉过吗！”

“你是平时没喝醉过，可也偶尔醉过吧？”

后来，听到汪莹莹说她同学来骚扰她，申家奇就说：“你把他号给我，我骂不死他！”

“我删了。”其实莹莹没删，只要打开已接来电，一定会查到那个号，可她何必找这个麻烦呢。想想，这事说给申家奇又有什么意思，搅得谁都睡不好。

“好了，睡吧，没事了，我不开门就是了。再骚扰，我就拨110。”

“你不用拨110，你拨穆凡电话就行。”

## 3

电话响，汪莹莹一边接电话一边忙着给顾客拿药。

“嫂子，刚才我哥电话给我，说有人半夜砸你家门，下次你不用搭理他，你直接打电话给我，看我怎么收拾他。”

“是穆凡啊，我现在店里有人买药，就以前的同学，没事。你和小平怎么样了？别一天瞎闹，好好过日子，孩子都那么大了。”

“我们啊，我们没事，那我就挂了。”

穆凡心里很茫然，可表面一点都不茫然，媳妇至今待在娘家不回家，铁定了要和他离婚。老妈说：“你去她家说点软话，赶紧把媳妇领回来。你抱着孩子去，她心就软了。她说离你就离啊，孩子缺爹少妈的怎么行啊。”

“我不去，爱回不回，少了她过不了日子了？”

“你能过，你怎么过都成。那丫丫怎么过？打小让她就没妈？快去。你想气死我啊。”

“妈，不是我气你，这女人从来就是瞧不起人，不就有个破工作吗。我也不想跟她过了，太累了。”

“啥瞧起瞧不起啊。过日子就别穷讲究了。你是男的，你让让她不就行了。过日子哪有舌头不碰牙的，哪有两口子不吵架的，男的要大度。一个人带孩子不容易，这孩子跟了你俩哪一个，也没有你们在一块儿生活好。”

“妈，你别唠叨了，我不去。”

孩子哇哇大哭起来，老太太赶紧蹒跚着走过去。穆凡嫌烦，开门走了出去。

当穆凡急匆匆地赶回家时，宁小平也在。

孩子突然发烧、拉肚子，先是哭闹，后来干脆连哭的力气都没有了。老太太先是给穆凡打了电话，想想又给宁小平拨了一个，央求她快些回来看看孩子，说孩子这一下子病得不轻，哭都哭不出来了。

当时宁小平正在柜台里工作，听说丫丫病了，扔下手里的钞票赶紧和领导请了假。小半个月没见到丫丫了，她也想，可她想好了，说什么也不能惯穆凡的毛病，他要是不软下来接她，她发誓就不回那个家了。

在宁小平面前，穆凡一下子又笨手笨脚起来，不知道怎样应对眼前的孩子。宁小平给孩子擦了擦脸和手，衣服也没换，抱起孩子就往楼下走：“去医院，都这样了还不去医院。”她的声音很轻，却充满了力量。

“穆凡，你还不下去开车。”穆老太太在后面跟穆凡说。

穆凡拿了车钥匙，侧着身从宁小平身边走过。

抱着孩子的宁小平走到车旁，穆凡早把车门打开了，她想了想，坐了进去。

到了潞河医院，穆凡去挂号，当孩子输上液以后，两个人才都松了口气。

“想好了吗？”宁小平看向别处轻声问道。

“想好什么了……没有。”

“按我的意思做吧。孩子今天跟我回我妈那儿，连个孩子都照顾不好。”宁小平的声音很低，她不想吵到孩子和别人。

“宁小平，你什么意思？谁家孩子不感冒，谁家孩子不生病？你没打过针，你没吃过药？”穆凡的声音一下子就大了起来。

“算了，这是医院，我不和你理论。孩子你管不好，还是我来带吧，我辛苦点，没办法，谁让我是她妈。”同学朋友也都劝过她，就算要离婚，也不能要孩子，带个拖油瓶，将来可不好嫁。

可现在她一看孩子还小，她不可能不管。这小半个月，她也很受折磨，老妈在耳边一次次叹息："这个姓穆的还真能抻，媳妇都不要了。"

“妈，你烦不烦啊。”宁小平每次都显得很不耐烦。

两家妈妈都是寡居的，都是一个人带大的孩子，她们深切地知道一个人带孩子的苦。这些年，她们也只能局限于躲在自己的房间，对一个人抚养孩子的点滴辛苦暗暗地落些眼泪。

孩子的生活，她们又无力干涉。

面对宁小平要把孩子带回娘家的话，穆凡一时失了主见。他知道，老妈如果在眼前，是会力挽狂澜的，至少能劝说宁小平回自己家。他脑子里乱极了，不知道怎样应付眼前的变故，他本以为宁小平回来带孩子看病，会顺水推舟跟孩子一块儿回家，想不到这却加快了她要离婚的脚步。她如今连孩子都不舍得放在他的身边了。

这让他觉得自己格外失败。

“宁小平，孩子我不能让你带走。她现在病着，等她扎好针，我还是要带她回去的，你要么跟她一块儿走，要么你一个人回娘家。”

“我不回去。”

“那只好等女儿好了，我们再谈了。”

“她这样子，我能放心吗？”宁小平眼泪汪汪的。

看到眼前的宁小平，穆凡的心也软了：“那我们一块儿回去，等丫丫好了我们再说。”

宁小平不吱声了，她想，也只有这样了。其实，她心里也期待着回归，只是没有借口。每天她都想丫丫想得睡不着觉，早晨也会早早醒过来，以往，她是最能睡觉的。她和穆凡在一起的时间不长，可她也习惯了大床上有他的生活。别看穆凡喜欢喝酒，可他从来没有在外面待到太晚，每天夜里11点之前肯定到家。

她的习惯一下子被打破，她想象不到如果自己一个人生活以后会是什么样子？她能做到像母亲那样，一生只此一次婚姻，从此再不嫁人吗？一个人过一辈子，会是什么样？

她有时候挺支持老年人再婚的，也有过让自己妈妈再嫁的想法，可老妈没有那心思了，说老了老了，心早安静了。可她反过来却要给自己女儿的婆婆介绍，穆凡听了还老大不乐意，说她们是吃饱了撑的。她就不明白，怎么和穆凡沟通起来这么费劲。老年人再嫁怎么了？有什么丢脸的，有什么不能说的。这让宁小平当初就觉得自己和老妈多余管他们家的事情。

## 4

张莉娜开始学韩语了。在学韩语之前，狠狠地在视频里批评了女儿陈陈一顿。

“我的闺女已经傻到不知道亲疏远近了。”

“老妈啊，你的闺女在你眼里几时变成笨蛋了啊。”

“昨天。”

“昨天怎么了，昨天我没惹您吧，我一天也没找您，就怕耽误了您的约会。”

“耽误我的约会？我约个头啊约，我跟谁约？昨天就是因为你一天没找我，我才要找你算账，昨天有什么好事瞒了你老妈了？”

“没有吧，老妈，我能有什么事瞒您啊，瞧您说的。您当然有约会啊，比如跟电脑先生。还有啊，我有那么多人选，您也酌情选选。就您这水灵灵的长相，哪能约一次就惧了呢。他们又不是老虎，怕什么？”

“电脑先生？我看也就一组装电脑，不是原装的，顶多一拼装的。你先说你吧，快说，有什么事瞒着我，不交代？哼。”

“妈，我真不知道您指的是啥。”

“那再给你一小会儿的时间去想。先说我吧，老妈我如今开始学韩语了。”

“不会吧，您要干吗？跟我大比拼？”

“就要大比拼啊。你跟那个电脑先生能比拼，我们娘俩怎么就不能拼了？”

“他啊？他韩语说得还真不赖。妈，您有心跟他学啊？算了，那不如等将来我回去跟我学呢，我比他更专业。”陈陈心里却在美着了。她知道自己的小算盘起作用了。

“得，等跟你学得啥时候了？快交代，是不是要去韩国了？这么大的事，你都跟外人说了，凭什么不告诉你老妈。”

“冤枉，这也不是什么大事。我是怕我真要去那么远的地方，有人会哭鼻子，晚一天告诉你，你不是能少哭点吗。”

“坏丫头！你去是完成学业，老妈高兴来不及，怎么能哭呢。”话说到这里，莉娜还是一哽，怎么都觉得这丫头是真的长大了。想起自己马上就要过四十岁生日了，心里不知道为什么就一阵失落。虽说是为女儿高兴，可还是有一种莫名其妙的失落，“你爸知道了？”

“知道了。妈，我可不是要故意不告诉你的。这事早一天晚一天知道都无所谓的，何况您这不是知道了吗。其实，我也是想借电脑先生之口转给你，想不到他还真乖，竟然明白我的心意。”

“我在跟他学韩语呢。噢，你小丫头的葫芦里卖的什么药？”

“老妈我知道了，你刚才说过了。那就跟他学吧。用不了多久，我们也可以用韩语对话了，真好。我是学生，我不卖药。我一会儿有自习，我先下了啊。”陈陈临关视频之前，给莉娜发了一个拥抱的表情。

陈陈的头像黑了，张莉娜傻看了好半天。

电脑先生贾平峰坐在他的夏利车里等在网吧对面的街头。网吧一打烊，张莉娜就会坐在他的车子里跟他学韩语，想着想着，他心里就一美，张莉怕熟人看见她和贾平峰在一起学韩语，被别人看到她在学韩语倒没什么，关键是看到她和一个男人约会，这就让她不好解释了。她觉得自己尽管是在学习，可是和一个男人单独在一起，谁看了都一定会觉得她是在约会。

时间久了，她其实也想邀贾平峰直接在网吧教她，可是一想还是不妥。她想，先学几天，把基本的学到手，就可以辞退他了。

“我现在不想回家。”

“我学完了，你不回家，去哪？我不管，我得回家了。你把我送到网吧，我去取摩托车。”

“今天你就不能请我去吃宵夜？不是说有偿的吗，今天讲课不收钱，收钱只收夜宵钱，请我吃夜宵吧。我今天下午胃疼，晚饭都没吃就来了。”

“啊，你还没吃晚饭啊。”张莉娜显然有些急，但立刻发现自己有点失态，赶紧补充，“那去吃点吧，我也不饿啊，我不想去了。”

“你少吃点吧，不然我一个人也没有食欲，我想我不吃点，再赶回海淀，非得饿趴下不可。”

“去哪儿吃？宋庄熟人太多了。”

“你定，去燕郊？驾校也成。”

“驾校吧，大老远跑燕郊去干吗，疯了。”

“燕郊不远啊，比起中关村不知道要近多少倍了。燕郊步行街我喜欢，有好多小吃。行，那就驾校，近，你回家也方便。"

贾平峰发动夏利车，直奔驾校而去。

两个人就坐在外面吃大排档，张莉娜本是不想吃的，可是一看到汤锅里沸腾的麻辣烫，忍不住要了一大盘子。

"我们喝点啤酒吧？"

"不喝，你见哪个学生跟老师喝酒的，还是您一个人慢慢品吧。"

"你啊，你还真当我是你老师啊。"

"那我当你什么？组装电脑？"张莉娜发现自己说走嘴了，不合时宜地伸了下舌头。又觉得这舌头伸得也不对劲，这么大岁数了，像个孩子，多丢人，"不喝不喝。不爱喝。"

"凉扎啤，喝着很舒服的，就当解渴了，来，少喝点。"

听人劝吃饱饭，事实上张莉娜有些日子没沾酒了，酒瘾还真给勾上来了。一口喝下去，凉凉的感觉还真很不错。

要不说世界小呢，张莉娜猛一抬头，看到温盛江和两个女人在邻桌正喝得热火朝天。显然，温盛江也看到她了，但彼此都装做没看见。

他搂一下这个，又搂一下另一个，两个女人频频向他敬酒。

"小菁、小芩，你们说这次画展我的成绩咋样？"

"切，你不要在这里得意了。我看冯伟业就比你的成绩好，人家也没像你这么张狂。那人如今也比先前踏实多了，是不是跟娶了媳妇有关系啊。"

"他，他画多少年了，躲在深山陪老狼睡觉，吃野菜，连个女人都碰不到。看看我，一边一个美女陪着，听着摇滚画宋画。我的生活和他相比就是天上和地上的区别。"

"她们怎么会和他混到一块儿呢，他那名声……"张莉娜心里想着，觉得相当费解，又一想，可能是物以类聚。

只是自己如今和一个男士单独吃饭，心里觉得怪怪的。她一直不愿意和男人交往，有一点可以肯定，她觉得自己心底可能有一种女人从一而终的传统思想。还有就是，她的确不想结婚。如今和贾平峰在一起吃饭，又遇到宋庄人，心里就别扭。

可她今天不想和贾平峰发火。也是的，人家又教自己学韩语，又送自己回家，平白无故跟人家发什么火。于是闷头吃饭、喝酒，不吱声。

“怎么了，怎么忽然不说话了？”

“没事，胃不好。”

“胃不好？那得了，可别喝了。”贾平峰伸手抢过酒杯。

“干吗啊你，我还想喝呢。”张莉娜一下子急了，她胃本没事，不知道怎么刚才一倒胃口，就顺嘴说胃不好了。遂压低声音说，“没事，我的胃即使千疮百孔，那也是百战不怠。”

“服了你了，我晚上没吃饭，胃饿得难受，你先吃点热的，暖暖胃再喝凉的。都说爱男人要先爱男人的胃，现在话得反着说了。”

张莉娜狠狠地用眼睛剜了他一下。

## 5

汝小曼每个星期都给明明打电话，要他星期天过来住。电话里明明每次都是让她问洪大周，然后自己补一句，说自己没有时间。

汝小曼就问洪大周，洪大周就说没有时间，在学习。从早晨爬起床，洗漱完毕，一整天都在跟着光盘学习英语。

“你知道不知道，他这三年落下了多少。”

“落下多少？他在家也学啊。谁说他没学了，只不过没有这样一整天一整天地学而已。我每天会给他放风的时间，他不是机器，他是孩子，你要给他下楼透气的时间，你不能让他只接触你，他要和别人交往，要学会和别人打交道，死学有什么好处。”

“得得得，你懂管理孩子还是我懂？他没说这样不好。孩子打小不学习，长大不就完了吗。”

汝小曼在强词夺理的洪大周面前，往往词穷。既然把孩子给他管理，自己还挑什么呢？可是，监护权在她这里，她想好了，找机会和明明好好谈谈，如果他不喜欢在他们家，一定让他还回来。那样的话，每天学习的时间就少些，户外活动时间相对就多了些。她想孩子无论如何不能做温室的花朵。

听电话里那意思，明明在那边还不错。后来她才明白，原来洪大周的老婆小丫头根本没在家。汝小曼心想，那女人回来以后，他们能否处到一块儿还不得知。

明明的毛线海豚没有带走，一直放在明明的床头。汝小曼洗衣服的时候，就把它洗了一遍，一看到它，她就想起了明明。

看着小海豚，汝小曼忽然又想起那个好久没有和她联系的女人。真是想什么什么来，打开电脑，登陆QQ，就发现一个小海豚在跳动，只不过不是亮的，是黑着的，不知道对方是在隐身还是本身就不在线。

“姐姐，好几天没来了。我女儿病了，刚刚才好。我现在又回自己家了，以后什么样，我也不知道，过一天看一天吧，我真的很心疼我的女儿。我老公现在对我还行。我想，我得重新认识他，毕竟他是孩子爸爸，我不想我孩子有后妈或者后爸。至于那个房产证的事，我也不想提了，没有意思，都过去了。”

汝小曼禁不住叹了一声，心想但愿他们以后不要再出差错，祝福他们。

自己的生日越来越近了，心里就有些莫名激动。心想，那一天来了，杨一士也就来了。儿子明明那天也一定会回来，可是，怎么样不让他们见面呢？自从经历过冯伟业，她再也不想把不是铁定结婚的对象介绍给儿子明明了。如今儿子明明的画纸上，仍是有着冯伟业的痕迹。比如那次把冯伟业画成丘比特，尽管那一支射向汝小曼的箭没有偏，可在汝小曼的心里已经伤过八回了，其中有六七回是为明明伤的。

她觉得对不住明明。冯伟业是否对得起自己且不说，对孩子有伤害的事情她坚决不做。可她打过孩子，一想到这里，她心里就特别不舒服。好在有一天老妈问她，还记不记得她小时候挨打的事，她想了半天没印象，心说自己这么乖，小的时候也会挨打？

她想好了，和明明在家里过生日，给他多做些他爱吃的。至于杨一士，只能和他在店里消费了。想吃她做的菜，那得经过严格考验以后才成。一想到这些，就美得嘴巴上翘。

两个人在MSN上、QQ上、飞信上、邮件里，还有电话中互诉衷肠，他们已经深深地熟稔彼此。只是现实当中，还一直没有真正见过，这一点让汝小曼无比惆怅。

汝小曼喜欢说他们通电话是电话直播，杨一士也觉得她形容得很有趣。每次直播过后要结束的时候，他总会很响地吻她一下，他让她回吻，她不好意思，总是咯咯地笑。

每当这时她就以为自己是天使，有了一双能飞的翅膀，而那翅膀当初只是为洪大周飞翔的。洪大周的离去，让她一度耷拉了翅膀，不知道如何飞了。

菁菁说：“汝小曼你的后青春期来了。不然，为什么长痘痘？其实啊，后青春期是抬举你，你也就是少了雄性滋润才变得这样的。有了男人，你的痘痘就光光了。”

汝小曼就盼着她的“美容霜”快些来见他。一想到杨一士说的出租半张床铺的话，她的脸就总会莫名地燥热。

杨一士说，如果他们在一个城市，早该同居了。汝小曼就说美得他，不过一想自己也不是金枝玉叶了，她其实很想和杨一士有一场轰轰烈烈的交融。

那激素药放在莹莹的药房也没有人买，处方药，医生不开，老百姓也不敢买。何况一提激素类药物，谁都怕吃出问题来。药被汝小曼打入冷宫以后，她开始天天锻炼，每天都把一首舞曲跳上至少三遍。

“整天瞎蹦，那个用电科科长，你到底去看看不？看一眼能看掉了肉啊？”老妈又在耳边吹风。

汝小曼把自己卧室的门关上，她运动的时候，已经不希望老妈干涉了。跳了一身汗以后，早把老妈刚说的什么用电科长给忘了。

日子越来越近了，汝小曼准备焗个头发，还要买几件漂亮衣服。也要给明明买几件。老妈衣服还不少，她也不喜欢再多买。老妈不像年轻人，也不比小孩子，小孩子长身体，要经常买新衣服。明明的很多衣服小了，其实都没怎么穿。

她买了衣服，打电话过去让明明回来取，他肯定是想回来的。汝小曼感受到了，明明让她跟洪大周说。洪大周接过电话就说明明没有时间，要她送过去。汝小曼一下子又傻了，现在监护权还在她手里，他怎么可以这样，连回妈妈家住都不可以了？

## 6

父亲的再婚，加速了莹莹买新房子的速度。

想不到那么恩爱的父母，如今母亲刚走没多久，父亲就又续了弦，这让她难以理解，心想男人怎么可以这样。如果自己不在了，是不是申家奇也会很快就再娶老婆？和父亲相比，申家奇可是年轻得很呢。只要这么一想，心里就不平衡起来，那自己为什么不享受？赚那么多钱给谁留着？

莹莹开始每天奔波于买房中介，甚至自己跑到各小区去转。

首付近二十万，她订下了一套两居室的房子。

钥匙到手，赶紧给申家奇打电话。自申家奇换了房间，他们之间联络格外畅通，这让莹莹心里非常踏实。

申家奇听说莹莹又买了房，虽然前几天和他说过，可如今成了现实，让他还是有些惊讶："真买了？行，多大的？哦，一百平，够住了。你办事，我放心。等我周末回家，我们一起去跑装修。"

"不用啊，我一天有半天时间休息，我可以一个人慢慢跑着，再说房子是装修过的，我简单收拾下就好了，你和奇奇回来只管住就成了。"

申家奇的心里也是无比地美着。这媳妇又能挣钱，又顾家，又温柔，他在外面工作起来，也就没有后顾之忧了。

撂下电话，莹莹自是张罗着装修的事项。上一次装修房子年代已久远，如今还得现去找装修工。

“嫂子，装修工现成的，我以前有个同学干这个呢，我让他来给嫂子干活，钱的事都好说，他也不会多要的。”穆凡在街上遇到莹莹。

“好啊，那太好了，不然我还得出去找，都不认识，找不到合适的也麻烦。”

装修工当天下午就来了，装饰材料也帮莹莹买齐了，第二天就可以开工。晚上汪莹莹还是要住在药房的，她想，住药房的日子且有一段时间呢。就算是房子装修好了，也还要放放油漆味，不能立刻进住。说是买的漆是环保的，谁又能肯定说那些东西对人的身体没有害处呢。她于是每天下午穿梭往返于新房子和药房之间。

关门打烊以后，时间也很晚了，不想看电视，洗漱之后直接上二楼去睡觉。她打通申家奇电话，正沉浸在白天装修房子的兴奋汇报当中，忽然有敲门声。

莹莹被吓了一跳，不敢言声。那敲门声很规律，先敲几声，在听到她没有回复以后，再敲几声。几条短信冲进来，莹莹赶紧把手机打开：“我想买点药。”

落款是温盛江的名字。

再看时间，是五分钟之前。宋庄好多卖药的地方，偏到这里来买药？莹莹很是疑惑。她不想和他正面接触，白天有时候跑到店里小坐，扯些闲话，莹莹总是爱理不理他。说是不理他，也不可能完全不和他说话。

汪莹莹最近也听说他和两个女人接触过密，心说这男人真是不可救药了。她想也不想，直接把电话打到申家奇那里去，申家奇很快接了，一想自己的男人二十四小时为自己开机，心生了感动。

“他妈的，他不是来买药，大半夜买什么药。等我收拾他。”

敲门声还在继续。莹莹的手机忽然响起来，她没接，细看了下，是刚才发短信过来的温盛江的手机号。他如此固执，让莹莹心里怦怦直跳。但她知道，无论怎样，正义永远可以战胜邪恶。只是心里奇怪了，难道申家奇没给他打电话阻挠他？

虽心生疑惑，却又不想再给申家奇打电话了。不知道他是不是睡迷糊了，继续睡去了。如果继续睡去了，就让他睡吧，自己其实理解睡到中间被吵醒的滋味，心想以后尽量少在睡觉以后给自己老公打电话。

“怎么不接电话，我真的是买药。”手机铃声停了，短信提示音又响起来了。

莹莹想了想，回复他：“太晚了，我这里不是二十四小时营业。你到对面看看吧，对面药房应该可以买。”

“我就是去了，他们没有我才来的。”

“什么药？”

“唉……治性病的。”

“那你白天来，太晚了。”

“这种药，我白天怎么好意思来买。”

“明天我包上，你来拿。”

“好姐姐，你就开开门，我买了就走。你还不相信我啊。”

“不是我相不相信你，真是太晚了。好了，我关机睡觉了。”

莹莹真的把手机关上了，心里其实突突地跳着。她其实怀疑这男人买药是假，是不是有其他目的。劫色？劫财？白天卖的那些钱全都在包里没来得及去存。想到这些，不禁又一叹，家里要有个男人，自己还会有这些担心吗，不免又是一股苍凉从心里升起。

“啊。”外面一声尖叫。然后是什么东西砸在铁皮门上发出的巨响，所谓巨响，在夜深人静的时候，这声音的确让汪莹莹可以用巨响来形容。很快，外面又归于宁静。刚才的敲门声，如鬼魅，让她难以入睡；而眼下这种宁静反而让她觉得四处潜伏了杀机。她不知道外面发生了什么，很快，申家奇的电话打了过来：“没事了吧，是不是人走了。”

“好像是走了。刚才不知道外面怎么回事，好像什么东西砸到铁帘门上了。”

“我让穆凡找人教训了他一顿，以后他不敢再来骚扰了。他妈的什么人啊，老公不在家老婆一个人在家，竟然敢来吃腥。”

“申家奇，你让人把他打了？你这么做是不是太过分了。他能放过我们吗？”

“他还想怎么样？难不成告我们？让他告去。他这种人，本身做了错事，还敢讨公平？打他活该，让他长点记性。不是我说你，白天你就该少和这种人搭讪，给了人话柄，人家晚上就来找你了。”

“申家奇，我看来什么也不能跟你说了。我不就前些天跟你说他来药房闲聊天吗，我和他说什么了？我犯得着给他留话柄？他这种作风不正派的男人，我巴不得躲得远远的。你倒好，不在家，啥事不管，还来说我。你说，你帮我上过货？帮我装过修？帮我做过饭？帮我买过菜？帮我洗过衣服？”

“行了行了，隔着电话线也要唠叨。我这不是担心你吗，你一个女人在家，我真不放心。”申家奇的话就软了下来。

“好了，不说了。睡觉。”汪莹莹把电话挂断。

对面的申家奇早被穆凡和汪莹莹打过来的电话，扰得无法入睡。

# 第十七章●和初恋过生日遭遇前男友

## 1

汝小曼给明明买了两套衣服，再把自己家里他可以穿的衣服叠好，准备一块儿给明明送过去。小孩子长得快，再不穿，又浪费了。

马上下车的时候，她给洪大周发了条短消息："让我儿子下来。"

下了车，汝小曼以最快的速度从立交桥下穿过，走进小区大门。几天不见，让她特别想明明，明明这还是头一次一下子离开她这么久。她走过一幢幢楼房，看着上面的楼牌号，走到洪大周所租的楼房前时，她慢下脚步，因为拐过去就可以看到洪大周家的窗口了。

她不知道那窗口后是否站着洪大周，当然，这已经毫无意义。想当初在广州的时候，他如果出门回来晚了，汝小曼就会趴在阳台上往楼下看。只要洪大周一出现在视线里，她就欣喜若狂、亲切无比。

如果他回来得特别晚，她就算在卧室看电视，也会把阳台的灯打开。她想，所有的家庭，都会给自己的亲人留一盏灯吧。就算她睡了，他还没回来，她也会亮着那盏灯。如今家里阳台的灯，为谁而留?

还不等她抬头看向五楼阳台的目光收回，明明已经从楼洞里走出来了。

汝小曼的嘴一下子就咧开笑了。她已经无暇顾及那阳台是否有洪大周了，洪大周于她已经毫无意义，他在不在那窗口又有什么呢，他们家阳台的灯绝不会为她这个女人亮着的。想通这个道理，她就不再心酸，却多了一种非常奇怪的感觉。

在看到儿子明明的时候，她抬眼似乎还是忍不住扫了一下那阳台，窗户关得严严的，根本没有一个人影。她想那窗户一定严到连一只蚊子苍蝇都飞不进去。倒是明明加快了脚下的步子，似乎看到了自己的妈妈，就嫌脚下慢了，还跑了起来，边跑边看着自己的妈妈笑。

汝小曼就也小跑起来，两个人眼下的场景，特像电视剧里分别许久才见面的场景。也许，只有至亲的人才会这样吧。

跑到一起，汝小曼特别想把明明抱起来，可是犹豫了一下，也许只有在家里，她才会赖着让他抱吧。终究是，又格外地想亲近他，于是就摸了下明明的脸蛋，把衣服拿出来比画着。

“妈妈带你去买好吃的，想吃什么。”

“学习呢。”言下之意没有时间。

“今天星期天，妈带你放风。”

“学习呢。”

“说说周六日的安排。”

“早晨起来，洗脸刷牙上厕所，学英语，中午吃饭，下午接着学。”

“下楼吗？”

“不下。”

汝小曼的脸一下子就挂不住了，洪大周果真是一天不让他下楼。

“那你觉得怎么样？”

“挺好啊。”明明说完就要回去。

“着什么急啊。妈妈还没待够呢，妈妈可是特意来看你的。”汝小曼抓着明明，明明嘻嘻地看着她笑。

“还写不写小说了？你不是说你们班同学有写长篇的吗？还当不当素描师了，不是将来要去日本吗？”

“不画了，我以后要去微软工作，我还下载了好些软件。“明明开心地笑着。

“去微软啊？那你不能成立一个微软以外的公司？”

“最开始肯定不行，得慢慢来。”明明还是笑着。

以前明明也是这样，喜欢很灿烂地微笑，汝小曼喜欢明明阳光的样子。

“那快回去吧。好好学习，但是一定要多运动，知道了？”汝小曼拍了拍几欲离开的明明。心底就在想这个孩子怎么就不能在自己眼前多待会儿呢，多半是洪大周嘱咐他快些上去学习吧。这个洪大周除了让明明学习，他似乎就没有别的事可以让孩子去做。

明明往回走，汝小曼手里打伞站在太阳里，一直看着儿子明明一点点走远。她保持着不变的姿势看着明明的背影，期待着明明能回头看看自己的妈妈。而明明没有回头，一直往前走着，直走进那个黑黑的楼洞。

汝小曼无比失落，想不到养了这么大的儿子，在离开妈妈的时候，连头都不回一下。可就在她要转身往回走的时候，她看到明明在楼洞口闪了一下，回头看着她。她赶紧和明明一样，两个人都抬起胳膊挥了挥手。

眼泪差点就出来了。她知道儿子是爱他的，他也应该知道妈妈是爱他的。

汝小曼非常满足地朝930的公交车站走去，脚下无比轻松。

还没走出小区门口，汝小曼的衣角就被人抓住了。

“干吗？”汝小曼回头一看，见是一个和明明差不多高的小孩。

“阿姨，我一天都没吃东西了。”

“你爸爸妈妈呢？”

“他们不要我了。”

“他们怎么可能不要你呢。听话，快回家。离这儿远吗？”汝小曼心里一疼。

“他们真的不要我了。阿姨你给我点钱吧，我去买个烧饼。”

看着浑身脏坐兮兮的孩子，汝小曼不得不相信他是一个流浪的孩子。他白天在哪里吃饭？夜里在哪里睡觉？汝小曼想。

“阿姨送你回家吧。”

“我不回，我在这里没有家。”

“那你住哪？也不能就这样流浪啊，你这才多大啊。”

“给我两块钱吧，就两块。”

汝小曼掏出钱包，但是还是不想给他。

“阿姨觉得你这样下去不是办法，你还这么小，你不愿意让阿姨送你到有人能管你的地方去吗，可以在那里吃住，你说好不好？”

“不好。”男孩看要不到钱，转身跑远了，和另一个比他高些的孩子往市场方向走去，还回头对汝小曼指手画脚地笑个不止。

汝小曼心底又是一阵伤感。埋怨自己没来得及从钱包里掏钱出来。她实在不是心疼那个钱，她是真的想把他送到有人管理他的地方。她觉得他这样疯跑，没有安全保障。

“有谁家的孩子，爹妈不愿意去疼呢。”汝小曼边在心里慨叹，边走向公交车站，脚底突然没了力气。

## 2

“六一”刚一过，汝小曼的生日就在她的期盼当中到来了。

“六一”那天，明明没有回家。洪大周对明明说，这么大了还过什么“六一”，你是少年了，明明就以为自己是少年了，从此可以不再过“六一”了。

而汝小曼和明明说过：“你在妈妈面前，每一年‘六一’那天，你都可以过，无论你长到多大，只要你想过这个节日，妈妈就陪你过，妈妈还想永远过‘六一’呢。”她是想让长大的儿子知道，他是她的孩子，她也是孩子，他们可以过相同的节日。

多过一个节日，不过是要求自己比平时多高兴一天而已，这个要求没什么不可以达到，也不过分。

“六一”那天，汝小曼跑到西马庄，并短信告诉洪大周在楼下等明明。

她准备带明明去麦当劳。

明明的手已经不再让汝小曼拉了。汝小曼看他不让拉手，就去搂他胳膊，他也笑嘻嘻地挣脱了，心底就免不了添了一些失落。好在两人边走边聊天，这让好些天没和自己儿子聊天的汝小曼心底生出了无限的温馨。

一眨眼生日就到了，尽管汝小曼并不是特别看重自己的生日，可是今天这个生日在汝小曼的眼里格外与众不同。要知道，她盼这天盼了几个月，从2月10号她和杨一士相爱以后开始，就盼着相见，可一直没有见成，于是就开始寄希望于生日这一天。

而偏偏在生日的前夜，杨一士先是短信，后是电话告诉她，他请不下来假，原告第二天还要来找他。他说自己要是一个自由人就好了。

然后还告诉她，他要崩溃了。

看着短信，汝小曼心里一阵沉静，这样的事情，已经不是一次两次了。忽然自己就开始怀疑起来，是不是从最开始就选错了对象？相恋整整四个月的时间，却连一面都没有见到。郑州到北京的距离并不是很远，他凭什么一次次地推脱。

汝小曼没有力气再和杨一士理论。

生日这天中午明明回来给她过生日，做了一大桌好吃的，明明却看上去没有一点胃口。他只对冰箱里的雪糕和冰激淋感兴趣。汝小曼在厨房里煎炒烹炸着，明明开了门进来溜达几趟。雪糕吃了不少，又喊着饿，吃了几个鸡柳垫了一下，可到了真正吃饭的时候，看着一桌子菜，却没怎么动筷子。

“你最爱吃的鱼，怎么不吃了？排骨也多吃点，还有青菜。”汝小曼夹给明明，明明原封不动地再夹回到她的碗里。

时间还不到两点，明明就说要回去了。

“今天住在家里吧。”

“怎么可能呢。”明明表示洪大周不允许。刚开始换新学校的时候，有两天明明回来看妈妈，那天晚上正逢下雨，尽管雨过天晴的时候天还亮着，可他想住在自己家里，汝小曼就说你给你爸打个电话告诉他一声，他不打，他还是想让她跟洪大周联系。

汝小曼发过去短信，说下雨了，明明今天住这儿了。

洪大周说不是晴了吗，让他回来。

汝小曼就格外气愤："怎么他住我这儿都不成了吗？"

洪大周也不示弱："你让他给我打电话，你再阻拦我管理他，以后他的事我不管了。"

汝小曼还是让明明打电话给洪大周了，两个人说了好半天，最后，明明背着书包走了。明明刚脱下来的衣服，汝小曼还没来得及洗，又被明明套在身上。汝小曼心底生出对洪大周更多的怨恨，可她总觉得他是孩子爸爸，她没有力量阻止他。

看着杯盘碗盏，辛辛苦苦做的一桌菜，明明却没吃上几口，汝小曼心里很失落。明明玩笑地说了一句："打包。"汝小曼赶紧说，你喜欢吃哪个妈妈给你包上。明明又似乎觉得不妥，说什么也不要。

儿子小小的身影渐渐地走远了，汝小曼关上窗户。

一个陌生的手机号出现在她手机上，接通，让她格外吃惊的是，打电话的是小佟，那个视她为初恋，为了她要离婚再娶她的广东男人。

"小曼，生日快乐，我就在你家楼下。"

汝小曼一边快速往窗口走去，一边说："不会吧，你真会开玩笑。"

当她隔着玻璃看到楼下那个男人的时候，她知道，他真的没有开玩笑。

"我回北京已经有两三个月了，一直没有和你联系。我知道你不愿意跟我联系，可我想跟你说，生日快乐。晚饭我们可以一块儿吃吗？"

汝小曼的脑子一时半会儿没反应过来。回头看看房间，屋里没有一个人，老妈出去遛弯了，明明回西马庄了，偌大的房子里，寂寞而孤独。

"你等着，我下来。"汝小曼不想把他邀请上来。其实这个房间他来过的，不过那次是因为明明病了，他来接他们去医院，仅此而已。

他们的肉体之亲只有一次，是在他的车里。

可仅此一次，却让这个男人差点断送了婚姻，这一直是汝小曼的痛，她为此自责了很久。

她一直觉得小佟的婚姻是因为她差点解体，又因为她，他的老婆成了疯子，她认为自己就是一个罪人。

可小佟跟她说过，说这一切都跟她无关，就算没有和她有过那次肌肤之亲，他也早想过和老婆离婚。汝小曼禁不住又在心底耻笑他也耻笑自己，难道离婚如今是时尚？

眼下，这个男人又杀回来了。这让汝小曼格外郁闷，如果说他在北京其他地方和她联系，她都有理由不见他，可偏偏他来到她家楼下。幸好老妈不在，不然她怎么向老妈交代？

“你到小区外面等我吧，我换下衣服就来。”汝小曼给小佟发了条短消息。汝小曼被菁菁说成是宅女和粉领，这让她不是特别受用。如今的她，虽再不像当年跑业务那样东奔西走，但在家里面不是一样在努力吗，她怎么都觉得那宅女二字有一多半是贬义。

在她理解里，宅女应该是被男人宠着养着的，可她汝小曼绝不是这样，她根本没有想过让男人养。那至少也该被某一个男人宠着吧。但如今好不容易碰到一个要宠她的男人，可这男人只能在电话里和网上宠她，这让她的这种宠既真实又透着那么些滑稽和不靠谱，免不了神伤。

本来因为今天杨一士不能来而心生郁闷，如今被小佟的一个电话激动得心又怦怦地乱跳。她知道，这种跳法和要见爱人的感觉不一样，有欲隐藏躲避自己的感觉，有不敢见对方的感觉，更有怕被邻居看到的想法。

## 3

还好，她稳定着自己的情绪。她告诉自己，自己有爱人了，尽管那个爱人她还没有见过，可他在远方问候着她陪着她，用不了几天，安排好时间他会来的。一大早，杨一士还给她发了短消息：“大胖妞，祝你生日快乐！！！！！想你、爱你、吻你！”

看完，她还撇了下嘴，至于发一大串惊叹号吗。当时她回复他：“连个主语都没有，谁在想我啊。”

“我想你、我爱你、我吻你。”

看到这，汝小曼才算满意。

随便找了个衣服替换睡衣。不放心楼下，又跑到窗口往楼下看了看，确定那个男人不在自己家的楼下，这才背好包下楼。

在单元门口碰到老妈，老妈问她干吗去。看样子还好，小佟和老妈并没有遇到，这让她先放下心来。不知道什么原因，她总担心自己的母亲知道自己和小佟以前的事情，如果知道当初小佟的离婚或多或少都和她有点联系，老妈会骂死她的。

“我出去趟，买个洗面奶，没有洗脸的了。”

她这个说的倒是事实。自和洪大周闹离婚后，脸上暴长痘痘，认识冯伟业以后，痘痘算是平息了小半年，想不到不久前，那些好不容易隐藏起来的痘痘又死灰复燃了。在她倍感绝望的同时，也听信了闻菁菁和莹莹的话，她们一致认为，女人需要男人的滋养痘痘才会平息，于是潜意识里就急着把自己嫁出去。

但在她们面前，她又对莹莹和闻菁菁的说法抱着嗤之以鼻的态度。在广州的时候，她家住七楼，对门那女人年龄不大，却满脸是痘痘，那脸上简直就没有不是痘痘的地方。他们家有个二十岁的儿子，在汝小曼家要搬走的前两年，他家男人中风瘫痪在床。汝小曼如今想起来，好像那女人就那个时候长的痘痘？难道，男人的润泽这么重要？

想到这里，不由摸了下自己的脸蛋，还好，现在长得少多了，只是偶尔蹦出一两颗。她想，其实这个皮肤的问题绝对跟心情和气候有极大的关系。正乱七八糟地想着，就看到小区大门外那个熟悉的身影。

她所说的熟悉，其实不是天天见到他才熟悉，她曾经有一度为那个疯了的女人自责，所以，这身影一直像一根针一样刺在她的心上。如今，她真的不知道该怎样面对这个男人。

见到小佟，还是要先笑一下再说话，只是不待她开口，小佟早就先笑着说话了：“生日快乐。”

“谢谢你还想着我的生日，你怎么能知道我的生日呢？”

“我当然记得，上次我们一块儿送明明去潞河医院，回来的时候，我在你桌上看到你的身份证，就记住了。”

“你的记性可真好。”汝小曼边说边往路对面的方向走。

“不是我记性好，其实我的记性是最差的了。你记不记得上学的时候，我最愁的就是背唐诗古文，一看到那些读起来别扭的字我就愁。被老师罚过不知多少次了。”

“那是你不用心，净想早恋的事了。”本来汝小曼是想开个玩笑，可一说到这，笑容一下子就僵住了。当初小佟是把她视为初恋对象的，如今她这样不合时宜地说出来，让自己格外尴尬。

“呵，你的嘴巴总是这么厉害。”有车过来，小佟拉了一下小曼的胳膊，以免被车碰到但转瞬赶紧放下。

汝小曼不再搭腔，心想我这也叫嘴巴厉害啊，那你没看过嘴巴厉害的，要是把张莉娜介绍给你，你才知道什么叫厉害。这为了躲车被他抓了一下，心里就不敢看他了。她想了很多，又似乎什么都没想，只觉得自己的思想不知怎的就复杂起来。

杨一士忽然出现在她脑海里，今天他要是来北京，他们现在应该在一起。她查过车次，如果一大早坐那趟七点的动车，他们中午就可以在一起午餐。当然她也想过，如果杨一士真选择中午到，她也不敢带他来家里。

她真的不敢再把自己的男朋友介绍给明明了，如果这任男友和冯伟业一样，某一天成为轻烟泡影，那不是又在明明幼小的心里留下极大的伤害了？如果他的画纸上画出两个丘比特各执一箭，那她真的就无地自容了。

“晚饭我们一块儿吃吧。”

“好，去燕郊吧，我好久没去燕郊了，我喜欢燕郊那条步行街。今天我想喝酒。”汝小曼自己都觉得奇怪，为什么这么爽快就答应了。

“今天车不在家，我也没开车过来，我要是再晚点出来，用车的人就回来了。其实，我也是想和你一起走走。”小佟停了一下，“不然我带你回八里桥去取吧？我现在还在那边做生意。开车去燕郊，来回还是方便些。”

“不用，坐930。”汝小曼特别怕他提那车，也怕见到那车，更怕坐在里面，她怕旧影重现。

## 4

连汝小曼自己也说不清，为什么选择去燕郊。

想想自己从广州搬到宋庄后，没少去燕郊，她和燕郊有着不解之缘，那个时候，她和冯伟业还不认识。每次走在燕郊的街道上，怎么也不会想到两三年以后，会无数次和冯伟业走在这个小镇的各条街道上。

如今，她又和另一个男人走在燕郊的街道上。这条步行街她走过多少次，已经数不清了。

他们去了家韩国料理店，那也是汝小曼以前经常和冯伟业去的地方，在步行街北端。

冯伟业喜欢吃他们做的石锅豆腐，每次到这家店里吃饭都要点这道菜。每次菜端来的时候，他都像孩子一样赶紧拉着汝小曼躲开。等那噼哩啪啦的声音不再爆响，他才拉着汝小曼坐下进食。

他每次都像孩子一样吃得要淌鼻涕，那副样子总让汝小曼觉得他格外让人怜爱。

石锅豆腐，下面是嫩嫩的白豆腐，上面浇了很浓很厚的一层汤汁，辣辣的那种。冯伟业喜欢吃滚烫的食物，就算吃得鼻涕哗啦啦流，仍是赞不绝口。

汝小漫点了石锅豆腐，以往和冯伟业在一起，都是冯伟业点这道菜，如今改做汝小曼点了。不知道因为什么，在这样一个日子里，她会想到冯伟业，非常强烈地想。许是因为环境吧，她想。

杨一士除了早晨发了一条短信，再也没发短信过来，更没有打电话。

两个男人就这样在脑海里交替着，而实际上她眼前看到的只有小佟。

看汝小曼只点了一道菜就再不点了。于是小佟点了烤酱鲈鱼、麻辣肚片、炸琵琶虾、走油鹑脯，又另外要了一份米浆泡菜。

“我最喜欢吃泡菜了。”小佟笑着说。

“我也喜欢，不过我做不好。我刚从广州搬来宋庄，闲着没事就来燕郊行宫市场逛，当初还抱了一个泡菜坛子回去，不过北京和广州一样，温度高，没多久就成酸的了，好像听说东北人特别爱吃那道菜，叫什么来着？哦，对，叫酸菜，我还真没吃过。那次泡菜做成酸后，就倒掉了，后来再也没做过了。”

“那么好的泡菜坛子这不闲置了？多可惜。哪天我给你买一本泡菜大全，你学着做吧。”

“不做了，我妈不喜欢吃辣的，我一个人吃个什么劲儿。”

“明明呢？小孩子都喜欢吃辣的。”

“他去那边了，他不要我了。”汝小曼不知道怎么就这样说起了明明。

“男孩子，跟爸爸也好。你别难过，无论什么时候，你都是他妈妈，这是更改不了的事实。”小佟把服务员放在桌上的第一道菜往汝小曼面前推了推，示意她动筷子。

汝小曼却没动。

“你喝点什么？我喝扎啤。”

“我也要扎啤。”汝小曼打开一次性筷子。

“记得你不喝酒啊？行，少喝点也成，今天是寿星。一会再喝点儿露露？”

小曼摇了摇头。脑海里相互交叠的两个男人挥之不去，搅得头疼，她忽然很想用酒精麻醉自己。

喝到酒精在血液里起作用的那一刻，汝小曼发现这种物质就是好，它能让血液沸腾起来，让人兴奋。

“她还好吗？”汝小曼看了下小佟的眼睛，只一眼就不敢再继续看下去。

“她……她享福去了。”小佟喝了一大口扎啤。

“什么？”

“她去了一个没有痛苦的地方。”

“你……你为什么不好好照顾她？”

“不是我没好好照顾她，那天我没在家，她听别人说我去钓鱼了，就去河边找我，可能是想蹚水过河，再没上来。”

“世上痴情女子总会遇上负心汉。”

“别说了，是我对不起她。”小佟又喝了一大口扎啤。

“都怪我。”

“不，小曼，这事跟你一点儿关系都没有，我是认真的。自我来到北京后，我就无法和她继续交流，那种无法交流，我也说不清楚原因。有的人说我是换了土壤就换了个人，其实，有可能是审美疲劳。”

“还是你个人有问题，我不信所有的男人都会审美疲劳。”

“应该都有，只是有些人不在意，能忍过去。其实大多数人都不想忍，不想忍的，就学着放弃。说我们不负责任也好，说负心也好，总之，在世人眼里这样的男人就是不道德，可是，和一个已经不爱的女人捆在一起就道德了吗？”

“你后不后悔？”

“我？到现在我也没想通。后来，我只想好好照顾她，可她不再给我机会了。”

石锅豆腐端过来，还没到近前，汝小曼就赶快站起来，本想着像和冯伟业在一起一样把小佟拉起来，可是犹豫了一下只说：“你快起来吧，别溅到身上。”

刚说完，汝小曼的眼睛一下子停在门口，她看见冯伟业和温盛江从外面走进来。

她是不会主动和他们说话的。

“你怎么在这儿？从宋庄跑到这儿来吃晚餐，还真不嫌远。”冯伟业看到汝小曼不是一个人，旁边还坐着一位男士，故意扔了一句，还笑嘻嘻地问温盛江，“老温，今天吃什么？我还要石锅豆腐，我就好这口。”

“我嫌不嫌远是我的事，跟你有什么关系。”汝小曼也回了他一句，顺势还狠狠地瞪了他一眼。她看到冯伟业还在那儿没心没肺地笑着。

自上次汝小曼把花带回去，他们再也没有见过面，汝小曼觉得他们没有什么理由可以再相见了。他们之间可以说已经画上了句号。可是，在今天这个日子里，冯伟业竟然和杨一士交替着出现在她的脑海里，这让她极为困惑。让她想不到的是，她竟然会遇到冯伟业，而冯伟业竟不记得今天是她的生日，这多多少少让她觉得有些小遗憾，无论如何，他们相识相处过有一年的时间。

他说过，他差不多连自己的生日都记不住。在他那里，根本没有时间的观念，哪天是几号、星期几，对于他来说简直就跟算一道找不到答案的数学题差不多。

“小曼，来，我敬你一杯，生日快乐！”小佟看到汝小曼傻站着，就喊她坐过来，“现在没事了，不会再溅油了。”

汝小曼看向石锅豆腐，的确不再像先前那样沸腾了。这道菜如今显得格外安静。知道不会再有危险，遂坐下来，不再看冯伟业方向。

“小曼，你生日？我咋不知道。”冯伟业说。

“你不知道也不奇怪啊，你以前不是说连自己的生日都记不住吗，怎么可能记得住别人的生日。你要是能记住我生日，倒奇怪了。”

## 5

“我们并成一桌，一块儿为你庆祝吧。”

“不用了，有他一个人给我过生日就成了。”不知道为什么，在冯伟业面前，汝小曼宁可把小佟当成自己的男人。不是离开我吗？我不是不能找到更顺眼的，我不是不能找到爱我的。

汝小曼显得格外殷勤，一直主动给小佟夹菜，小佟感动不已。

冯伟业看到这里，就觉得在这厅里实在是吃不下去了：“小姐，楼上有地儿吗？行，我们换楼上。”冯伟业从汝小曼身边擦过，让汝小曼感受到一股风声闪过身边。

她不吭一声，也不再给小佟夹菜。心底忽地生出无限郁闷的情愫。打开手机看有没有短信和未接来电，可杨一士并没有再和她联系。心底升起无限的惆怅。

走出韩国料理，汝小曼头重脚轻。

“我们打个车吧。”

“不，坐公交。还可以走一会儿，醒醒酒。”

走在汝小曼的身边，小佟时不时就要拉她一把，以免被车碰到。

“打车吧，你有些醉了。”小佟不由分说就打了个出租车把汝小曼塞进去。汝小曼头枕在后背上，闭着眼睛，不吱一声。

小佟把手伸过来，抓她的手，小曼一惊，赶紧睁开眼睛，定定地看他，小佟也不回避，也定定地看着她。然后那五指就想穿过小曼的五指，只要一只手和她的一只手交叉在一块儿，那他们的关系，就更进了一步，再发生点什么，就是水到渠成的事了。

偏汝小曼挣脱了那五根手指，抽回自己的手掌：“司机师傅，走辅路，先去宋庄，后去八里桥。先送我，再送他。”

“小曼！”

“我回家，不对吗？我回我家，你回你家。谢谢你记得我的生日，也谢谢你今天庆祝我的生日，我特别感激。”

小佟抽回手，显得有些颓丧。

一路，两人再未多言。

出租车开得很快，车窗内音乐缭绕，一首非常感伤的《断桥残雪》让汝小曼心生缱绻之情。这是杨一士最爱听的，两个人曾经一块儿听这首歌。戴着耳麦，隔了那根网线，彼此感受着各自的心跳。

可如今，杨一士没有来看她，让她倍感失落。想他们从2月10号到现在6月5号，这么久的时间，只是虚空地在网上和电话里恋着，到底什么时候是个头儿？她自己也说不清楚。

小佟尊重她的意思，把她送到楼下，一直看着汝小曼进了单元门，听那单元门无情地关紧，才无奈离去。

汝小曼觉得浑身无力，刚才的强横一下子消失了，她也不知道自己怎样爬上楼去的。她忽然觉得，现在除了当初视自己为初恋对象的小佟还如此看重自己，还能有谁？他竟然能在小半年不联系的情况下，还能记得她的生日。

和冯伟业在一起有近一年的时间，他都不记得她的生日。她可以原谅他，那是一个绝对没有时间观念的粗糙男人，只知道吃饱了睡，睡醒了画画。恨不得如果画画的油墨可以让他充饥，他都不会走出房间去搞什么劳神的画展。他的生活就是如此简单，只是，这种简单的生活，也要被父母催逼着去完成一个“正常”家庭组合的使命。

汝小曼觉得他找同年龄的同学相处，显然就是因为和她年龄的不相符，在父母那里说不过去，才不得已而为之。直到现在，汝小曼还觉得冯伟业离开她是逼不得已，而他和那个所谓的同龄女生的婚姻无非是演给世人看的一场戏。

杨一士也比她小，小了五岁，她也不清楚自己怎么老是碰到小男人。一边胡思乱想，一边爬楼梯，一边打开手机看，没有杨一士的任何信息。打开门，看到玻璃茶几上摆着一大束鲜花。

“谁送的花？”

“快递送过来的。先是打咱家电话，我当时还有点担心，没敢开门，是对门过来陪我一起把花接过来的。”

汝小曼走过去，看到除了红玫瑰就是满天星。整整一大束鲜花，就在她眼前鲜艳着。展开里面塑封的卡片，上面写着：“大胖妞，生日快乐！我不能在你身边，心却时时相随。”落款是坏蛋。坏蛋是她对杨一士的爱称，于是就知道这花是他送的，心里就幸福得一塌糊涂。

刚坐下，听到手机有短信提示，以为是杨一士，乐得嘴角都上翘了。赶紧去查看，那是一串数字，那11位数字曾经深深地扎在她心里。冯伟业发来的：“找个好男人嫁了，是对的。我看这个男人表面看不错，我其实是祝福你的，可是一看到你身边坐着别的男人，就特别不舒服，我发觉其实一直都在惦记着你。”

看完，汝小曼关了手机去洗澡。

# 第十八章●纠缠

## 1

汪莹莹看到温盛江从对面药房走出来，当时她正和张莉娜在自己家的药房里闲聊。

“前几天我看到这男人钻进一家治性病的小门诊去了。当时我戴着头盔，骑摩托车从他身边经过，他进之前还四处看了一遍，估计是没看到我。”

“他啊，就是折腾、挥霍。人最不能挥霍的就是感情和身体，他就是破罐子破摔。”

“人各有志吧，可能他这种人追求的和我们常人不一样。”

“你的追求是什么？你和电脑先生怎么样了？”

“他啊，顶多算一台组装电脑，不是原装的，我才不考虑。目前，他在教我学韩语，他眼下的身份顶多是一个家教。要是将来陈陈能在韩国定居，我去了也不至于两眼一摸黑。”

“还想找个韩国人做女婿啊。”

“这也不是不可以。”

“小曼怎么样了？她都好几天没来药房了。”

“还和那个影子热恋呢，我觉得她就是在浪费感情。我劝她和那个李之恒见一见，我跟小曼说我把他转让给她了，偏她说从来就没有相过亲，对相亲这件事情从心里往外就抵触着。”

“你也别说别人，这个电脑先生要是还成，你就定下来吧。我看他一趟趟来，对你是挺诚心的。”

“我只是在跟他学韩语，学完了再说吧。我们之间，除了买和卖的生意关系，再有就是老师和学生的关系，此外，没有其他了。结婚干吗啊，给他洗给他涮还要给他做饭，我不想结。”

“你不想结，老这样搭着人家也不好。”

“我说了，我不想结婚，都是女儿陈陈捣乱，他听了只是笑。”

“他挺欣赏陈陈的呗，觉得陈陈好，陈陈妈也一定好。我看人家是非要来你家了，你先做好思想准备吧。”

莉娜电话响起，接通：“什么？穆凡把小平又打了？他干吗啊这是！唉，我知道了，行。”

“穆凡又把小平给打了，小平这次把所有的衣物全带走了，铁了心要跟他离了。孩子也扔给婆婆没有带走。”

“穆凡的脾气咋这么暴呢！你小姨打的电话？”

“是，我小姨打过来的。我小姨哭着跟我说，让我去劝劝小平。天啊，你说我咋说啊，上次我给她打电话就对我爱理不理的，她肯定明白我是当说客的，都不给我说话的时间就挂电话。80后的婚姻怎么还没有我们那个时候稳定，至少我和陈秋冰闹是闹，从来没有动过手。”

“60、70、80，不管几零，其实我觉得婚姻还是得靠两个人一块儿经营。家务事没大小，谁有时间谁就多干点。话说回来，这几天装修把我累坏了，申家奇还不是一点儿也指不上。”

“不跟你聊了，一到你这里就不爱动地方。我去小平家看看，好好说和说和，能不分就不要分，她以为离婚女人日子就那么好过？”

“你去是可以，可你准备怎么说和？”

“用我的实际经验说服她。”

“我看行，那你慢点骑。”

嫂子来接班，莹莹就回新房子那边去看看，装修如今也差不多快收尾了，只剩下窗帘没买，于是就打电话给汝小曼，让她陪她买窗帘，汝小曼没有多长时间就和她相约在公交车站。

八里桥市场窗帘的颜色特别多，看得汝小曼心里面就止不住想着以后和杨一士在一起后，也要换些窗帘。听人说想要生女孩，就要把卧室弄得温馨些，多用些红颜色，这是她在网上查到的，当时还发给杨一士看，杨一士就说，那行，那我们就生女孩。

汝小曼又止不住撇着嘴说，你以为你想生什么就能生什么啊。心里却美滋滋的。如今有儿子明明，再生个女儿，该多好呢。

“想啥呢？等你结婚时，你也换换窗帘吧。你知道吗，女人最大的爱好就是买窗帘、换各式内衣。你赶紧结吧，我着急喝喜酒了。”

“莹莹，你说咱这年龄生的孩子质量还能成吗？”

“怎么不成啊，你才三十多，还不到四十，有的女人四十多才当妈妈，人家怎么当的。你啊，抓紧些，女人是不能等的，不成你就突击去吧，还非等他来见你啊。他工作忙，你又不坐班，你去怕什么。都什么年代了，真是。”

莹莹手机突然响了起来：“喂，是妞妞啊，你好。什么？病了？天啊，天，你哥知道吗？那你赶紧告诉他啊，我回头买票和他一块儿去。行，挂了吧。

“怎么了？”汝小曼看上一款窗帘，拉莹莹过来帮她参谋，好像这次不是莹莹买窗帘，而是她要结婚买窗帘一样。

“小曼，我们赶紧回去吧。哦，不，你先回去，我去火车站买票。”

“怎么了？这么急，要去哪儿？”

“去广州。妞妞的孩子病了，我和申家奇要去看看。”

“她的孩子病了，怎么把你急成这样啊！不用去火车站买，焦旺庄路口就有代售火车票的。”

听到这里，莹莹深呼一口气："对，我去那里看也行。"

没多久，申家奇的电话打过来，就听莹莹说："行，那我去订机票。"

汝小曼还不知道，莹莹急成这样，是因为她过继给小姑子的亲生儿子病得非常严重，住在医院里了。



## 2

张莉娜提出可以辞退贾平峰了，贾平峰却说，别介啊，怎么也要等陈陈回来，让她检验一下他这个老师的成绩吧，这一下子就把他退了，他的成绩可就没人肯定了。

"怕什么，只要我家闺女说我韩语有进步，完全可以去跟正宗的韩国人较量，就说明你被肯定了。"

"这你就不对了吧。闺女那是给你助威呢。你就算说得不好，闺女也不能直说啊，可闺女多聪明啊，她哪能打击你的积极性呢？所以啊，你还要继续跟我操练，不练得炉火纯青，绝不罢休。"

"怎么好像你讲得还很有道理？"

"不是好像，是肯定。听我的，准没错。"

想不到身强力壮的莉娜竟然也有病倒的时候，这天，贾平峰等在网吧门口，很晚了也没看到莉娜出来。他左看表右看表，时间一点点过去了，他这才发现张莉娜那辆红色摩托车不在门前。等到有人出来关门打烊，他才知道张莉娜病倒在家里了。

电话打过去，张莉娜说话软弱无力："我病了，拉得脱了水。"

"啊，吃药了吗？什么，怎么不吃药啊，没有，那我给你带过去。别跟我说没用的，我知道你家楼牌号，我买了药，你要是敢不给我开门，我就在门口使劲儿喊。等着我。"贾平峰发动夏利跑到药房去买药，莹莹并不认识他，给他拿了止泻药。

"拉肚有没有其他好药？"药拿到手里，他还是有些不放心。

“这个就行了，这个治急性拉肚最好使了。是不是刚开始拉？”

“我也不知道，她每天跟我学韩语，今天冷不丁就说自己拉肚了，我得去看看。那行，我就先拿这个。”

付钱走人，莹莹看着他的背影，琢磨了好半天。

张莉娜还算听话，他敲了没几声，她就来开门了。

贾平峰走进张莉娜的房间，可能因为病倒的缘故，她的床有点乱，她并没理他，一个人跑到床上去，又钻进被子。

“是不是冷？有开水吗？我去给你烧些开水。先用矿泉水把药送下去，一会儿喝点热水暖暖身子。看你发冷的样子，估计是感冒和痢疾一块儿来了。”

张莉娜一声不吭，她软弱无力的样子让贾平峰有些着急，于是安慰她：“没事，吃点药就好了。你先躺着，我去烧水。”

“我这房间，从来没进过男人，包括我父亲。”

“那岂不是阴盛阳衰了。”

“我爸脾气古怪，喜欢姐姐和哥哥，就是不喜欢我。”

“你哥那人是不错，我也喜欢。”

“你认识他？”张莉娜觉得不可思议。

“认识，我以前说过的。哦，有可能没说？我现在也记不得了。我们反正是在中关村认识的。这下你放心了吧，我这个男人来你房间，你不用再提心吊胆了。”贾平峰听到厨房的开水壶尖叫着，赶紧过去关火。

“我爸就是觉得我离过婚，又抱着独身主义，他就看我不顺眼。”

“他老人家是心疼你，是恨铁不成钢。跟他老人家就不要提什么独身主义了，他们的闺女以后一辈子一个人过，你说他能放心吗，能不烦吗？”

“我没做铁，我有权力选择自己的生活，他干吗老干涉。”

“乖乖养病，别胡思乱想。一会儿喝点开水，补点水。肠胃病，可千万别让肚子里沾凉的东西。”

“我怎么能不乱想，我想陈陈。”张莉娜一下子就柔弱起来。

贾平峰知道，她不单单想女儿，她更想身边能有个心疼她的男人照顾她，他不再说话，静静地看着躺在床上的这个女人。

“时间不早了，你回去吧。”

贾平峰看看手机：“你没事吧？”

“没事，现在好多了。我以为我能抗住，药也没吃，谁想就加重了。我最忌讳吃药的。”

“今天表现还不错，药算是看了我的面子吃了，记得按时吃，好之前可千万不能停药。那我就走了。”

“谁看你面子啊，我是坚持不住了，你不来我也会要别人给我送药来的。”

“谁？不会是哪位男士像我这么荣幸吧？”

“男个头啊，是女人，都说了我这里不欢迎男人。”

贾平峰不知道是笑呢还是不笑。她再三说她的房间不欢迎男士，可他偏偏来了，是给他信号他是特殊人呢还是就告诉他，她也不欢迎他？两者皆有可能。不过，他感觉自己心里还是有数的，这个女人不像先前那么排斥自己了。

走之前给张莉娜掖了下被角，张莉娜没吭声。

“我出去，直接把门给你带上，你不用起来了。好好休息，身体是革命的本钱。”贾平峰走到门口，回身，把衣衫捋起来，握紧拳头，把二头肌亮给她看。

张莉娜笑了一下，仍然没有吭声。听到有下楼的声音，她爬起来，以她当时最快的速度冲进卫生间。药刚吃下，还没起作用。

## 3

陈陈走出自习室，和同伴回住的地方，住的地方离学校很近，这也是她们当初选择这里租住的原因。尽管房子有些老旧，但是价格合理，每次回去都不用担心走太多的路。

花香在楼下的花池旁边坐着，天已经暗了，不知道这个小女孩坐在这里干什么。

“你妈妈呢？”陈陈问她。

“我妈妈还没下班。不过我不怕，我爸爸是警察，我爸爸在韩国当警察呢。”花香噘着小嘴巴对陈陈说，“妈妈说我要好好读书，将来也学韩语，像姐姐一样，以后去韩国。”

“那回屋等吧，是不是没有钥匙？到我们屋来吧。”

“我想在这里等妈妈，妈妈该回来了，可妈妈还没回来，我在这里等妈妈，妈妈一下班就能看到花香了。姐姐，妈妈说你要去韩国了，等妈妈回来，我把爸爸照片拿给你，你去了，帮我找找爸爸，好吗？”

“好啊，等你妈妈回来，你就把照片给我，我找到了就让他跟你联系。”

“妈妈说爸爸工作忙，爸爸总有任务，不能和我们家联系，还说他们有纪律，我不知道他们有什么纪律不能和花香联系啊。我想爸爸。”花香可怜巴巴地仰着头看着眼前的两个女孩。

花香的爸爸是一个多年不回家的男人，听邻居说那男人是在韩国打工，出去之后再没和家里人联系过，最开始还能寄点生活费给家里，后来说是在那边又结婚了，有的说死了，版本很多。连陈陈这么聪明的孩子都不知道那男人在外面到底是怎么回事了。只是，她可怜眼前这个孩子，她记得父母离婚的时候，她也就这么大。在妈妈家少爸爸，在爸爸家少妈妈，她心里的难受滋味可能和眼前的小女孩一样吧。

陈陈摸了下花香的头发：“你在这里等妈妈吧，一会儿要是天黑下来就上楼吧，到姐姐房间里来等。”

花香点点头。看着两个姐姐上楼，她捡起落在花坛边上的一朵花瓣，放在鼻子旁使劲扇动着鼻翼闻着，禁不住就笑了。

……

陈陈和同学在厨房忙着做饭的时候，听到花香和她妈妈回来了。她们等陈陈忙完，才走进厨房做吃的，没办法，人多厨房是转不开的。很快，那肉丝榨菜的香味、卤丸子的肉香味以及香菜的味道，就隔着虚掩的门缝飘进了两个女孩的房间。陈陈忽然就很想妈妈，两个女孩吃着自己亲手做出来的饭菜，就格外地想起了自己妈妈做出来的味道。

陈陈听到花香在饭后被她的小姨带走，走之前她跑到陈陈房间，把她爸爸的照片拿给她："姐姐，你去韩国后，一定给我找到我爸爸。"

看着孩子稚气的小脸，陈陈一边点头一边答应，抬眼却看到花香妈妈黯然的眼神。花香一走，花香妈妈就对陈陈说："别听孩子胡闹了，快把照片还给我吧。那么大的韩国，你能去哪里找他呢，就算你找得到他，一个不把心放在家里的男人，找到了又能怎样。"

凌晨，陈陈被哭声惊醒，支起耳朵细听，那声音应该来自隔壁花香妈妈的房间，声音很细小，在寂静的夜里，却那么清晰地直入耳鼓。陈陈真担心花香妈妈的哭声会把花香吵醒，忽然想起花香是离开妈妈去了小姨家的。也许正因为这样，那个没有老公很多年的女人才敢这样肆无忌惮地哭吧，这也是一种宣泄。她忽然觉得这个孩子比她还可怜，都好多年也没有见到爸爸了。想想自己还是幸福的，尽管爸妈离婚，她仍然可以享受到他们给予她的全部的爱。

白天听贾平峰向她汇报，说自从她老妈那次病倒以后，似乎他们的距离就近了些。他说等到陈陈暑假回北京，他们一起团聚下，没准儿和她妈的事情就更加水到渠成了。

一想到这，陈陈禁不住浅笑了下。眼下，老妈是她心里最大的惦记，在去韩国之前，一定得把老妈嫁出去才行。隔壁的哭声断断续续，让她难以成眠。老妈一个人过日子，是不是也会这样难过？胡思乱想着，也不知道用了多久，才迷迷糊糊地睡去。

## 4

汝小曼在自己家卧室接听着情感热线。她一遍遍地安慰着倾诉者，告诉他们应该怎样或者不应该怎样，可每次撂下电话，都会惆怅一小会儿，因为，她有时候也不知道自己应该怎么样或者不应该怎么样。

自生日那天收到杨一士的鲜花，晚上两个人在网上自是又一番起腻。汝小曼总会想自己，老大不小的人了，在杨一士面前，怎么那么愿意撒娇呢。

不过话又说回来，杨一士每次撂电话前，都会狠狠地发出声音亲她一口，这让她无比受用。而她从来没有在杨一士的要求下亲过他，她觉得怪不好意思的。每次他亲完也让她亲他一下的时候，她就咯咯地笑个不停，直到躲不过，就用手指敲着话筒，说听到了吧。

汝小曼终于决定在6月15号那天去郑州。6月14号中午，她把自己的想法告诉了杨一士，杨一士当时用手机上的QQ，只说以后来看她，让她等他。

可这一次是不能更改的决定。晚上他们同时在网上，汝小曼再次重申了这个决定，杨一士那边极其慌乱，汝小曼深刻地感觉到了。他还是像以前一样，不让她来，说她一个女人出门，他不放心。

“有什么不放心的，你没有时间，只好我去了，总不能一直这样吧。”

“等我有时间我一定去看你。”

“我有时间。”

“胖妞，丫头，提拉米苏……你别来了。我骗了你。”

汝小曼的心一颤，原来她的第六感是正确的，对面的惊慌让她感觉到了。他终究是觉得自己是有过婚史有过孩子的女人吧？她不敢再去细想，只好迟迟不去搭话。四个月的时间，她害怕真的被这些东西击碎。

他说我给你发近照，你看了肯定就不会再来了。这个时候汝小曼才明白，难怪杨一士三番五次地说要来看她，又怕她看了他就转身离去，他说那样他会很失落。

如今，她所看到的照片不再是第一次他发过来的样子。她这才明白，难怪她总让他买视频，他不去买，因为两张照片对比，应该至少有十岁以上的差距。

汝小曼怕杨一士心里不舒服，告诉他，他现在的照片看着更成熟，更有男人味。

她说没关系啊，这个照片很好的。杨一士说当初发的是刚大学毕业的照片，为了吸引她的眼球，让她爱上他，如果发现在的照片，肯定早就被她淘汰了。

汝小曼心里觉得特别不舒服。她想，可能当初他就没把他们之间的事情太当回事吧。可是，如今已经这样，几个月的时间过去，两人的感情一直在升华着，难道就因为照片的事断了两个人的交往吗？

杨一士看照片并未挡住汝小曼，可他觉得现在的确不能见她，自己家里的事情一团糟，她来了怎么办呢？他试着跟家里说了他们的事，他是做好了把汝小曼领回家见父母的打算。

他们接触一个多月的时候，他就不太正式地跟父母说过，说北京有他的女朋友，说还有个孩子，当时母亲还逗他说，不是你的孩子吧？他就说人家孩子都十来岁了。

想不到，最近汝小曼逼得急，他再和父母说这事，说要把汝小曼接到家里给他们看看，父母一看这事当真了，就不愿意了。尤其母亲，说什么也不愿意；父亲还好，说只要他们好就成。

母亲身体不好，血压高，这要是惹恼了，麻烦就大了。

一想到这些，杨一士不知道怎么跟汝小曼讲，他也舍不得她，几个月的相处，让他们已经心心相印。他没有办法，只能说以后去看她，可他也不知道这样能拖多久。

汝小曼不再跟他理论，说她什么也不管，她只觉得他们之间几个月的时间不能白白地浪费掉。无论如何面是一定要见一次的，见过了，以后怎么样再说。

如今汝小曼就是十头牛都拉不回来了。电话里，杨一士说，他正像困兽一样在自己家楼下一圈一圈地转着，他说如果不真爱，他能这么难受吗；还说母亲刚刚歇斯底里地大哭过，她的身体很不好，以前为了姐姐的事情就晕倒过，母亲年龄大了，如今要是再为了他的事有个差错，他不知道怎么向家里人交代。

他说，胖妞你忘了我吧。

汝小曼绝望透了，说你原来从来就没有真爱过，说过的话原来都是谎话。

杨一士说爱她不是假的，不然他现在也不会像困兽一样。电话里他的声音带着哭音，汝小曼的心就软了，心下想那就放了他吧。可是待两个人再发起短信来，只要再见到和他有关的几个字，就会又勾起汝小曼无限的冲动，于是忘记了先前的一切不满和纷争。就想，立刻见到他才行。

而他仍然无力改变现状，不敢让她去郑州见他。

如今这冲动就跟魔鬼也没有什么区别了，汝小曼想，原来每个人心里都有个魔鬼，只是看你是否能压制得住它。她只顾默默地流着眼泪，不知道该怎样度过眼下的时光。他们不再登录任何可以聊天的工具，删掉了他的手机号，她绝望到了极点。

原本那般地爱着她，每次电话要打到一个多小时都不舍得挂断，短信要天天发的男人，竟然说不要见她。她哭，哭够了就去睡，家里没有明明，不用担心有人会来打扰她。手机是关了再开，希望能再次收到杨一士悔过的电话和短消息，开了一次再关一次，开关机的音乐声吵得她心烦，恨不得把它砸了。

她知道，心里的魔鬼在整治着她。为什么？汝小曼不明白，是我错了吗？我当初就把所有的困难都摆在眼前，我们都曾经觉得问题不是问题。如今，你的豪言壮语呢？汝小曼一遍遍在心里质问着那个男人。

杨一士说过，如果他们在一个城市，早就见面了，也许说不准都同居了。四个月的时间，在如今这个快节奏的时代，足可以闪婚了，可他们竟然连一面都还没有见过。苦苦地恋着，却恋到这样的结果，这让汝小曼不死心。心里又在安慰着自己，和过去的旧式女人相比，她认为自己幸福很多了，在那个以牲畜为交通工具的年代，女人嫁的男人，兴许只有洞房花烛夜的时候，才能够看得到对方的真面目。

可眼下，她汝小曼想，不管怎样，那时的人毕竟在揭去盖头的时候看到了彼此。可她和那男人恋了这么久，那男人说他那么那么爱她，却偏要在揭红盖头之前，男人跟鸟一样地要飞走了。

## 5

小佟打电话过来，汝小曼没说上两句就说不好意思她在等电话。

可是，她又在等谁的电话呢？小佟很知趣地就挂断了，她这边却惆怅着。郑州去不成，她还能去哪里？她跨上山地车，她不知道她要去哪，在十字路口处，左看下右看下，就往左边骑去，那是去燕郊的路。

她曾经用自行车载过明明去潮白河，也曾经逛过花鸟鱼市场，那天明明非要买那只老鼠，汝小曼说什么也没让，冯伟业说他要买就买吧，还说喜欢小动物的孩子都有爱心，就为这，明明特喜欢冯伟业。汝小曼却坚决不同意，她眼见着两只小白老鼠在笼子里自相残杀，看得心里直颤。而明明和冯伟业却看得有劲。

那啃噬对方肢体的白鼠，汝小曼一直不明白它为什么那么残忍，都是自家兄弟，那身上的肉可以啃了吃掉？想到这里就浑身起鸡皮疙瘩，外带着恶心。同类，何必还要互相残杀？是手足？还是相爱不成反现杀机？

“是不是有毛病啊，你们不心疼它啊，好歹那也是一个生命，真是的。还说要买回家，这样没有人性的东西买回家也没有地方养。”汝小曼一边说一边往前走。

冯伟业就拉着明明小跑着追汝小曼：“快走，你妈生气了，买回家她也不给你养。”

“她不养，我养。”明明就慢下脚步，汝小曼知道，她这是等着冯伟业呢。

“你敢给他买！”汝小曼用眼睛狠狠地看着冯伟业。

“不敢不敢。我怕你妈，我们快走，一会儿追不上她了。你妈跑得太快了，属天鹅的，还会飞呢。”

“赖蛤蟆。”汝小曼轻轻地说了一句，冯伟业掐了一下她。当然，他们不会让明明看到。

这一切过去近半年的时间，却如同就在眼前。街还是那条街，却已物是人非。

一个人骑着自行车，感觉还不错。如今人行道修得特别平整，她记得上次带明明去的路上，路面还很窄，总是会有一种提心吊胆的感觉，如今人行道上骑车的人不多，汝小曼骑得很慢，有点无所适从的感觉，就这样往前骑着，知道前面是燕郊，可是不知道自己要去燕郊干什么。

“我在行宫东边，卖书的地方。”汝小曼给冯伟业发了短消息。

“你等我，我马上过来。”

没多久，冯伟业骑着他的山地车赶了过来。单腿支着自行车，把眼镜掀到头顶，就那样不错眼珠地看着她。

“看我干吗？你不认识吗？”汝小曼有些慌乱。

“不认识，太阳从西边出来了，我以为你再也不搭理我了。”

“我是实在因为每次短信不回复你，感觉太委屈你了，今天骑车经过燕郊，看你一眼而已。”

“经过燕郊？你这是要往唐山骑啊？”冯伟业嬉皮笑脸地看着汝小曼。

“神经，我是想看看你会不会把你的女同学一块儿带过来，带过来我也好替你参谋参谋。”

“没来，我一个人。”

“怎么没来？你们要两地分居啊？这个不行吧？你没老家去？”

“前不久回了，这不刚回来没多久吗，也不能总回啊，大老远的，钱都搭路上了。”

“得回，那是多大的动力啊。你得这样想，家里有个美女在等着你，你就舍得花钱，舍得买票，舍得回去了。”

冯伟业轻轻地笑了一下：“你又在逗我。”

“我可不敢逗你，您这么大的画家，我这平民百姓的，哪敢逗您老人家。”

“不是大老远地蹬着自行车赶过来跟我来吵嘴的吧？走，跟我一起走。”

“去哪儿？怕你把我卖了。”

“放心，我卖不了你，人家一看你骑着自行车，人又长得漂亮，又这么会说话，人家还敢买你啊，怕你回家给人家添乱。”

汝小曼不动，就那样坐在自行车后架上。

“走，我骑车陪你看看燕郊的风景，在这儿傻站着干吗。”冯伟业拉汝小曼的胳膊，汝小曼懒洋洋地站起来，推自行车。其实，她也迷茫，不知道这次燕郊之行到底有何用意。

午后的阳光有些夺目，只要冯伟业一和她说话，就不敢看她的眼睛：“我怕了你了，你的眼睛真能杀人啊。你干吗老用蔑视的眼光看我啊，难过。”

“你有什么难过的。这阳光刺眼，我不得眯着眼睛啊。”

“我们去哪儿呢，去步行街怎么样，我们很久没去了。”

他们的确有半年的时间没有在一起了。步行街没有变化，就算是有变化，也是商家在搞花招，可所有的商家都搞类似的花招，老百姓们还会相信吗？汝小曼左看右看，认为那些店铺门前贴着狂甩、店面装修的都是在自欺欺人。

“现在的人真是想尽办法做生意，他们都说装修都在狂甩都说马上到租期，一家两家可信，满大街都这样，谁信呢？”

两人走得累了，冯伟业就问汝小曼喝水吗，然后果断地说还是小洋人吧，汝小曼就点了点头。想他竟然还记得她喜欢喝什么，心里有一点小感动。现下她终于明白了，为什么说女孩要富着养，原来不至于因为一瓶自己喜欢的水而跟了那个买水的人走掉。

当初两个人刚相识，一起逛的也是步行街，那天汝小曼要给自己买包。冯伟业渴了就去买水，当然没有征求她的意见，拿回来一瓶冰红茶和一瓶小洋人，回头问她喜欢喝哪瓶，汝小曼以最快的速度把小洋人抢到自己手里。冯伟业装做苦着脸说，那是他最喜欢喝的。

那个时候，他们还没有亲近到相互之间喝对方的水，现在他们也一样，不再喝对方瓶里的水。曾经一度，他们买两瓶不一样的水，可以调换着喝，那瓶口就沾满了对方的气息；如今，这气息是再也不能传递给对方了。

冯伟业一只手举着瓶子喝水，另一只手就势偷偷抓了下汝小曼的手，汝小曼愣了一下，看着他忘记了喝水。

# 第十九章●她动了别人的男人

## 1

“晚上我们一块儿吃个饭吧，真是很久没在一起吃饭了。”看时间还早，两个人在外面也走疲劳了。冯伟业就提议，“不如去我那儿坐会儿吧，都走累了。”

“不去，你家不会去了。”

“我家有啥不能去的？我还准备以后去你家呢，我想明明了。”

“打住，我家可不欢迎你去。”

“还生我气呢。离吃饭还有会儿呢，去我家能怎么样你啊，放心，我不碰你。”

冯伟业把话说到这分儿上，汝小曼就狠狠地瞪着他。

“瞪我干吗啊，走吧走吧，我家冰箱还有西瓜和木瓜，想吃什么瓜我那儿都有。”冯伟业拉了汝小曼一把，就先骑上车子，汝小曼犹豫了一下也跟上。难道，这次来燕郊就是为了和冯伟业在一起吗？

冯伟业的住处很乱。看着画案上摆的大画，冯伟业赶紧介绍：“怎么样，我现在画得还不错吧。每天除了吃喝拉撒睡，基本就是在家里画画了。”

“你还说，上次吃饭就碰到你了吧。我出来吃饭的次数都是有限的，出来一次碰到你一次，我不出来的时候你也没少在外面吃吧。”

“人家哥们儿请我，我不是省着做饭了吗。蹭吃蹭喝是我的专项，你又不是不知道。”冯伟业看着她笑。

汝小曼就想起了曾经的日子，两个人去老尤那儿，去其他的朋友那里蹭饭。冯伟业基本只带一张嘴，他的嘴除了吃喝，还会把饭桌上的气氛调节得格外轻松。汝小曼知道就因为这一点，朋友也爱叫上他。

汝小曼专心地看着他的画，冯伟业凑过来，她还不知道。

“你吓死我。”汝小曼赶紧躲开，“你别忘了我们的身份，你有你的那个同学了，我，我也有了。”

“是那天吃饭的那个？”冯伟业绕开去，“你喜欢他吗？”

“这不关你的事。”她怎么可能喜欢小佟呢，她的白马王子在郑州，可至今连面都没有见过。

“别发脾气，发脾气的女人不好看。他多大了，他父母都知道了？”

“都说了，不要管我的事！”汝小曼大声喊起来，好像站在汝小曼面前的不是冯伟业，而是汝小曼的家长。

冯伟业呆呆地看了下她，不知道自己哪里得罪她了。

“你这种男人，你不要管我的事，你明不明白。”汝小曼把手里的画笔扔到案子上。

“老大，那可是我最心爱的毛笔啊，从笔庄用画换来的，你给我砸折了，我拿啥吃饭啊。”

“拿筷子。”汝小曼忍不住笑起来。

“你这个妖精，一会儿哭一会儿笑，你知不知道，你笑的时候特好看。不要老是生气，生气会让身体生出很多毒素的。”冯伟业放下手里正做的事情，慢跑着绕到汝小曼的身边，扳过她的身子。反抗了几下，她的嘴和他的嘴撞在一起，在半推半就当中，她被冯伟业吻了。

汝小曼没有回应他，迅速推开他。

“我知道，我这样也对不起那个女人。”冯伟业说过这话，心里就有些颓废了。

“她什么时候过来？”

“快了。”

“你这房间，我也是最后一次来了。”空气里多了不少的感伤。

“我总会想起以前我们在一起的日子，我用自行车载着你，你搂着我，把手放在我的腰上，你的头靠着我的后背，每当这时，脑子里总会出来很多美丽的画儿。我知道我对不起你，我一直也想和你说说春节的事，可你也不给我机会。”冯伟业叹了一口气，“春节我爸妈要给我介绍对象，说我混到三十岁了，家没成，钱没赚到，说再这样就让我回老家。”

“你当然不会回去，你又不是小孩子。”

“和她在一起，就是交差，我俩年龄相仿，家里说不出什么来。今年我爸妈说要给我拿首付买房子，我不能老租房子啊。春节那会儿，我妈好像知道了什么，总说不能找离异的、带孩子的、年龄大的，说结婚以后净给对方养孩子了。”

“我要你养了吗？明明有他爹。”汝小曼不高兴。

“可是，我想过了，我事业不景气，我要是刚挣了钱又要发展事业，孩子如果需要钱，我肯定不能不管儿子啊。我连自己都养不活，你跟了我你也享不着福，净跟着遭罪。”

“别说了。”汝小曼忽然情绪极为低落，这一刻，她想到了杨一士，难道他也是面临着这些困境吗？

冯伟业停下不再讲过往。汝小曼和冯伟业，注定在这一天又会纠缠在一起。近傍晚的时候，一楼的光线不是很足，那些暧昧和朦胧的东西迅速地滋长着。

冯伟业再吻她，她就心里一横，开始回应他。他把她抱到卧室里，汝小曼一直是闭着眼睛的，她感受着来自男人的力量，她已经有很久不曾感受男人给她身体带来的激动了。在每日和杨一士的语言纠缠里，她忍受着那种相思和痛苦，忍受着对男人的需求，忍受着杨一士陪她到凌晨三四点还不睡而带来的那种清醒。

冯伟业把汝小曼放在床上，回身把落地窗帘合上。

## 2

莹莹和申家奇乘飞机赶到广州。哭了一路，莹莹的眼泪好像还没止住。

申家奇也不知道怎么安慰她，给她递着一张张面巾纸，告诉她别怕，现在医疗技术这么先进，宝宝不会有事的。

“我当初就犹豫不要给他们生，你要是稍微支持我一下，我就绝不会做这种傻事，明知道自己的孩子给人家自己心疼，还偏偏做这等傻事。早知道自己养着了。”

“她不是你小姑子吗，你是嫂子，你才疼她。”

孩子安静地躺在医院的病床上，睡得很熟。妞妞把哥嫂让进病房，示意他们小点声。

莹莹的眼睛是红的，可她发现妞妞的眼睛比她还红。这孩子不是她亲生的，她竟然比自己还要疼他？心里就有了些感动。

“确诊了吗？有没有到其他医院去看看。到底是什么病？电话里就知道哭，连什么病也不说一声。”申家奇开始埋怨妞妞。

“其实，我是骗你们来的，宝宝病是病了，这一点我肯定没骗你们。”妞妞的声音有些沙哑，“她只是普通的贫血，原来的医院误诊了。宝宝住两天院就可以回家了。他就是身体有些弱，可能跟他小时候的特殊经历有关。”

“杨呢，他怎么没来。”申家奇问道。

“他？别提他。”妞妞的声音忽地就高了一个调，又生怕吵醒孩子，急往门外走去。

申家奇看看莹莹，示意她跟出去。

两个女人走到离病房稍远些的电梯口停下来，都不说话。病床上躺的孩子跟她汪莹莹有着极密切的关系，只是亲妈不能叫亲妈，孩子只能管自己亲爸爸的妹妹叫妈。

“妞妞，你是不是有什么事瞒着我们？”

“是，杨百万这个挨千刀的，一直就没跟我登记，当初我拿了户口本说是用来登记，其实是骗咱妈的。”

“啊，你们没有登记？”这让汪莹莹无比惊讶。原来孩子一直生活在这样的家庭里？她简直心都碎了。

“杨百万是有前妻的，他们没有解除婚约。我爱他是真的，我想让他娶我也是真的，自从我和前夫离婚以后，一直孤身在广州，你知道，一个没有老公的女人过了那么多年，滋味是不好受的。”妞妞说不下去了。

“可是不管怎么样，你得做点合法的事啊。那现在宝宝连户口都没有了？”莹莹一想到这个就心疼。

“有，我在珠海买了一套房子，把我和宝宝的户口落下了，我也是考虑孩子将来要入学的问题。杨百万当初答应过我，说我有了孩子就跟前妻离婚娶我，可我就是生不出来。于是我就骗你们把宝宝生给我，我以为我万事大吉了，可他还是不离。他前妻缠得紧，他都很少到我这边来，现在，宝宝是有爸也和没爸没啥区别了。”

莹莹的头差不多要炸了，自己的儿子，竟然落在一个没有亲生父母的家庭，这也罢了，现如今孩子跟着所谓的妈妈过着差不多单亲家庭的生活，这让她极为心碎。她当初孕育这个孩子的时候，绝对没有想到孩子会有这一天。

“妞妞，你这样做太欠考虑了。你怎么能拿孩子做赌注呢。我们也傻，怎么就没阻止你这样做呢，怎么就没考虑到你的再婚其实就是一个幌子。你到底图他杨百万什么啊。”

“钱，我只想要他的钱，我现在对这个男人早不感兴趣了。90年代他叫杨百万，现在他的身价早今非昔比了。他不愿意和老婆离婚，只是怕她分财产。我也咨询过，如果孩子是他亲生的，将来也有继承权。可偏偏……”

“什么？”

“验血的时候，他知道这个孩子不是他亲生的，他还把我痛骂了一顿。我把你们喊来，其实主要不是让你们来看宝宝的，他只是一般性的贫血，我是想让你和我哥替我澄清我的清白，证明我并不是和别人乱来生下宝宝的。”妞妞哭了起来。

“都这种情况了，他不娶你，你何必还要澄清你的孩子是谁的。”莹莹非常生气。

申家奇出现在她们面前：“宝宝醒了，快去看看吧，他要找妈妈。”

## 3

汝小曼被冯伟业放在床上，她侧卧过去把自己蜷成一小团，她这种下意识的保护姿势，有点像子宫里的婴儿。她忽然想起自己前些天还为了将来要和杨一士生孩子曾去医院检查。如今的变化，让她实在难以接受。

汝小曼蜷缩的样子让冯伟业心生爱怜。他躺在汝小曼身后，抱着她，一声不吭。屋子里很静，听得到桌子上马蹄表针走动的声音。冯伟业喜欢古旧的东西，以前两个人一到周末就爱去潘家园，淘书是一方面，有的时候会淘其他一些小物件，一本老旧的小人书、一枚锈迹斑斑的大头针都会让冯伟业惊喜。

可是，那种手拉手走在潘家园的场景从此再也没有了，以往逛够以后，随便找一家小店吃饭的机会也不会再有。今天晚上两个人说是要共进晚餐，如今躲在这房间里，两个人的心都免不了怦怦直跳。

冯伟业还是要主动些的。他侧卧在汝小曼身后，两个人享受了片刻的宁静后，冯伟业把汝小曼扳过来，两个人开始接吻，汝小曼最初是抵抗着的，咬紧牙齿。她想的是杨一士，这让她觉得很奇怪。杨一士已经终止了他们来往的可能性，让汝小曼一下子跌入到真正的单身行列当中。

眼前的男人是真实的，那真实的亲吻让汝小曼瞬间忘记了一切，或者说她命令自己暂时忘记。

自从2009年2月份她和杨一士谈情说爱以后，她的世界就只有他一个人，而今他的世界没有了她，她还敢再奢望自己的世界里有个他吗?

她紧闭双眼，心下一横，开始迎合冯伟业，她想，这是她曾经非常熟悉的男人。他的眉眼和他身上的气息，就这样扑面而来，他的嘴唇那么绵软那么贪恋她，就像一只勤劳的蜜蜂在一朵花芯上采蜜。

汝小曼特别喜欢做爱的时候接吻，而她和洪大周在一起，前期还可以这样做到灵与肉的结合，后来，洪大周就像机器一样地运动，从来不让她吻他的嘴唇。

在洪大周那里，就算体会不到他给她的彻骨的爱，可为了明明她仍然希望他不要离开。想到这里，汝小曼心底一凉，到底，谁能跟她做到灵与肉的结合?

冯伟业可以吗? 她知道不可能。他们分手以后，她想过不再见他，可她竟是恨不起他来。当杨一士的决绝让她忽然就没有了方向的时候，冯伟业的吻给了她一丝温暖。

而这温暖，又让她禁不住地战栗着。她感受着，他的嘴唇不舍得离开相互胶着的位置，双手开始脱衣服，他的衬衫被他扔到地毯上只剩了一条紧绷绷的底裤。汝小曼任他剥着她，她根本不再想拒绝他。他们曾经那么熟悉。

如果说刚进这个房间的时候，她还有着防范的心理，那么现在，她彻底放松了，她的脑海里，只有眼前这个男人。

当他们赤身裸体的时候，汝小曼一声尖叫。

“怎么了? ”

“你，你已经不是我的了，我……你，有TT吗? ”她以为隔了那层膜，她就算给自己一份交代了。

“有，等我。”冯伟业又狠狠地亲了亲她。

“要这个吗? ”冯伟业贪玩的劲儿又来了，那是一个圆圆的箍。见汝小曼没理他了，遂拿了一个TT重新过来亲吻她。

汝小曼最初有些羞赧，没多久，就被冯伟业的前戏带动得深深陷了进去。和冯伟业交融在一起，那种性爱带来的非常直接的快乐很快就把她送到云之巅峰，她想，就是现在死了也值了。什么洪大周、杨一士，她根本无暇再去想他们。她想，这种快乐是个正常人就会迷恋，为什么她却让自己闲置了这么久?

曾经小半年和杨一士假想的拥抱和接吻，如今都实实在在地体会到了，只是对象不是杨一士，可这有意义吗？她觉得自己既然已经接受了冯伟业的润泽，她就告诉自己，冯伟业还是个孩子，他肯定接受不了那个当年的同学。就算是当年的同桌又能怎样呢？就算你们曾经互相借过铅笔、橡皮，也只能是当年同桌的你。如今他们之间的生拉硬扯，汝小曼觉得多半是冯伟业为了父母之命作的应付，这个还没有开始的婚姻，于他们两者之间的任何一个人来说，都是错误。汝小曼给他们修补错误来了。

忽然，她非常渴望冯伟业的回心转意。

只是，她不知道为什么，当两个酣畅淋漓的人都停下来的时候，她竟然又无法面对眼前的男人。她的矛盾因为没有了刚才的激情而忽然清醒了，冯伟业是有女朋友的人，尽管没有结婚，可她不应该碰他。就算要碰，也要等他和那女同学真的分手以后，名正言顺的才行。如今她偏碰了他，先前竟然还想着他能回心转意。

当冯伟业停下来的时候，汝小曼翻转过去，趴在床上。其实，她有点儿无地自容，不知道再怎么面对他。

偏冯伟业是一个很贪馋的男人，以往两个人在一起的时候，一整天有大半天在床上腻着。眼下，他休息一会儿就又抱着她想再继续，她早逃脱了，打开他的电脑听音乐。音乐很轻松，很好听，汝小曼忽然找到了头一年两个人在一起的感觉。

难道，时光真的可以倒转?

当他们再一次融为一体的时候，当冯伟业的十指穿过汝小曼的十指，汝小曼就告诫自己，他们无论能否重新开始，这一次都是一个非常重要的里程碑，要么是新生活的开始，要么是永远的结束，或者说得直白些是肉体的结束。

不知为什么，她不恨他。汝小曼觉得他们可以是朋友，而她和洪大周不可以。她一直觉得洪大周改写了她的人生，她的从一而终、她的一女只嫁一夫思想，因了洪大周，从此被改写。好在几年时间过去，她稍微放下了些，那就是她开始辩证地看问题，有失有得，比如爱情，不失去洪大周，怎么可以有冯伟业和杨一士呢？他们都让她再一次地做了一回少女。

她总算费尽周折地想明白了她能和冯伟业成为朋友，而绝不能和洪大周成为朋友的原因，她对洪大周是倾尽所有去爱的，心里用力身体更是用了力；而对冯伟业，她只使出了百分之几十的力气，更多的是欲的索取。她忽然这样很悲观地想。当她听到音箱里传来的《断桥残雪》的曲调眼泪不可遏止地涌了出来。

断桥，小桥流水人家，这些梦中的伊甸园，都是杨一士许给她，要带她去的，现在，真的成梦了。

冯伟业还在运动着，可她差不多要号啕痛哭了。

冯伟业吓得不知道是不是自己弄痛了她，他知道她伤心了。他ED了，这是他们相处那么久从来没有过的。他把自己掀下去，从后面紧紧地搂着汝小曼，一动不动的就这样用拥抱安慰着身边的女人。汝小曼还在哭，声音渐渐低了下去。

“对不起，是我不好，是我伤害了你。”冯伟业的声音低沉下去。

“你为什么不娶我？你为什么不娶我？”汝小曼就把矛头指向了他。

冯伟业不吭声，穿好衣服，紧紧地抱着她。

待他们都平静下来，冯伟业说：“我结婚了。”

汝小曼吓了一跳，眼睛盯着他看。

“我‘六一’回去登的记。我对不起你们俩，我是混蛋。”

## 4

杨百万拒绝来医院看宝宝，以及和申家奇他们当面锣对面鼓地讨论孩子的出生问题。

“妞妞，我们把宝宝带回去吧。”莹莹说。

“不行，孩子不能没有我。宝宝明天就能出院了，你们在我家待两天吧。杨百万很快就会回来的，他就是嘴硬。他也很快会离婚的，我等。只要他确定这孩子是你们生的，怎么他也得念这几年的养育之情，将来会给孩子部分遗产。”

申家奇恨恨地看着自己的妹妹。

“杨百万还那么年轻呢，你就惦记着他的遗产，你如果当初就是这个想法，拿宝宝当赌注，那太伤宝宝了。”莹莹心里别提多不是滋味了。

“你能不能自立点儿？离了男人活不了吗？我还真不想见这个男人，满身铜臭气。感情都不严肃，你们爱咋着咋着。我们明天回去，局里事多，你们的事我们不管了。”申家奇显然不高兴了。

“哥，你们就验下血，只要和宝宝确定是一家血缘为我洗了清白就行。”妞妞要哭了。

“趁宝宝出院前，我们验下吧。”莹莹心软了。

一边宝宝在办出院手术，一边是申家奇和莹莹化验血型。

两个人在化验单还没出来时就飞离了广州。知悉那个和自己有血缘关系的孩子病情不重，他们稍稍松了一口气，可这并没有为两个人省却一份担心，他们更加担心起这个孩子的未来。

当母亲得知女儿妞妞的事情以后，气得浑身颤抖：“这个死丫头，打小就不听话，这次竟然骗我说和人家登记结婚，本以为生不出孩子过继个孩子能好好过日子，谁成想……我的大孙子啊。”

“妈，您别生气，怎么说都是自己家人，妞妞会对宝宝好的。”申家奇劝母亲。

“当初就说宝宝是我们申家的根，不要给她，现在怎么样？闹得孩子有爹不能叫。我也担心这丫头啊，老大不小的，还对一个不想娶她的有老婆的男人做着梦，这不是让人干着急吗！”

“急也没用，自己的路自己走，妞妞的路，是她自己选的，我们着急是没用的。”申家奇有些烦了。

“钱财真的有那么重要吗？”当房间里只有两个人的时候，莹莹对申家奇说。

“钱不是最重要的，这东西生不带来死不带去，可是活着就少不了钱。我忽然觉得我们不见到杨百万就回来有些不妥。”

“怎么不妥？”

“就任他这么欺负妞妞？”

“这不是欺负不欺负的事。妞妞喜欢这种生活，我们有什么办法。亏只亏我们的儿子，在这种环境里生活，将来会是什么样呢。”

“唉，每个人的生活都不同，我们也不要太操心别人的生活了。不过妞妞一定会对宝宝好的，毕竟是她带大的。以后听她的消息吧，我们不是把化验单全交到她手里了吗，但愿她对那男人的付出能有所收获。”

“收获？叫那男人离了婚娶她？还是等到他真有一天不在人世了，让我们的孩子去继承他的遗产？我在想，她就算和那男人真的结了婚，她究竟是为了收获婚姻爱情，还是为了杨百万死后的遗产呢？”莹莹不解。

“不知道，妞妞不知道怎么变得这么复杂，我看离婚让她离出病了。”

“对了，最近把新房子放放味，等到暑假奇奇回来，我们就可以搬到新房里去住了。你申大局长回来，也不用住这憋屈的狗窝了。”莹莹命令自己不去想妞妞和那个男人的事情。事实上，申家奇不在家的时候，她一个人会想很多，那很多里面自然包括那个远在广州的亲生儿子。

可她也没有办法，如今只能把当下过好，再郁闷也无济于事。

# 第二十章●不见黄河心不死

## 1

从燕郊一回到家，汝小曼就想把手机关掉，她想关掉室外的所有信息和记忆，不想和任何人说话。可是她还是忍住了，她不能置自己的工作室于不顾，有太多的人有着情感上的困惑，要讲给她听，希望她能给出出主意，哪怕就是不出主意，只倾诉给她听听也是好的。

心底压着的东西说出来，人就会觉得像卸掉了包袱一样，变得轻松无比。而汝小曼觉得自己就如同那个树洞，所有的人都可以把垃圾毫不客气地倒给她，可她自己的垃圾该倒给谁呢?

热线铃声响起来，接通，是一个男人的声音，有一点口音，但不是太重，那语调里可以听得出北京的调调来。男人告诉她，他是裸模，就因为这个，老婆和他离婚了。离就离吧，可他不能离开女儿，女儿还小，不能没有爸爸。而且在回去离婚之前，他就和房东说过，说这次回去一定把女儿带来，让她和房东家的女儿一起玩儿。

自己做裸模怎么了？就因为这个，他老婆就要学那个孟母三迁的典故，要把女儿带到离她爸爸越远越好的地方？她竟然说她怕女儿将来走他的路，如果女儿将来也做了裸模，也脱光了让画家们随便画，她说她想想都受不了。

他重复完她的想法，低沉着告诉汝小曼，说女人是去法院起诉他的，因为他坚持不离。他希望妻女离开老家，来北京和他一起生活，可她们坚决不来。当他们走出法院，当他跪倒在地，看着绝尘而去的公交车，想着它将不知道把他的女儿带到哪里去，心都碎了，那是一种特别疼痛的感觉。

汝小曼似乎也听到了疼痛发出的声音。哪个做父母的不爱自己的孩子？她能怎么安慰他？只能告诉他，孩子小，跟妈妈也是对的，何况他们的孩子又是女儿。如果是儿子跟他还好说，但女儿将来要面临很多有关女孩子的私密问题，有关生理上和心理上的，作为父亲，势必比母亲关心得要少很多，你一个大男人怎么告诉女儿初潮应该怎么解决？

汝小曼想到自己初潮的时候，正好十四岁，什么也不懂的年纪，吓得只知道大白天躺在床上装死，一站起来那血就跟泉水一样往外涌，她以为躺着就没有事了，她生怕站起来走路，血流干净，自己死掉。她还算幸福的，有父母在身边，而母亲对她的细微照顾让她觉得如同被母亲窥到了隐私，她不允许母亲擅自给她洗贴身的内衣，因为那上面点点的血迹是不允许她本人以外的人看到和触碰的。

但是即使这样，她仍然需要有人帮助她，就算上学的时候学了生理卫生课，可真要面对的时候，还是手足无措。而母亲给了她很好的诠释，告诉她女孩都有这一天，只要处理得当，用不着一天天躺着的。而且流这几天的血，是不会死人的。这个时候，她就知道有母亲的好，父亲怎么会懂得，又怎么好对女儿张得开口呢。

于是，汝小曼劝他想开点儿，尽量多争取机会看看女儿，关心关心她，尽到自己做父亲的责任就好了。对面的男人似乎也不着急汝小曼给他出主意想办法，他似乎只是倾诉一下心中的苦闷，说出来心情就轻松了。汝小曼听到对方轻轻地叹了口气，说他比刚才好多了，如果不说出来，他真的担心自己半夜从楼上栽下去。

夜还不深，挂断这个裸模的电话以后，冯伟业的电话打了过来，看着他的名字在小小的屏幕上跳跃着，汝小曼就是没有接通的欲望。当她知道他已经注册结婚以后，她不知道他们还有什么可说的。只是话又说回来，如果他还没有登记结婚，是不是他们就有了可以说说的机会？就可以在一起滚床单？

一想到这些，汝小曼的心口就有一种透不过气的感觉。其实他们早已经没有了相交的可能？他们就是两条轨道上面跑着的两列小火车，如果为了拥抱对方，为了加深更亲密一层的关系而越轨，那它们从此也就不能再正常运行，甚至出轨后的惨不忍睹都是可以想象的，那场景太揪心。

此时，汝小曼就相当揪心，尤其知道冯伟业登记以后，那种揪心恨不能把自己浸在深水里永不翻身。所以冯伟业的电话她再也不能接了，可她没有勇气挂掉它，就任它在小小的屏幕上跳跃着。

月光皎洁，汝小曼走进儿子明明的房间。儿子终究还是不愿意在洪大周那里生活，又回到了她的身边。此时明明睡得正香，不知道梦见了什么，竟然笑了一下，甚至还咯咯地笑出了声。

汝小曼的脸上挂着所有母亲看自己孩子才会发出的微笑。她给他掖好被子，带上门，回自己的房间。明明姥姥去卫生间，两人在客厅相遇，母亲忍不住又唠叨了一句："都几点了，还不睡。"

"睡了睡了，这就睡。"汝小曼赶紧闪身进了自己的房间。手机上有三个未接来电，全是冯伟业。她不知道他要对她说什么，说什么都无关紧要了，他们此一生是再也不能交集了，永远永远。这一次，算是给他们的恋情彻底画上了一个句号。

头一次，杨一士没有打电话来，也没发短信，汝小曼潜意识里仿佛觉得杨一士知道了她和冯伟业的出轨，否则他为什么没有联系她？她的心里悔得发青。一失足成千古恨，她就算再怎么恨自己又能怎样？所有该发生的都发生了，所有应该正常往前走的，她都不知道该怎么往下走了。至今她和杨一士都还没有见过面，这种柏拉图的恋爱要折磨死她了。

躺下睡不着，汝小曼认定杨一士感觉到了她背叛他的事情，都说女人的第六感非常准，那男人的也一定一样准。想到这里，汝小曼哭了，她和杨一士相恋这么久，连个人影也未见到。每天卿卿我我，又不能拉手，又不能拥抱，一点实质性的接触都没有，这种如苦行僧的日子，她让她觉得和前男友有了一点花花枝枝的纠结也是正常的，她毕竟才三十多，是有血有肉有情感的女人。

她想，如果杨一士再不约见她，她是不是应该放弃他？如果冯伟业没有登记结婚，她是不是这次就倾向于他的怀抱？而从此沦陷其间了？有可能，汝小曼这样想，毕竟他们是有感情的。

而如今杨一士又这么不积极，如果杨一士凡事都积极，那他们的发展就不是今天这个样子了。如果在一起了，她是可以为那个和自己相爱的人守身如玉的，这个她坚信。就像当年和洪大周多年的婚姻，纵是再怎么吵闹，在他们婚内的生活里，她从没有越过轨。

可杨一士他到底爱自己吗？汝小曼觉得这份柏拉图式的爱越来越飘渺，让她抓不着，摸不到，看不见。而今，她的第六感觉在杨一士这里也失误了，她既觉得他爱她，又觉得他不在乎她。否则，这几个月的时间，两个人不知道要见多少次面拥抱多少次了。就是杨一士说的出租半张床铺的图片，也早已有了最好的诠释。

## 2

狠心把手机关掉的这几天，对她也是一场考验。她在心里无数次揣摩，想杨一士找不到她会怎么样。他会从郑州飞来北京吗？等她再次开机，看到杨一士和冯伟业的短信交替着发送过来。那一刻，她的眼泪就以最快的速度流淌着。冯伟业已经登记结婚，那他为什么还要和自己这么亲密？汝小曼一直想不通。她原来一直以为他只不过有个相好的女同学，他们能否继续发展还说不定，可在她毫不知情的情况下，他们竟然登了记，而且冯伟业说她很快就要从黑龙江来北京了，确切地说是来到河北省燕郊镇。

前一刻，听到他们已经登记了的事情，让她无地自容，她沾染了有妇之夫。她恨自己，非常恨，极端地鄙视。

她关机，把自己扔到床上，整天蓬头垢面，老妈说她简直就是堕落。她想，好在孩子不在家，明明刚从洪大周那里回来没几天，就又被他爷爷接回老家去了。既然孩子看不到她这种鬼模样，她就且这样堕落几天再说。当她再次以还算清醒、精神的面貌出现在自己家的镜子面前的时候，她又开了手机。她想过怎样抵制这种柏拉图，她甚至想过如果杨一士还不来北京，她见了他的短信就见全删。可她仍然受不了杨一士一点点的嘘寒问暖，她又总是急三火四、迫不及待地回复他，生怕晚了一分一秒。因为他仍然说他爱她，而她恰恰也爱他。她又活过来了，又光彩照人了。

汝小曼决定，自己必须要和杨一士纠缠下去，否则这一辈子她都会活得不踏实。他是爱她的，这是他自己说的，他电话里也说过无数次，爱，就要在一起。她给杨一士发短信：“我一定要见到你，不管将来怎样，不到黄河我心不死。”

而杨一士在给汝小曼发过无数短信，打过无数电话以后，也决定让汝小曼去郑州，但是告诉她只能陪她两天，他要带母亲去西安看病。买了早晨的火车票，一路上，杨一士都在给汝小曼发短消息，他们恢复了先前的好。杨一士甚至还提醒她，过了新乡别忘了看黄河，汝小曼心里一抖，难道，我真的只是为了来看黄河吗？她没有回复，手机马上没电了，她担心到了地方无法联系上杨一士，赶紧关机。

空调车很冷，汝小曼的心里却是暖的。她知道杨一士早早就等在火车站，为她刚一上车关了手机而联系不上心急。他对她的盼望和她此时的心情是一样的。这个时候，他们是重叠的，心里禁不住升起了一股美意。

很快就到新乡了，汝小曼看看时间，知道离郑州不远了。隔着车窗，看到了黄河的源头。在汝小曼的心底，黄河该是很宽很浑浊，而且差不多总在汹涌澎湃着的。而眼前转瞬而过的河面，看不到水有多浑，也看不到它是否会咆哮，它静如处子。

下火车的时候，手机一开机就自动关掉，幸好她早已背下他的号码，跑到公用电话亭去打，却无人接听。她非常着急，不知道如何是好，跑到广场和出站口都没有看到照片上的他。忽然想起自己是有充电器的，跑到一家快餐店央求小姐行个方便，小姐迟疑了一下答应了她，和杨一士通了话，就立刻拔去电源，对小姐千恩万谢着。当她隔着落地大玻璃门，看着远处有个穿白T恤的男子向这边跑来，就知道是杨一士，是的，和近照是一模一样的，比刚大学毕业的照片要老很多，成熟很多。

汝小曼推开门走出去，相见的瞬间，她说不出来是什么感觉，没有更多的欣喜，没有仇恨，也没有预期的热吻和拥抱，两个人一边说话一边去找出租车。

酒店的房间他已经订好，在进电梯前，汝小曼站在杨一士身边看着他的肩膀，发现自己的头刚好够到他的肩，原来自己并不比他矮多少。想想自己终于站在杨一士面前了，她不知道杨一士在想什么。两人相视一笑，他们彼此之间，好像很生分，跟才认识一样。

到了住的地方，尽管两个人没有了先前的熟悉，可是一声胖妞，汝小曼一下子就没了方向感。

杨一士在身后紧紧地抱住她，他们就那样一动不动地站着，汝小曼竟然感觉到杨一士的颤抖。她扭过头来，想看他怎么了，他的唇就贴了过来，他的唇尽管放在她的嘴上，可是一点儿不主动，是一种软的、无力的状态，还是汝小曼主动亲了他一下。

然后两个人就坐下说话，有点像主持人和嘉宾。颠簸了一天，汝小曼准备冲个澡，冲的时候，她想把门锁上，可杨一士告诉她锁坏了，她只好虚掩着门，不时地看一眼宽大的浴镜，那雾气慢慢地就把原本洁净透亮的镜子抹上了一层暧昧的东西，让人看不清站在它面前的人的真正面目。

其实，她不担心他冲进来，她想他不经过她允许是不会冲进来的。屋里只有两张单人床，她明白，他们是要在一个房间里过夜的，可她并不怕他。

杨一士也洗了澡，嘴里说着还是你们女孩子细心，出门准备得充分，知道给自己带睡衣，他说他包里一件衣服都没有。

先前，他听到汝小曼在卫生间里说："我怎么出来呀？"穿了睡衣的汝小曼竟然不敢走出浴室。

当他听了声音再见到汝小曼的时候，她穿着睡衣，很腼腆地走出来。然后立刻钻进被子里把自己裹好，生怕被他看到薄薄睡衣里的自己。

杨一士冲了下，用浴巾包住自己下身，裸着上身出来。汝小曼的心怦怦直跳，下意识地用被子裹紧自己。当杨一士要靠近她的时候，她差不多要大声尖叫。

“别喊。”杨一士做了个噤声的动作，然后指了指隔壁。

汝小曼止住声音，示意他回他自己的床上去，可他并不听话，偏凑了过来，汝小曼也不躲闪，两个人就接起吻来。汝小曼好像早做好了准备，这个吻，她先前只能用耳朵去听，而今它落到了自己的肌肤上，很真切。她感受着他的嘴唇在她唇上的游走。

当他的手不安分的时候，汝小曼才清醒过来，伸手推开了他。

生活中，他们似乎更多了些拘谨。

他是她那么爱着的人，不见黄河心不死，见了黄河心就死了吗？她义无反顾地来了。在来的过程中，她想过，也许杨一士真的不想再继续了，才搬出父母来。而她偏固执着，坚信他说他一直爱着她是真的。现在见也见了，亲也亲了，汝小曼想，如果两人不能继续，那么生活开了多大的玩笑啊。

## 3

杨一士的嘴唇非常柔软，好像舍不得狠狠地亲吻汝小曼一样。他担心自己稍微使一点劲，就会弄疼汝小曼，所以，他轻柔得像一片羽毛。相反，在轻吻的过程中，汝小曼就狠狠地咬了下杨一士的嘴唇。这一咬，咬出几个月的相思苦。杨一士却在静寂中忍耐她，不吭一声，不说疼，也不回绝。

事后，汝小曼想自己在咬他之前，应该先主动吻他一下的，不知道该说自己无耻还是什么。她心底非常矛盾，杨一士对她吻的态度，绵软而无力，没有一点霸道的感觉。这是真爱吗？在汝小曼的心里，爱应该是霸道的，至少在肢体语言的表达上应该加重分量。

然而，当杨一士想趁机前进一步的时候，汝小曼还是吓了一跳。她和他在一起的目的不是上床这么简单的事情。她要和他结婚的，要是跟他第一次就上床了，那她以后还怎么在他面前做人？要是一辈子夹着尾巴，那不知道有多受气。

汝小曼说不要，杨一士也就退了，说那好不要，我尊重你。

他纵是这样说，嘴下却使了力气。汝小曼感受着来自男人雄性的力量，先前的绵软不再有。汝小曼觉得有些透不过气，身体上他们也有了更近距离的接触。她知道，只要他们一个除了浴巾，一个褪去睡衣。两个人就完全沦陷了。

这一刻，杨一士的力量，惊醒了沉醉享受的汝小曼。她是主动上门投怀送抱的女人，她只是赌着气来和相恋几个月的男人相亲的，刚一相亲就进入洞房，未免有些神速。尽管几个月的缠绵时间不算短，可对于眼下的汝小曼来说，如果把自己给了他，那就给了他整个世界。

她想，她还不能给他整个世界。

她用双臂撑起那个伏在她胸前的男人，惊恐地说不要，杨一士也醒了，不再亲吻他，裹着白色浴巾，跨到自己的床上去了。

他说他真想和她睡在一张床上。

两个人各睡一张单人床。汝小曼感觉到杨一士翻来覆去地睡不着，上了几次卫生间。心想自己是不是不该这样执拗，毕竟自己是爱他的。但她仍然坚持着，睡不着，只好瞪着眼睛看着黑夜。也许是换了环境的原因，也许是对自己的一种潜意识里的保护，让她为此一夜无眠。

第二天一大早，两人睁开眼睛对望。杨一士伏在她胸前，看着他的眼睛，汝小曼觉得自己很快就要沉沦了。如果自己豁出去了，和眼前相思几月的男人融为一体，以后会是什么样？她的身体里又有一个声音告诉她千万不要这样。

那吻铺天盖地地就来了，他的手没有昨夜那么规矩，在她的身上抚摸着。他尽管比昨夜放肆，她却并不觉得害怕，好像天明了，就不再担心出现越轨的事情；好像黑夜过去了，她就不再害怕。

“汝小曼，我娶你。”这一句话，让汝小曼幸福得一塌糊涂。他说过这句话，就算是一种承诺了。

可她并不想为这几个字就把自己让给他，她告诉自己，如果一懈怠，就全完了。

“不要。”汝小曼享受他的亲吻和抚摸，很费劲地吐出这两个字。

其实，她多么想要他。几个月的思念，此刻两个人终于可以在一起了。熟男熟女，这一层纸轻轻一捅，就破了，破了的纸，可以在空气里骄傲地飞着。

可她忍着，而杨一士在气喘吁吁以后，终于尊重了汝小曼的沉默和她那保护自己的有力双手。

两个人收拾完以后去吃早餐，然后选择去开封玩儿。

公交车上，他们就没怎么说话。这一刻，汝小曼觉出了他们之间的隔阂。这一层隔膜说不清缘于什么，她想可能是他们在一起相处的时间太短吧。几个月时间纵使再长，那都是在电话和网上，如今真正在一起，才不过仅仅一夜的时间而已，加上杨一士去火车站接她的时间，也不过才十几个小时的时间而已。

汝小曼说我还没看到你身份证呢，她其实也不是特别想看，只是忽然想起了什么。杨一士轻声说，在车上就别看了，让别人看到不好，说回去再看吧。汝小曼心想看不看也无所谓，反正自己也来了，来了就把心放宽，既来之则安之，于是就把视线投到车窗外，看沿途的庄稼。

偏杨一士是一个敏感的男人，就以为汝小曼看向窗外的静默是因为生气了。他从裤兜里掏出钱包，抽出身份证，然后拍了拍汝小曼的手。没错，杨一士的身份证上照片还很清晰，尽管不是近期照片，可那人形是同一个人形，蛮像的。都有一些卷发，他天生卷发，只是眼下留得非常短，只能看出个卷发轮廓的大概。

她曾在前夜，抚摸过这硬硬的卷发，甚至还在上面印了一吻，而杨一士也曾抚摸着她的齐腰长发，放在唇边吻过。

车开得不快也不慢。车厢里没有空闲的座位，有两个年龄差不多的孩子坐在椅子上，那个偏小些的就坐不住，总在过道走来走去的。年轻的爸爸就笑着喊他。

汝小曼就问，这是您的孩子？男人竟然腼腆地一笑，说是的，说这两个都是他的。汝小曼心里一惊，这男人竟然养了两个孩子，她赶紧说，别让孩子走来走去的，刹车的时候多危险啊。

回头再看杨一士，杨一士正抿嘴笑着看她，她心就一热，要是以后他们两个人再生个孩子，那汝小曼就也有两个孩子了。心里想着杨一士这个男人竟这么认真，肯定是生怕自己生气了才把身份证拿出来的，于是禁不住就应和着他也抿嘴笑了一下。

两个人也不说话，在公共场合，两个人忽然就有了些许陌生感。手还是要牵的，汝小曼的手掌比杨一士的手掌小了好大一圈。正如她站在他面前，矮了一头多一样。

而这些外形上的差异其实无关紧要，汝小曼这样觉得。她是穿着高根鞋站在他面前的，所以她并不觉得自己有多矮，她自己想，其实是因为心里不矮，表面上也就不觉得矮了吧。

## 4

汝小曼随着杨一士在开封转了大半天。她决定第二天就回北京了，因为杨一士说他不能陪她了，他妈妈要去西安治病。她想，她是要给杨一士留份礼物的，他们走进超市，在底楼，看到了卖伞的。她想该给自己买把伞，先前那把颜色不怎么好了。

觉得这伞不错，杨一士抢着付钱，汝小曼不让，就急着往楼上走，杨一士就跟了过去。两个人顺着电动扶梯上到二楼电器行。汝小曼知道男人的剃须刀是必备的，只要他每天用剃须刀在下巴上摩挲，那他一定会天天想起她来。

杨一士先是不让买，后来见汝小曼不是太开心，也就顺了她的意愿，自己选了一把价位适中的。汝小曼知道，他这是在给她省钱。两个人走下楼梯，杨一士也就执意要给汝小曼买那把天堂伞，汝小曼也就遂了他的心愿。

只是她说："这个伞的谐音可不好哦。"

杨一士却说起了断桥残雪，这让汝小曼一下子就想起前几天他们之间因为争斗，她在冯伟业家听的这首歌来。想想那次她的号啕大哭，心里就一悲。而这次她主动找他相亲，又让她忽然觉得又有一种不妥的感觉。

上次杨一士说过，说要带她见他的父母，而这一次，是万万不可以的。他说她母亲要去西安一家医院看病，说她母亲的朋友在那家医院是专家。他母亲要手术，所以也只能陪她两个半天一个整天，这让汝小曼已经很满足了，无论如何两个人是真的见着了。

两个人去吃河南烩面，吃凉拌黑木耳，吃得简单却让汝小曼感到了情趣。和相爱的人在一起，吃粗茶淡饭都是香的吧。汝小曼在杨一士面前根本无法考虑将来，只知道，他那淡扫朱唇的吻，让她感受不到他对她的疯狂来，似乎那里面潜藏了一点点的怯，而这男人的怯又是什么，她无法感知。

杨一士接了他哥哥的电话以后，她知道杨一士第二天必须要离开郑州，因为他们要去西安给母亲治病了。她也要在他们走之前离开，不能耽误他们。

杨一士轻轻地吻着她的嘴唇，说："乖，回北京等着我，我很快就去看你。"

为了这句话，汝小曼幸福得一塌糊涂。她拿着杨一士给她买的动车票，于下午2点多坐上火车。刚坐上车，电话就响了，杨一士告诉她，说他在酒店大厅里坐着，又是一个人了，特别寂寞，特别想她。然后告诉她，他在等哥哥和母亲。

回想起检票的时候，汝小曼远远地看着杨一士，她感到杨一士格外伤感。人很多，可是依杨一士的性格，汝小曼想他肯定不会离她太近，偏他搂过她，紧紧的，旁若无人的。那一种伤感，似乎不该是男人才有的。而在此之前，他并没有显得有多么火热，而眼下这团火，似乎要把汝小曼燃烧。她想，要是杨一士在夜里一直坚持想要她，她会不会真的就给了？可他偏说过，要尊重她。

动车上很冷，找出七分袖的衣服罩在裸露的腿上，心下不知道是不是因为这冷而变得异常平静。挂断杨一士的电话以后，她在想着他会选择什么时间来北京看她。这相亲的过程算是过去了，能否再继续相处，汝小曼想，应该是会继续的吧。

无所事事，报纸又看不进去，索性从包里拿出那把伞，握着这把伞，汝小曼又想起送给杨一士的剃须刀，心想不知道他会不会每天把它握在手心里，然后对着刚刚长出胡须的腮和下巴一阵扫荡。想到这里，禁不住在心底深情一笑；再一想那印在唇上的轻吻，尽管没有痕迹，尽管都过去了，却给过她那么真切体验。

这一切，都曾经真实地发生过，也许还会继续发生。

## 5

手机响起来，是倾诉者。这个男人是搜有关离婚的话题搜到汝小曼的文字的。

他诉说自己曾经的痛苦。他是和女友在网吧相识的。那一天，他们在同一家网吧上网，紧挨着坐在一起。当时他在玩游戏，他感觉到身边的女孩子心情不好。两个人搭上话以后，说了会儿话，感觉特别投机，就一块儿出去喝酒了。然后那个晚上就住在了一起，没多久，女孩子怀孕了。这个时候他们就谈到结婚的事，他一想，她都怀了，就认了吧。

结果婚后，媳妇还戒不掉网瘾，竟然和一个有妇之夫相恋，而那有妇之夫曾经离过婚，眼下又是一种复婚的状态。

老婆执意离婚，他就问汝小曼有什么办法不让老婆离开她。对于这样的话题，汝小曼听得头都疼了，为什么时下离婚男女这么多。婚姻能不能看稳了再开始？开始了能不能不要轻易地结束？

唠叨给闻菁菁听，闻菁菁说："不是说时下离婚的多，是因为找你倾诉的都不是幸福的。你想想，是不是心里不痛快才爱往外倒？你现在真是十足的垃圾桶了。幸福的都躲在那儿幸福着，哪有时间跟你倾诉。”

“唉，没办法，我现在一听到这两个字就有一种抓狂的感觉。”

“小曼，我现在终于明白，爱一个人真是想给他生个孩子的。”闻菁菁说话的语气有些低落。

“咦，你也想给医生生孩子了？”

“他原来一直要跟我登记，我说不登，现在他再也不提了。可是我发现我还真是爱上他了，要是我们之间有个孩子做纽带，我想我们的感情会更好吧，也更不容易分开。”

“真是此一时彼一时啊！如今连超凡脱俗的闻菁菁竟然也有要登记结婚的想法，还想到生娃娃。”

“去去，别笑话我，说说你。你和律师怎么样了？生个孩子吧，现在怀，明年生。”

“去，我还没结婚，想什么孩子的事。我们见了，可是他妈要住院，我们待在一起的时间特别短。将来会不会结，谁知道。”

“去西安了？怎么不来北京治？北京的医疗水平不比西安强多了，从郑州到北京也不远啊。你确定他们是去西安？”

“那有什么不确定的。这个还要撒谎？拿自己妈妈撒谎？

“他妈妈病了有可能是真的，可是不是去西安是不是住院这事就不好说了。你啊，就是太单纯。没准人家是不想让你住太久才这样说的吧。”

“你太复杂了吧？”

撂下闻菁菁的电话以后，汝小曼心里不免也想了很多。

再次上网的时候，看到杨一士的IP竟然是河南网通或者河南电信。问对方，对方还是告诉她在西安，这让她格外疑惑。难道，他真的在撒谎？可他为什么撒谎呢，直说不就成了，什么事都可以直说啊。这让汝小曼又一阵头疼。

那个倾诉者又开始絮叨。说着说着就说自己的孩子将来跟了妈妈就没了爸爸，一想到这个就痛苦。然后说自己也是单亲家庭里的孩子，他让汝小曼猜他从小最怕的一件事情是什么。

汝小曼自然猜不到。

他说他最怕的就是妈妈领男人回家，他知道自己是妈妈的儿子，可是他最怕的就是妈妈领回男人以后，再也不爱他了。

汝小曼听到这里，心里一柔，想到明明也是生活在单亲家庭里，就忍不住又心生了难过。她说，你真是个傻孩子，妈妈无论和谁生活在一起，她仍然是爱你的啊。

对方却说小时候最怕的只有这一件事情，最怕睁开眼睛妈妈不见了，妈妈被叔叔领走了。听到这里，汝小曼心里一哽，孩子，永远是孩子，那她在和冯伟业相处的时候，明明是不是也有过类似害怕的心理呢？

她想隔天再给明明打个电话吧，她要好好跟他说，她是爱他的，她永远欢迎他回到她的身边来。还要告诉他，无论她将来和哪个男人生活在一起，他都是排在第一位的。

胡思乱想中，有人敲门，原来是张莉娜来找她玩儿。

"今天给组装电脑放假了。"

"学习韩语还带放假的啊？你可真怜恤他，不要平白无故地就给他放假，该使唤就得使唤。"

"他黑屏了。"

"黑屏？病了？"

"不是，是暂时消失于我眼前。他去石家庄了，可能要过两天才回来。"

"最近你是重色轻友，他不在了，你终于可以匀给我一点时间了。"

"胡说八道，什么重色轻友。人家在学习嘛，我要赶超我家小陈陈。"

"你还真牛，还准备赶超自己家女儿啊？能超过吗？"

"超过去的可能性比较小，不过，我还是要做一副赶超的架势。老妈嘛，凡事也不能落后的，新式妈妈一般就我这样的。"

"你真是越活越年轻了。最近和莹莹联系了吗？好几天没去她药房了。"

"她过些天就搬新家了，正美呢。你家明明怎么样？在那边还习惯吧。”

“还行吧，就是感觉孩子跟我不像以前那么多话了。以前是没有心事的，什么都讲给我听。”

“孩子大了可不就这样了。”

“你说，是不是孩子叛逆了，我又管得严了，他就不喜欢我了？”

“管得严在青春期的时候容易让他们产生逆反的情绪。不过我家陈陈还好，那会儿我俩也闹，我跟她也发火，不过好了以后，她会跟我说，妈，你是不是不爱我了啊。我说我能不爱你吗，就是你太气人了，我才说话语气加重的。这不，说开就好了吗，积不下仇怨。”

听到这里，汝小曼心里愣是一抖："我家儿子自尊心太强，他就是在这方面有想法，也不会在和好以后来问我。”心想如果这种不满积压久了，势必会对孩子造成不好的影响。

儿子明明显然也接受过她的严厉管教，自己也把话说得很重过。而明明前几个月再不像先前那样和自己亲密了，是不是他也以为我不爱他了？汝小曼这样想着，就明白自己应该做什么了。张莉娜刚走，她就把电话打给了明明。因为，他不会像哪个小女孩，和妈妈有了隔阂以后，还能在和好的时候说出来。

“明明，想妈妈了吗？妈妈跟你讲，你陈陈姐姐青春期的时候，她妈妈对她也特别严厉，说话也可重了，两个人也吵架也斗嘴，可好了以后，陈陈姐会主动和她妈妈说心里话，问妈妈那会儿是不是不爱她了？你说，妈妈能不爱自己的孩子吗？”确定明明在细心听她讲话以后，她继续说，“妈妈肯定都爱自己的孩子，没有哪个妈妈不爱自己的孩子，可是管教孩子严厉些是正常的。话说重了也不能代表妈妈就不爱你了对不对？”汝小曼生怕这个生长在单亲家庭里的孩子过分地早熟，这会让他背负更重的东西。孩子在童年时期，就应该让他轻松些，她是这样想的。

明明离开她有段日子了，她觉得自己应该经常和孩子沟通，让孩子感受来自妈妈的爱。

好几天没和妈妈通话了，最开始明明说话还有一点生分，透着丝陌生感。当他听到妈妈问他是否理解这件事情的时候，他说话完全带了孩子才有的调皮劲，竟然反问汝小曼："不爱还不一脚给踹出去了？"那意思，妈妈当然是爱明明的。

汝小曼心里一暖，只要明明开心，怎么都行。电话聊了有近一个小时才挂断。

## 第二十一章●生活没有意外

### 1

杨一士显得非常忙碌。最初他告诉汝小曼，说医院暂时住进去了。后来又告诉她，说手术非常顺利，但要看术后恢复才能决定什么时候出院回家。

两个人少了先前每天的缠绵。只能抽时间互相发个短信，身边有人，杨一士一般也不给汝小曼打电话，他给她打电话必须选择身边没有任何人的时候。这一点让汝小曼格外不舒服，有时候她打过去，他身边如果有别人，他肯定是挂断，再找时间回拨。

而汝小曼正相反，她身边有任何人，包括莹莹或者莉娜或者明明，她都可以接杨一士打过来的电话。杨一士的说法就是，有别人没办法说悄悄话。而在汝小曼这里，这一条无法站住脚。她想，他多半是不想把这个女朋友公之与众吧。于是就有一点灰心。

这一天，杨一士说偷空用同病房一个小孩的笔记本上网。无意之间，汝小曼发现对方的IP显示的依然是河南电信，这让汝小曼格外吃惊，就问对方这是怎么回事。

杨一士告诉她，说是那孩子的网卡是河南的。汝小曼想想也对，就没再说什么了。两个人自然是我想你你想我地缠绵一会儿。过没多久，杨一士说人家孩子要用电脑了，他要下了。汝小曼自是不舍。

两个人相互之间打电话也不像以前那么勤了。汝小曼特别想听杨一士的声音，杨一士就说，等嫂子替他陪房，他就会给她打过来，让她等他。

小佟打电话给汝小曼，说我们一块儿吃个饭吧，有好几天没见了。

汝小曼说好几天不见不稀奇，至于吃饭这个事情，她已经吃完了。不过，想了想，她对小佟发问："你说，如果用一个河南的网卡在西安上网，IP应该显示哪里？"

"我还真没细看过。这个好说，你在宋庄吧？我现在就背着笔记本电脑呢，我用的是广州卡，一会儿我们一块儿看看到底显示的是哪里？"

对于这个见面理由，汝小曼觉得还是蛮充分的，说那你就来吧。两个人就去了一家面馆。小佟还没吃饭，汝小曼就少吃了点陪他。吃完东西，小佟打开电脑，登录QQ。

"我线上一个人也没有啊，你等会儿，我打个电话让她上线。"

也不知道小佟给谁打了电话，偏对方上了线也没弄明白怎么看他的IP，于是他又打电话告诉对方让她右键放在他的头像上，就可以看得到。

"这是一个老阿姨，我同学的老妈，儿子如今在美国，老太太如今也学会了上网。"小佟跟汝小曼笑着解释，"老太太如今还挺时尚呢，不仅会上网聊天，还会在网上炒股买卖基金。"

老太太的头像在跳动，打过来的字让汝小曼看得清清楚楚明明白白："显示的是北京。"

汝小曼一下变得一声不响了。原来杨一士又在骗她，他为什么要骗她呢？照片的事过去了，她原谅了他，而眼下这一切又让她百思不得其解。

忽然眼泪就忍不住要冲出来了。五个月的爱情，他们到底各自得到了什么？她所能做到的就是去他所在的城市去看他，看过他以后，双方都觉得满意，都有相处下去的意愿。他还当着她的面在拥抱她的同时说将来要娶她。可是，为什么他本就在河南，偏说去了西安呢？

汝小曼拿过小佟刚才给自己倒的啤酒，一口气喝了大半杯。先前她是不想喝的，她觉得酒这东西只有郁闷了她才想沾，开心快乐的时候，她是和酒绝缘的。

小佟惊讶地看着她："你也不要太较劲，他撒谎有他的道理，有的时候善意的谎言是对对方的爱护。"

"爱护？我不明白，撒谎和爱护有什么关系。"

"你想，你去了两天，他说他只陪你两天是因为要给母亲治病，如果不说这个看病的事，你会不会一直待下去？也许多待一天两天也说不准，这样就影响了他的正常工作秩序，可他又不能直说，只有撒谎了。"

"拿自己的妈妈撒谎？"

"那倒不至于，有可能他妈妈真的病了，也许住院不假，但是并不一定离开郑州去西安，也许就在郑州做手术。有些时候，你爱一个人就装糊涂吧。人家自有苦衷。我个人的看法是，我觉得你和他离这么远，你有多了解他？还有，律师本身就是能言善辩的，能把方的说成圆的，扁的说成方的。估计真真假假，他们都已经习惯了。"

汝小曼不吭声。想想有一天夜里，杨一士说妈妈有嫂子陪护，他就跑到网吧上网，一直和她说到凌晨一点多。当时，汝小曼看到网吧的IP也是河南。她的心里不知道该不该原谅杨一士的谎言。

"出去放松放松吧，不能老是闷在家里。"

"没什么啊，我在家里写字、画画、开淘宝，我多忙啊。"

"就因为你在家里太忙，才应该出去玩儿下的。还有，闷在家里，一天会胡思乱想的。我们去海边游泳怎么样？"

"不去，不会，我怕淹到自己。"汝小曼的自我保护意识一向在任何男人面前都表现得非常强烈，却只有在自己的爱人面前败得一塌糊涂。她懂得欲擒故纵，可是在杨一士面前，就算她知道他撒过很多谎，她心里仍然有他。这种傻竟然让她自己都觉得有些愚蠢，蠢到无怨无悔的地步。真是不可救药了，自己想。

不管杨一士上网显示的IP是哪里，总之，他是在和她说话，是在想着她关心惦记着她，此外，想那么多干吗呢？汝小曼决定不想太多，不必要给自己找太多的忧愁。而那IP又像影子一样尾随着她，让她心里生着无数的疙瘩。

而小佟在知道了她的感情生活以后，似乎想说什么，终究没有说出来。

## 2

贾平峰从石家庄回来了，给张莉娜带回了LOREAL系列化妆品，有乳液、眼霜、隔离霜和香水。

张莉娜没有用过这个品牌，但是她特别喜欢这个牌子。有一次和女儿陈陈在商场转了好半天，看了好半天这个品牌的化妆品，愣是没舍得买。

“老妈，等我挣钱我就给你买这个系列。女人要用好化妆品保养才更年轻。”

当时张莉娜就对女儿说，东西太贵，不能要。饱饱眼瘾就成了。

如今贾平峰把化妆品递在眼前，张莉娜伸不伸手都觉得有些尴尬。她觉得礼物有些重了，不打算接。

“怎么了？嫌不好？陈陈对我说过你喜欢这个品牌。”

“这个死丫头，怎么啥都跟你说。”

“喂，死丫头三个字可不好听啊。”

“我妈和我爸就这么说我。”张莉娜有一种想撒娇的感觉。

“这个隔离霜最适合你在网吧用了。网吧电脑多，辐射太厉害，每天都擦点，对皮肤会很好的。你看你本来皮肤就好，如果不好好保养可对不起它了。”贾平峰把化妆袋放在张莉娜手里。

“我不能要，这东西太贵了。”

“拿着吧，就当我用你给我的家教费买的。反正我教你韩语也不用我花本钱，权当再还给你了。不过，你学的韩语就不用还我了。”贾平峰笑说。

这理由不知道充分不充分，但是张莉娜还是接了下来。贾平峰心里就乐了，他和陈陈的计划算是又在顺利实施的过程中前进了一大步。还有几天陈陈就放暑假回来了，一等陈陈回来，他们两个人一定要拉了张莉娜一块儿聚聚。这也是陈陈的想法。他其实非常感激陈陈，他问陈陈她老妈最喜欢什么牌子的化妆品，她告诉了他。现在看来，张莉娜还真是喜欢。心里也就高兴起来。

"我们一块儿去吃饭吧。"

"你怎么见面就要吃饭，好像你从非洲来的。"张莉娜笑。

"就是呢，饿了一下午了。走吧，现在不是有人看店吗。"

这一次，张莉娜没有骑摩托车，坐在副驾驶座位上。贾平峰开着车，适时地把手轻轻搭在张莉娜的手背上。

"好好开车，看好路况，别看我。"张莉娜抽回手，贾平峰笑。

忽然电话骤然响起："什么？小平这次彻底要和穆凡离婚？得，我管不了，我不会劝。让他们闹吧，真搞不懂他们三天不闹就不成。妈，你也别乱插手了，两口子的事，外人越搅越乱，他们自己的矛盾自己解决吧。还有，妈，您跟我小姨说说，把穆凡原来的女朋友找到，把房产证的名给改过来，改成宁小平的，至少平息不少战争。好了，我在外面，挂了。"当张莉娜挂断电话，看到贾平峰在看她，遂解释，"我小姨家的媳妇，和老公又闹翻了。别人的家务事，没法管。"

贾平峰表示同意："陈陈还有几天就放假了，再开学就去韩国了，有什么打算？"

"没有，她回来，给添点衣服，走的时候给买张机票再带点零花钱。上学的费用她爸说全拿了。也就这样了，我只能做这么多。"

"这就很好了。我听陈陈说话可是特心疼你，要不然当初为什么不告诉你呢，她就怕你给她花钱。"

"就一个闺女，能不给她花吗。她就算现在也不告诉我，到时候不还是一样知道？死心眼。"

"是，我也死心眼。"贾平峰笑。

张莉娜听他"借光"也不点破。

"你知道陈陈最担心你的是什么吗？"

“我有什么可担心的，倒是我担心她一个女孩子跑那么远，离开爹妈会不会不适应；那边的气候、饮食会不会让她吃不消，这些我都挺担心的。还好，她打小喜欢吃辣的，我知道韩国人喜欢吃辣，饮食方面我倒不用太担心。”

“你呀，你真是低估你的女儿了。她现在可真是个大姑娘呢，又会在网上做生意，又会说话，又特别有心眼儿，你把她放飞出去，不要担心她会吃亏，她不会吃亏的，只怕哪天会有哪个傻小子吃她的亏啊。”

“得了，你别给她戴高帽了，我还不了解她——固执，从小就任性。”

“我接触她这么久，感觉她是个善解人意的孩子，而且特别会为别人考虑，她现在最头疼的事只有一件。”

“什么？”张莉娜的眼睛刷地就看向了贾平峰，偏贾平峰就不吭声了，双眼直视正前方。

“说啊，快说啊。”张莉娜就有些急了。

“她啊，最担心的是你。她最想的就是找个好男人照顾你。”到地方了，贾平峰把车拐向停车场。

## 3

申家妞把儿子带了回宋庄，家人都觉得很意外，意外之余其实都很高兴。有好几年没回家的申家妞，一回到家，就惹得老妈背地里直掉眼泪。

申家妞自然觉得对不起老妈。尽管她在老妈面前尽情地讨好撒娇，可不难看出申老太太对女儿是爱恨交织的。当了女儿的面，老太太只管搂着亲孙子亲着，就当没这个女儿一样。可她恼恨的是，面前的是亲孙子，她却只能给他当姥姥，不能让他喊一声奶奶。

谁也看不到含在申家妞眼里的泪，莹莹看出了她的异常，偷偷问她：“他回心转意了？”

“他要娶我，我还不稀罕嫁呢。没有老公也很好。只是，我现在才觉得我亏欠宝宝太多了。可能我当初这样做真的太荒唐了。嫂子，你要原谅我。”

“哎呀，你别想太多了，看眼睛都红了，一会儿妈看到该以为发生什么大事了。宝宝跟你我放心，谁让你们有血缘连着呢。”

“嫂子，这次我想让宝宝在你们家待段日子。我要去杭州出公差，可能这次时间会很长，要去那边给业务人员培训。”

“行，我来照顾他，你放心去。”

申家妞眼睛红着点点头。

“快别想那么多了，几年不回家，好好和妈亲热亲热去。”

“妈恨死我了，她都不理我了。”说到这里，申家妞差不多要把眼泪流出来了，但她竭尽全力地控制着。

“妈怎么着也不会恨你的，她是既心疼你又心疼宝宝。跟妈说点软话，没啥过不去的。”

申家妞说不出来软话，把孩子往宋庄一放，第二天就回了广州，说回去打点一下再去杭州，临走之前抱着宝宝左一口右一口亲着，眼里的泪就哗哗地流了出来。

“你看你，才离开几天就跟生离死别似的，男孩子这样让你教育怎能成大器！”申老太太霸道地把孩子抱过去。

“想着妈妈，一定记得要天天想着妈妈。”申家妞和宝宝挥挥手，又和家人挥挥手，然后头也不回地走了。

谁也不知道，这是永别。

申家妞在和杨百万扯着扯不清的关系的同时，因了孩子的来路不明，和杨百万的隔阂是越来越大。前些天和杨百万撕打时，把自己的额头碰到墙角上，血流不止。杨百万急三火四地把她送到医院以后，医院说她凝血机制不好，建议验血查一下。

当结果出来以后，申家妞整个人就呆住了。绝症、白血病，这些离她很遥远的字眼如今就发生在她身上。她很想安安静静地来，再安安静静地去，可是，当她一抬头看到杨百万窝在沙发里的窝囊样，就气不打一处来。为了让这个男人能离了婚娶她，她宁可冒着抱养哥哥家儿子的险和他赌，可当他知道那不是他的亲生孩子，他愈发地要离她而去，偏偏在他每月格外躁动的生理期，都要来申家妞的身上寻找些乐趣。

而这些乐子总会让申家妞错误地以为，这个男人是爱她的，迟早也会是她的。可这男人就是不离也不娶，就把她这么半吊在空中。如今，在得知眼前的女人患了白血病以后，他只想逃之夭夭。

申家妞回到广州以后，莹莹一家谁也不知道她都在做什么。当远在北京宋庄的家人接到来自广州公安局的来电让他们前去认尸的时候，大家这才慌了。

申家妞和杨百万在申家妞的住处食物中毒双双身亡。饭桌上的菜肴非常丰盛，显然是经过精心烹饪的。两只透明的高脚杯，各自盛着一点红酒。

杨百万的表情非常痛苦，面目扭曲着，显然在死前做过垂死挣扎。

申家妞卧在沙发上，手腕处有一道划过的伤痕，那血早就凝固成黑红色的血块，看似很牢固地粘在她的手腕处，很像故意贴上去的一块儿油彩。这在申家妞生前的心里是绝对不可思议的，它怎么就可以凝固住呢？要不是她的皮肤划破以后血不能立刻止住，她也不会去医院化验血，也就不会知道有关自己身体更多的、其实很不想知道的秘密。

在她手臂不远处，一把匕首横在地毯上。经化验两人胃里都有砒霜的成分，据警方分析，多半是申家妞在食物里下了毒，无奈她的毒性发作慢，就又给自己补了一刀。

正当汪莹莹胡思乱想当中，一封信递到她面前："你是汪莹莹吗？这封信显然是被害人提前写给你的。为配合公安调查，你有必要当着工作人员的面把它打开。"

信的内容很简单，申家妞说对不起宝宝和哥嫂，她实在不该领养他们的孩子，她着重说明了她非常爱宝宝。以后宝宝只有由亲爸亲妈养育了。她查到自己得了白血病，她似乎在写信的时候还苦笑了下，然后才继续写下去，说原本医院误诊宝宝是白血病，现在想不到她得了这种病，她觉得这就是一种报应。她说她不能一个人死，生不能和杨百万做名义上的夫妻，死后也要同巢同穴，也算是她给他多年玩儿火的一个报答。

对于申家妞这封信，公安人员根据现场检测并未发现有第三者作案的痕迹，案情很快就有了结论，系自杀身亡。

## 4

汪莹莹一回宋庄，就又找到装修工给自己的两室一厅又格出一个小房间出来，是给宝宝的。

很快女儿奇奇放假回来，莹莹在女儿奇奇回来之前，就把家搬到了新居。

漂亮的窗帘是和小曼一块儿从八里桥买回来的，沙发和茶几以及衣柜，还有所有的家电全都换了。申家奇回来一看，特惊讶："怎么，新房要进新人了？"

"那是，我们三个人要有一种全新的生活，要和过去对付的日子说拜拜了。哦，还有宝宝，我们四个人要过一种全新的生活了，你不要？"

"过去也没怎么对付啊，我们放假去旅游，吃好的穿好的，哪里有对付了？"

"住在药房二楼就是对付，那多像一狗窝啊。"

"狗窝？充其量也是一猴山。"他们一家四口特巧，都属猴。

莹莹听了乐得满脸通红，申家奇却故意装做脸上没有表情的样子。奇奇也笑着，是那种小女孩腼腆的笑。

莹莹跑到大阳台上，把窗纱挡上，又跑到两个卧室，差不多挡上了所有的窗帘。屋内光线暗下来，立刻就显得格外温馨起来。她还淘气地跑到宝宝的小房间，和宝宝一块儿把窗帘挡上。那窗帘是卡通的，上面有懒羊羊和喜羊羊，宝宝一看到懒羊羊就笑，他就说灰太狼太可怜了。

这时有人敲门，开门看到穆凡站在门口。

"嫂子，我要求您点事。"穆凡看了看奇奇，不再说话了。

莹莹让奇奇带弟弟回她自己的房间。

“嫂子，大哥，要不是我妈逼着我，我也不来找你们。”穆凡一脸愁苦，“那败家女人，她要离就离好了，我也不想过了。可我老妈要死要活的，我知道，我离婚对她打击太大了。从小我就没爸，是妈把我拉扯大，为了我妈，我现在就是跪着在那女人面前活，我也忍了。如今我媳妇揪着我房产证的事没完没了的。我以前处的对象你们也知道，并没有在一起住过，就是想娶她，才买了这房子，房本上写了她的名字是为了证明我的诚心，如今我上哪找她去啊。现在媳妇只有一个说法，就是把这房子改成她的名，不然没法和我过了。”

“那找不到人也没办法啊。”莹莹说。

“你去她老家了吗？”申家奇问。

“去倒没去，打过电话，说她和她妈根本没回老家，现在也不知道在哪。老家也没啥人了，估计短期或者几年内都回不去了。

“我们能帮上什么忙？”莹莹问。

“你们就跟我跑一趟，就说前女友是你们介绍的，至于她离开的原因，我想，你们就说她后期做过手术不能生育吧。毕竟我家只有我一个儿子，她不能生孩子才选择离开也有道理。”

“那让你嫂子去试试吧。可就算去说和，你这房产证不还是改不了吗。”

“先让她吃颗定心丸吧，不然她就为了这个事跟我没完没了。”

莹莹坐着穆凡的车去了穆凡家。这一次宁小平是铁了心要离开穆凡，可是一想到孩子，仍然下不了决心，孩子在电话里一哭，她就会急急地赶回这个家。可她心里仍是无法面对穆凡，在自己老公前女友的房子里，心里总觉得有障碍。

莹莹坐在车里，在想着怎样对宁小平说才更合理。车行至一个路口的拐弯处，前面围了好些人，穆凡只好减慢车速，停在路旁。两个人不约而同地看到温盛江双手被手铐铐着押上警车。

“那老头死的可真惨啊。你说说，十好几万做了开颅手术，都遭过一茬罪了，这又被女儿找的男人给砍了，作孽啊。”邻居甲感叹。

“还是女儿不争气，两个女儿同时跟一个男人，这不也是作孽吗。世上没男人了吗？他们活得可真新鲜，我看就是找事儿。”邻居乙附和。

莹莹看到以前在一起汗蒸的老太太坐在马路牙子上捶胸顿足哭着。

穆凡加大油门，从围观人的身旁冲过去，他无心关注别人的事情。只有莹莹，手心里全是汗，心想这人怎么就这么不知道自重呢。

隔了磨砂玻璃，穆凡看到两个女人坐在沙发上，挨得很近，聊得似乎很投机。孩子此时在小床里睡得正香，穆凡轻轻走过去，看着孩子的笑脸，心想自己怎样付出都是值得的。孩子娇嫩的脸上又让穆凡想到老母亲沧桑的脸。是的，他如今不是在为自己活，老妈在他面前的泪流满面，让他一阵心酸。

心想自己一定得对得起老妈这些年对自己的养育之恩，懂得去包容自己的女人，一想到这里，不禁有一种豪情万丈的感觉。

## 5

想不到冯伟业会把电话打过来。这一刻，汝小曼对杨一士的电话已不像原来那么急迫地等待了。杨一士说他带着母亲回郑州了，为了证实他所说的IP是正常的，汝小曼就对他说你从西安给我带份晚报吧。

杨一士答应得非常痛快。先前她就顽皮地跟杨一士说过，让他以后无论去哪个城市，都要买当地的报纸给她。她说，许多年后，她就有很多很多国内各省市的报纸了，他都答应了，但她至今没有见过他买的任何报纸。

后来小佟的开导让她觉得，如果爱他，想继续，就只好装糊涂。这一天她就懒洋洋地对杨一士说报纸不要买了，不想要了。杨一士问为什么，她说不为什么。他就说那好吧，他也就没再坚持买报纸。

`她以前倒是收到过冯伟业去外省卖画的时候带回给她的报纸，整整一大沓。那个时候正巧赶上2008年的“5.12”地震，很多报纸上面的新闻全是有关地震的。

她不让杨一士买报纸也是有自己的想法的，假设杨一士真的在本土没有去西安，那么让他买报岂不真的害了他，那他还不得托别人给买啊，这样劳神的事，汝小曼想想还是不要难为这个男人了。

现在对于接杨一士的电话，当然也很热心，只是少了先前的激动。

眼下接到冯伟业的电话，听来自对面男人的声音，觉得他好像并不遥远。

她想到着冯伟业躲着那个女人给她打电话，心底就有一股说不出的奇怪感觉。她如今知道和冯伟业登记的女人也来了燕郊。她也知道，他们一定是住在一起的，性欲格外旺盛的冯伟业，怎能有一刻离得开女人?

当然，冯伟业打电话过来，多多少少让汝小曼感到了莫名其妙，他怎么就又想起她来了呢?

他说他好久没和她联系了，有些想她。然后就说他对不起她对不起明明。汝小曼不吭声，只顾听着对方说话。冯伟业的嘴巴也不闲着，从自己贷款买房、卖画讲到他自己眼下是在家外面打的电话，又说自己在外面嫌热，已经走到楼道了，但他并没有回家，而是乘了电梯一直上到二十几层，跑到顶楼平台上去和她继续打电话。

汝小曼一想，这个电话打得可太值钱了。历经了好几个地方，室外、走廊、电梯、平台……而且这电话是长途，虽说燕郊离宋庄很近，可宋庄算是北京通州地界，而燕郊却划在河北境内，话费价格可不菲。何况，这话匣子一打开，不是十几、二十几分钟就能关上的。

“我脖子上挂着白毛巾，穿着大背心大裤衩，站平台上看燕郊呢。”

“站楼顶看风景，你挺潇洒啊。”

“我是傻，我可傻呢，人家看我这样得说我神经病。大热天热得发疯，还跑到顶楼待着。”

汝小曼知道，他这是躲着屋里那位才跑外面打电话给她的。这才进围城多久啊，就要找墙外的人说话了。

打了半个多小时，冯伟业说手机估计要欠费了，可他还不忍放下电话，还在那儿说着。汝小曼想，估计平台的风景太好看了。

他们又谈起画。冯伟业还是那句话，说你就大胆地画，以后给自己的文字配插图，多好啊。汝小曼每天都给自己安排作画的时间，只是每天的时间很短，对于画画汝小曼总觉得是一种特别随意的涂抹，却又总是涂抹得不能够恰到好处。

她对冯伟业说自己缺少灵气。在冯伟业的眼里，画画简直就是世界上最简单的事情，再没有比画画更简单的事了。汝小曼倒是看过冯伟业作画，随便拿了笔在宣纸上东抹西抹就成了一幅画。

汝小曼却不这样认为，她个人觉得做什么事情都是有天分之说的，她觉得自己缺少这种天赋。眼下，老尤的画在她的淘宝店里销售情况不是很好，再加上那个晚上老尤酒后那手指尖的触碰，让她对他心生了敌意，已经很久没有联系了。

汝小曼听对面的冯伟业说不敢再聊了，出来这么半天，也该回去了。挂断电话，汝小曼心下就想，无论男人还是女人，显然不能完全被绑缚在家里。先前冯伟业提到了自己登记的老婆，说他不想让她去工作，就让她待在家里。然后又说自己目前不是太乐观，画卖得不好，又刚刚贷款买了一百多平方米的新房子，压力很大。

汝小曼就撇了下嘴，说你完全可以让女人出去工作的，现在什么年代了。冯伟业却说不，汝小曼就想他太大男子主义了。

电话让耳朵发烫。汝小曼趴在窗台上看着对面，一幢楼有那么多窗口，那窗口里又有多少故事呢。不知道为什么，最近心情非常平静，她倒很想莹莹再提一提那个叫什么之恒的用电科长，她很想近距离相个亲，解决下婚姻大事。她想自己是一个最害怕孤独的女人，而那杨一士却无法消除她的孤独，那虚假的IP，让她心里一阵阵地颤抖，尽管她不想揭穿他，可她不能不时常想起这事。

偏莹莹再没有提过那个李之恒。心想，自己当初反正也是征过一次婚的，为什么不再撒次网呢？上次，本来应该只选择住在北京的男人的，为什么偏就发给一个河南人呢？为什么发给一个河南人，就偏爱上这个河南人呢？

电话骤然响起，把汝小曼吓了一跳。是个陌生号，接通，是冯伟业有些发颤的声音："你跟她解释下吧，她把家都给我砸了，我手机欠费打不过来了。"

"我解释？我凭什么解释？我怎么了？我不管。"她砸了他们的家，跟她有什么关系？又不是她指使那女人干的。还不是因为他背着自己的老婆，躲在电梯里、平台上给他的前女友打了一个长长的电话吗。

# 第二十二章●逼婚

## 1

陈陈放暑假回来了。

晚上贾平峰从海淀赶过来，打算请娘俩去麦当劳吃汉堡和蛋挞。陈陈非常高兴，张莉娜却说，那种地方的东西有什么好吃的。

“老妈，那您选，人家电脑先生肯定听您的，不用考虑我的感受。”陈陈故意嘟着嘴。

“他凭什么听我的呀，我看你们就是串通一气，一块儿来蒙我。”张莉娜故意撇着嘴。

“您是我老妈，我怎么可能和外人串通一气呢，对不对。”陈陈看向贾平峰，贾平峰赶紧点头称是。

“看看，你们还说呢，当我没看到是吧。行吧，反正你也要出国了，老妈就陪你去吃顿洋快餐，就怕你老妈这胃口在那里吃不饱。明天老妈亲自采购给你炸鸡腿，比他们炸得好。”

“好！好！”陈陈夸张地拍着双手大声叫好。

“没事，吃不饱我们出来再去吃烧烤，其实，我也不一定能吃饱。”贾平峰发动他的夏利车，载着母女二人向北关环岛方向驶去。

三个人在麦当劳吃得还算满意，陈陈直喊吃撑了。陈陈在贾平峰把母女二人送到楼下要回去的时候，她看到他暗示给她的眼神，她当然心领神会。就想，没办法，吃人嘴短，拿人手短，如今为了一顿洋快餐，可是只有搭上老妈喽。

母女二人回去洗漱完毕，聊了会儿天，各自回房睡觉。

睡觉前，陈陈轻轻地打开老妈的房门，钻进房间以后还故作神秘地四处搜索了一下，确定屋里再无别人，跳上床，钻进自己老妈被窝。

"羞不羞啊，这么大了还往妈被窝里钻。"灯早关了，但是张莉娜的脸上早笑得成了一朵花。

"妈啊，我开学就去韩国了，想不想听听我的心里话啊。"

"什么？说吧。有心里话不跟妈说跟谁说，真是。是不是看上哪个男孩了？妈跟你可说过的，现在不能找男朋友。"张莉娜顺着陈陈的长发抚摸着。

"什么啊，妈，不是。我是想跟您说，您快结婚吧，有男人照顾您，我不在家也就放心了。"

"结什么结，都这么大岁数了，不结了。等老的时候再说。"说是这样说，脑中却划过贾平峰的笑脸。想想上次拉肚，幸亏贾平峰的药和烧的开水暖了她的肠胃。心里其实也感激他，可在他面前，她就是感激不起来，总是理直气壮地和他说话。想想自己已经不是少女，是不是也该改改这脾性了？可能，真没把他当外人？想到这里，禁不住心里涌上来说不出的暖意。

"妈，您走神了！快说，想谁了？是不是电脑先生？"

"切，他也就是一台组装电脑。零件都老了，该换了。你以为你老妈会稀罕他？"

"老妈啊，他可真不老呢，比你大，他才会疼人嘛。不就是头发少点吗，人家贵人一般都不顶重发。"

"小丫头，这都哪里来的理论？你啊，放心走，妈没事。甭跟我在这儿瞎操心，你妈还没老到不能管理自己的地步。"还能记得有一次贾平峰也提过两个人以后能不能在一块儿生活，她回复他说陈陈出嫁以后再说。

“妈，我知道，你说我出嫁了你再嫁，但是我现在告诉你，你不出嫁我是坚决不会出嫁的。你不出嫁，我韩国也不去了。”陈陈故意这样说，看老妈什么反应。

“祖宗，你不是疯了吧，你这是在逼婚。”

“妈，给你半个月的考虑时间，暑假过后你再决定的话，我韩国也去不成了，只能放弃了。唉，按理说，您和电脑先生处得也不赖啊，可怎么就不愿意嫁呢。您是不是恐婚？恐婚据说都是年轻小孩子的行为啊。”

“妈就是想，都这么大岁数了，还嫁什么啊，让人家笑话。”

“谁敢笑话，我和他拼了。我妈这么年轻这么漂亮，不能再等了。妈，电脑先生您说行吗？您要说行，我就陪您买嫁妆。把您嫁出去了，我也好快快乐乐地去韩国。”

“人家又没求婚。”张莉娜说过这话，就想打自己的嘴巴。

“哎呀妈，您还说，人家以前跟没跟您探讨过说一块儿生活？”

“说是说过，我拒绝了，再说，又不是现在说的。”张莉娜有点羞赧。

“妈，这事交给我。您只等着盖红盖头吧。”陈陈跳下床，跑向自己的房间。

张莉娜哪里知道，贾平峰一直黏着陈陈让她说通张莉娜，其实陈陈也一直黏着问他，这么久到底相处得怎么样了。如今说通了，她自然去给那男人通风报信去了。这两人就择日要把张莉娜给嫁娶了。

新房设在宋庄，因为离张莉娜的网吧近，是贾平峰暂时租的房子，先过渡下，他有打算在宋庄买房子，这里毕竟离网吧近，也离通州电脑城近。

所有东西置办齐了，并没有举行什么婚礼仪式，登了记，算是把婚结了。以前深红色的离婚证总让张莉娜有些神伤，如今鲜红的结婚证就被她整齐地摆在抽屉里，喜气十足。

晚上陈陈说什么都要去姥姥家睡，留空间给二位新人。干草逢甘露，那草啊就不再枯，鲜亮亮地舒展开来。贾平峰偏说张莉娜像花儿一样娇艳，让他捡了大便宜。

而张莉娜从来没有像这个晚上睡得如此踏实，用不着任何电视节目或者音乐去催眠。她觉得自己折腾得有些累了。

夜半醒来，张莉娜眯着眼睛去卫生间，屋里挡着窗帘有些暗。双脚在床下摸索着找拖鞋，声音不大，却惊醒了贾平峰，贾平峰说："去厕所啊。"

冷不丁一个深沉的男声出现，只几个字就把张莉娜给吓了一大跳，睁圆眼睛，才看到自己的大床上还躺着个男人。这才想起自己是已经结过婚的女人了，禁不住娇嗔道："吓死我了你。我还以为我现在一个人过呢。"

## 2

汝小曼一个人坐车来到燕郊，在燕郊酒厂下了车。她不知道她要去哪里，如果冯伟业单身，她想她一定会联系他。可现在不行，她连一条短信都不能发给他。

她忽然发现自己是这样孤独，竟然连一个可以倾诉的朋友都没有。杨一士尽管还管她叫胖妞叫丫头叫提拉米苏，可她这个时候才感觉到这声音像是来自天籁，那么遥远。

她问过他什么时候来北京，因为他一再说忙过一段就来看她，可现在孩子们都放暑假了，从她和他2月10日相恋，至今已经六个多月的时间过去了。要不是她主动去看他，她想他们至今也许都不会见到。

他说要给他时间，他要说服父母。如今母亲病了，又做了手术，显然说给母亲听的话不知道要推到什么时候去了。

"我们的事情非要父母说了算吗？"

"我家就我一个男孩，他们不希望我走得太远，就想让我就近找一个。"

"我家还就我一个女孩呢。"当然，汝小曼说到这里，底气是不足的，毕竟自己是已婚的女人，还有个孩子。最主要的还比他大好几岁。

"胖妞，不管我们将来怎样，我是爱你的。"杨一士每次这样说话，汝小曼就知道，他们之间是没有将来的。否则他怎么会说不管将来怎样呢？他应该不畏将来，应该说不管怎样，我们都要在一起。可这样的话，只是汝小曼一厢情愿地想出来的。

“我是不是在和空气谈恋爱？”这话她张不开口，她想说给杨一士听，却又觉得说出去是收不回来的，即使说出去了，又能改变什么呢。毕竟杨一士也没说不来，他曾经还说过以后来北京做律师呢。

可现实中，他并没有来过一次北京。时间这么久了，她想，她也该放弃了。他并不是没有时间，哪有那么多案子等着他，也不可能有那么多当事人缠着他不放。就像上次他给她看过近照以后要她放弃他一样，他又说出他父母不愿意的话来。可他即使这样说了，仍然给汝小曼希望。父母纵使再不同意，他仍是爱着她，还说忙过这段时间要来看他的胖妞。

这一天，汝小曼已经等不起了。她坐上开往燕郊的公交车，只觉得有一种漫无目的的感觉，只身走向潮白河。

冬天的潮白河，会有一点点雪，冬天气温不是太低，雪存不住，能留下薄薄一层，已经很不错了。芦苇掩在河水中间，有野鸭游过水面，看上去很美。一切都是静止却又仿佛在动着。以前，冯伟业经常用山地车载着她来这里玩儿。

而今，她孤零零一个人，身边没有一个人陪她。连明明都不回来住了，洪大周的意思就是抓紧一切时间学习，整个假期就都住在他那里了。这个妈似乎都可有可无了。

而这个季节的潮白河，看到的只有那静止不动的湖水。

一种悲凉的感觉袭上心头。

回想自己这几年，这么久的时间，到底在追求什么？是不是一直在追求一种缥缈的东西？如果踏踏实实地在身边追求一份感情，是不是早就有所归宿了？这样想着，又有一点矛盾。杨一士的短信这个时候发了过来，可她觉得自己已经和他暧昧不起来了。

她第一次觉得，他就是一直在和她暧昧着，她想了想回复他一条：我们分开吧。我知道，你永远不会来北京的。

然后把手机关掉。

眼前的潮白河非常安静。看向周围，发现这潮白河水竟然特别像一个人的眼泪，被谁不小心甩在了偌大的河床里。

关掉手机，等于关掉了所有外界的信息。在坐上公交车回家的路上，她打开了手机，有杨一士的几条短消息。她没有回复，也没有像以往那样逐字逐句地细品。

她给莹莹发了条短信，向她打听李之恒找了女人没有，如果没找，希望有机会见一下。莹莹很快把电话打过来，说他还没找，不是人家条件不好，是最近一直在忙工作和学习，并说这两天就可以安排见下。然后莹莹说妞妞的儿子真可爱啊，他爱这个男孩，最后说小曼我不跟你说了，我跟儿子玩儿去了。

930公交车很快就在宋庄停下了，汝小曼神色凝重地走下公交车，像完成了一次神圣之旅。走到自己家单元门口，发现小佟手捧一束鲜花走过来。

她忽然想起，今天是情人节，中国人的七夕。她不知道，她的梦里是否还会有牛郎。应该有的，她想。毕竟她主动让莹莹给她引荐身边真正存在着的男人了。